Les gardiens de la déesse

Danielle Paquette-Harvey

1984 —

Couverture par Danielle Paquette-Harvey

ISBN (livre de poche) 978-1-7388313-7-1

Première édition : Mai 2023

Publié par : Danielle Paquette-Harvey

http://daniellephauthor.com

https://www.instagram.com/daniellephauthor

Inscrivez-vous à ma liste de diffusion pour ne rien manquer !

daniellephauthor.com

Suivez-moi

- Facebook : Danielle Paquette-Harvey
- Instagram : daniellephauthor

Autres livres de l'auteur

Tous mes livres sont disponibles sur Amazon.

Préquelle à cette série

- La prophétie (*disponible sur amazon*)
  ISBN 978-1-7775721-9-8

Série Âme sœur du désir

1. Ennemis Ancestraux (*disponible sur amazon*)
   ISBN 978-1-7782178-0-7

2. Un péché d'amour (*disponible sur amazon*)
   ISBN 978-1-7775721-5-0

3. Déchu (*disponible sur amazon*)
   ISBN 978-1-7782178-9-0

Série Sang et baisers

1. Roi maudit — ISBN 978-1-7388313-6-4
2. L'éveil – bientôt disponible

Série La fille du demi-ange

1. Dévorée par les ténèbres — bientôt disponible

Danielle Paquette-Harvey

Les gardiens de la déesse

Contenu

Avertissement

Ce livre contient des expressions québécoises. Il a été traduit au Québec. Il est possible que certaines expressions soient un peu différentes qu'en France.

Bonne lecture !

Moon Elve's
Lands
St-Lawrence River
Soul Nymph's Domain
David's Pack
Sleeping
Lake
Eurynomos
Sepuclher
Hemera's S

Nymph
red Grove
Valley of Nysa
Vampire's Castle
Human Town

Les textes anciens parlaient de la fin d'un âge sombre et de l'aube d'une nouvelle ère de paix et de prospérité. Le jour où le démon a été enfermé par la déesse de la lune a été célébré par tous. Mais les textes anciens ne racontent pas tout, car, voyez-vous, l'histoire a oublié qu'il a fallu payer un prix pour apporter cette paix.

Ce livre révélera ce qui s'est passé des siècles avant les événements du livre « Un péché d'amour ».

Découvrez la vérité sur les personnes que l'on appelait les gardiens de la déesse.

Prologue (inconnu)

Un cadeau maudit

L a lune était pleine et de légers flocons de neige tombaient du ciel. Le vent froid soufflait sur ma peau, me faisant frissonner. Nos ancêtres avaient prédit qu'une lumière éclatante brillerait, mettant fin à une ère sombre de sang et de mort. Tous les habitants de la ville se sont rapidement rassemblés lorsque la lumière a percé l'obscurité de la nuit. Nous l'avons suivie jusqu'au cœur de la forêt. Une femme se tenait devant nous. Ses cheveux blonds, presque blancs, ondulaient en vagues et descendaient le long de son dos. Elle portait une longue robe blanche. L'air semblait briller de la lumière de sa couronne d'or.

Plus loin, j'apercevais son char argenté tiré par deux chevaux ailés blancs comme neige. Une puissante aura émanait d'elle, et je ne pouvais qu'espérer que les prophéties fussent exactes : qu'elle était celle qui mettrait fin au règne de terreur du démon meurtrier Eurynomos.

Elle est restée en silence, nous observant. Je me suis raidie et mon cœur s'est emballé lorsqu'elle a fait un geste vers moi.

« Toi ! Avance. »

J'ai retenu mon souffle lorsque tout le monde s'est retourné vers moi, me regardant fixement. Les gens se sont mis sur le côté, ouvrant un chemin entre la femme et moi. J'ai avalé ma salive et marché vers elle. J'étais effrayée et je ne savais pas à quoi m'attendre.

Elle m'a regardé avec bienveillance lorsque je me suis approché d'elle, et je me suis tout de suite détendue. Une fois devant elle, j'ai demandé timidement,

« Êtes-vous celle que la prophétie a annoncée ? Êtes-vous celle qui nous débarrassera d'Eurynomos ? »

La femme acquiesce.

« Oui, mais ce n'est pas aussi simple que de vous débarrasser d'Eurynomos. »

« Que voulez-vous dire ? »

« On ne peut pas simplement tuer Eurynomos. C'est un démon puissant. Mais je l'ai enfermé dans un sépulcre, protégé par un puissant sortilège. »

Un son général d'étonnement s'est fait entendre à ces mots, et des chuchotements ont levé de la foule. Avant que je puisse ajouter quoi que ce soit, un hurlement a déchiré la nuit. J'ai reculé d'un pas en hurlant, alors qu'un énorme loup gris est apparu entre la femme et moi, grognant de façon menaçante. En regardant autour de moi, je me suis rendu compte que des dizaines de loups nous entouraient. Les gens se pressaient les uns contre les autres à mesure que les loups se rapprochaient.

La femme posa sa main sur la tête du loup géant, qui cessa immédiatement de grogner.

Elle s'adressa au loup : « Calme-toi. Ils ne me veulent aucun mal. »

Le loup acquiesça et baissa la tête. Je n'en croyais pas mes yeux lorsque son corps commença à se métamorphoser devant moi. Ses pattes et ses os se sont allongés pour former des bras, des jambes et une colonne vertébrale. Tout s'est passé très vite ; avant que je m'en rende compte, un homme nu adulte était agenouillé devant la femme. J'étais trop surprise pour avoir peur. Je suis resté bouche bée lorsque j'ai réalisé que tous les loups s'étaient également ment transformés en humains. Les gens ont commencé à s'agiter et certains ont essayé de s'enfuir, mais la femme a envoyé une vague de magie qui les a arrêtés.

Elle parla avec autorité et gentillesse : « Restez calmes. Il n'y a rien à craindre. »

Les gens semblaient se détendre à ses paroles. Elle ajouta : « Humains ! Ce sont des loups métamorphes. Vous n'en avez peut-être jamais entendu parler, mais ils vivent parmi vous depuis des siècles. »

Ses mots ont résonné dans mon esprit. Je n'avais jamais entendu parler de métamorphes. Une vieille femme a demandé : « Est-ce que ce sont les loups-garous qui dévorent mes moutons la nuit ? »

L'homme à mes côtés a poussé un souffle, agacé par ses paroles. La femme a répondu : « Ce que vous avez pu entendre ou croire à propos des loups métamorphes est probablement faux et exagéré. »

J'ai réfléchi un moment. Les loups-garous. Ce n'étaient que des légendes, du moins c'est ce que je pensais. Jamais je n'aurais pu croire qu'ils existaient. Pourtant, j'étais maintenant entourée de loups-garous. C'était à la fois effrayant et excitant.

L'homme agenouillé parla profondément, n'osant pas lever la tête vers la femme : « Ma déesse ».

J'ai ouvert grand les yeux, abasourdie alors que je répétais, « Déesse ».

La femme acquiesça et fit un geste vers l'homme.

« Tu peux te lever. » Puis elle a regardé les gens de mon village et moi. « Humains ! Ne craignez rien, car je suis la déesse de la lune. »

Les gens ont sursauté à ses paroles. Cela expliquait sûrement l'aura de pouvoir que je sentais autour d'elle et la façon dont ses paroles pouvaient instantanément calmer les gens. Cette nuit remettait en question tout ce que je croyais être vrai. Des murmures s'élevèrent de la foule. Je me souvenais avoir lu une fois les légendes de la déesse de la lune dans un vieux livre de folklore, mais pour le reste, je n'avais jamais entendu parler d'elle. Mon cœur battait la chamade et j'aurais dû être effrayée, mais je me sentais excitée et prête à accepter ces nouvelles connaissances.

Elle poursuivit : « Comme je l'ai dit plus tôt, j'ai scellé le démon Eurynomos. Je vous ai tous choisis pour être les gardiens de son sépulcre. »

Des questions ont commencé à être posées par la foule.

« Nous choisir ? Comment ? »

« Pourquoi nous ?

« Devons-nous combattre un démon ? »

Les métamorphes étaient silencieux, attendant que la déesse de la lune continue à parler. Je ne pouvais m'empêcher d'apprécier leur respect pour elle, comparé à celui de mon peuple.

Elle a souri lorsqu'un enfant a demandé : « Comment sommes-nous censés faire cela ? ».

Elle parla d'une voix ferme : « Humains ! Je vais vous faire don de la magie. Vous serez capables de manier les éléments, de préparer de puissantes potions ou d'invoquer des forces mystiques. C'est le cadeau que je vous offre pour devenir les gardiens du démon. »

Elle se tourna vers les métamorphes. Mon regard passa de la déesse à l'homme qui se tenait à mes côtés. Ses yeux verts m'interpellaient et je m'y perdis un instant, contemplant ses secrets les plus profonds. Ses cheveux noirs étaient en désordre et il avait une légère barbe. Il a souri lorsque mes yeux se sont posés sur son torse musclé. Il était beau, et je me suis surprise à me demander s'il était célibataire. Je me suis réprimandée, ce n'était pas le moment de penser à se trouver un petit ami.

L'homme tourna la tête vers la déesse lorsqu'elle prit la parole.

« Loups-garous, je vous offrirai un compagnon de destin. Vous trouverez, une seule fois dans votre vie, une âme jumelle. Quelqu'un fait spécialement pour vous, comme vous serez également fait pour lui. Une attirance si forte qu'il est impossible d'y résister. Un amour sans fin et un lien plus puissant que tout ce que vous pensiez exister. Vous aurez le pouvoir de ressentir ce que votre partenaire ressent et de parler à travers son esprit au fur et à mesure que votre lien s'intensifie, faisant de vous une seule et même personne. Vous prendrez soin de votre compagnon et surmonterez les épreuves ensemble. »

Un déclic s'est produit en moi lorsqu'elle a prononcé ces mots, et les yeux de l'homme ont vacillé. Il m'a regardée, les yeux lourds de désir. Mon cœur battait la chamade. Je voulais aller vers lui, j'avais besoin d'être avec lui. Bien sûr, il était beau, mais à cet instant, j'avais l'impression de le connaître depuis toujours. Je voulais être dans ses bras, ne jamais partir. Était-ce là le lien dont elle parlait ? Si c'était le cas, c'était sans doute la chose la plus puissante que j'avais jamais ressentie dans ma vie, et je ne voulais pas le combattre.

La déesse de la lune a souri, nous a regardés, l'homme et moi, avant de nous montrer du doigt.

« Ces deux-là seront vos nouveaux chefs. Vos deux races doivent s'associer, car vous êtes tous mes gardiens. Apprenez les uns des autres. Maîtrisez vos pouvoirs. Soyez toujours prêts au cas où le démon serait libéré. De nombreux dangers vous attendent. »

Mon compagnon s'adressa à la déesse : « Moi, Alpha Cyrus de la meute de la forêt sombre, j'accepte votre cadeau avec humilité. Nous serons heureux d'accueillir les humains dans notre meute. »

J'ai froncé les sourcils. « Attendez, quoi ? Une meute ? Un alpha ? »

La déesse de la lune sourit. « Vous avez beaucoup à apprendre. Et vous devez comprendre que la façon dont les loups-garous dirigent une meute, ou la façon dont les humains vivent en société ne fonctionneront pas. Vous allez maintenant former un nouveau type de société, un nouveau type de meute. Une meute de loups-garous-sorciers. Vivez en harmonie avec la forêt et construisez une société forte avec des règles qui plairont à la fois aux loups-garous et aux sorcières ».

L'homme m'a regardé profondément dans les yeux, et j'ai pu contempler son âme pendant un moment. Il était fort, avait un bon cœur et souhaitait protéger ceux qu'il aimait. Nous avions tant à découvrir, et j'étais impatiente d'apprendre tout ce qu'il y avait à savoir sur lui. Il acquiesça, sans rompre le contact visuel avec moi.

« Compris », répondit-il à la déesse avant d'ajouter à mon intention : « J'ai hâte d'apprendre tout sur toi ».

La chaleur m'est montée aux joues et mon cœur a palpité à ces mots. J'ai répondu : « Moi aussi, je suis impatiente de te connaître plus. »

Les loups-garous ont commencé à se mêler aux habitants de ma ville, essayant de les connaître. Les gens dans la foule ont commencé à se regarder les uns les autres, échangeant quelques mots. Certains étaient étonnés de voir qu'ils pouvaient invoquer les éléments et la magie.

La déesse dit : « Vous créerez une nouvelle meute ici, près du sépulcre d'Eurynomos. »

L'homme m'a pris la main, et je jure que j'ai senti une vague de magie me traverser, envoyant des étincelles dans ma colonne vertébrale. Mon cœur battait la chamade. J'ai regardé la déesse : « Merci pour ces merveilleux cadeaux. »

Elle secoua la tête. « Vous devriez m'écouter avant de me remercier. Je crains que ces cadeaux ne soient accompagnés d'une malédiction. »

Tout le monde s'est arrêté de parler et l'a regardée fixement à ces mots. Quelle malédiction ? Elle n'avait pas parlé de malédiction. Effrayés, nous étions suspendus aux lèvres de la déesse qui nous annonçait l'horrible malédiction qui nous liait désormais à la protection du sépulcre du démon.

Chapitre 1 (Matthew)

Né avec une date d'expiration

*** Des siècles plus tard ***

Je me suis réveillé avec l'odeur du café et des œufs. Je n'étais pas pressé de me lever. Ma tête me lançait à cause du manque de sommeil. J'étais encore endolori par la course d'hier. J'aimais participer à ces courses, même si je n'y étais pas obligé. En tant que fils de l'Alpha, j'étais plus rapide que la plupart des loups de la meute. Mais la course était différente à chaque fois.

Comme notre meute était composée de sorcières et de loups-garous, nous avions modifié la course pour que tout le monde ait une chance de gagner. La course d'hier soir avait été préparée de façon à ce que les sorcières aient plus de chances de gagner que les loups-garous. J'ai été fier de terminer deuxième. Ceux qui étaient nés avec le don de la magie et un loup étaient ceux qui avaient un réel avantage, mais ils étaient très peu nombreux. Ceux qui étaient nés sans magie ou sans loup étaient généralement chargés de préparer la course, car ils ne pouvaient pas rivaliser avec nous. Mais nous organisions tout de même des courses spécialement pour eux. Ils étaient des membres essentiels de la meute, et nous ne voulions pas qu'ils se sentent exclus.

Le festin qui suivait la course était une célébration à laquelle tout le monde participait. Celle d'hier était l'une des meilleures que j'aie vues. Nous avons fait la fête pendant des heures, et je me souviens avoir dansé avec Kelly toute la nuit, ses cheveux blonds se balançant au rythme de la musique. Elle était l'une de mes meilleures amies. Bien que nous ayons eu une petite liaison dans le passé, nous étions restés amis. Mais nous savions tous les deux que les soirs de fête, après avoir bu, les choses avaient tendance à s'échauffer entre nous. C'était quelque chose que je recherchais autant qu'elle. Tant que nous étions tous deux célibataires et consentants, c'était un jeu auquel elle aimait jouer avec moi.

L'odeur de la nourriture a eu raison de moi. J'ai enfilé un jean et un t-shirt noir, puis je me suis rasé avant de peigner mes cheveux bruns. Quand je me suis dit que j'avais l'air suffisamment bien, je suis allé à la cuisine.

Mon père, Esme, mon frère Bryan et Kelly ont crié joyeusement « Joyeux anniversaire, Mat ! »

Esme était la sorcière la plus âgée de la meute. À quatre-vingt-douze ans, je savais qu'il ne lui restait plus beaucoup de temps à vivre. Mais elle était comme une mère pour moi. Esme avait aidé mon père à m'élever, car ma mère était morte en me donnant naissance. Kelly, Bryan et mon père m'ont serré dans leurs bras sous le regard souriant d'Esme.

J'étais content de les voir, mais je n'étais pas content que ce soit mon anniversaire. Aujourd'hui était un jour sombre pour moi. J'avais redouté ce moment toute ma vie. Il y a vingt-six ans, je suis né par une nuit bénie. J'étais le membre le plus précieux de la meute. J'étais l'élu, né avec la marque. Je devais être chéri jusqu'au jour où je serais sacrifié. Cette année était la dernière que je vivrais. Personne n'avait jamais dépassé l'âge de vingt-six ans. Avant mon vingt-septième anniversaire, le sceau du démon s'affaiblirait. À ce moment-là, mon sang sera versé et je mourrai pour qu'Eurynomos ne s'échappe pas de son sépulcre. Je n'ai jamais compris pourquoi ils appelaient ça une « nuit bénie ». Je suis né avec une date d'expiration.

C'est pourquoi mon frère Bryan était le plus proche pour devenir le prochain Alpha, même si j'étais le plus âgé. Tous les membres de la meute savaient que je ne serais jamais l'Alpha, mais ils me respectaient quand même de mon vivant.

J'ai demandé, « Sherry n'est pas là ? »

Mon père a secoué la tête.

« Elle est occupée avec son plus jeune. Elle sera probablement là plus tard dans la journée. »

Sherry était la mère de Bryan. Elle et mon père sont sortis ensemble il y a quelques années, mais elle ne voulait pas devenir la Luna de la meute. Trop de responsabilités. Ils se sont donc séparés, mais sont restés amis. Pourtant, elle s'est occupée de moi comme si j'étais son fils.

Après le déjeuner, je suis sorti de la maison de la meute avec Kelly. C'était une journée d'été ensoleillée et les rayons du soleil étaient chauds sur ma peau. Nous avons marché vers la forêt. Chaque fois que nous croisions le chemin de quelqu'un, nous devions nous arrêter, car cette personne voulait me souhaiter un joyeux anniversaire. Ils ne savaient pas que c'était mon anniversaire parce que j'étais le fils de l'Alpha. Ils le savaient parce que j'étais celui qui devait être sacrifié. Avec chaque génération, il devenait plus difficile pour la meute de sacrifier leur « membre précieux », comme ils l'appelaient.

Un grand mur entourait les maisons de notre meute. Sur ce mur était inscrit le nom de tous ceux qui avaient été sacrifiés au fil des ans. Tout avait commencé lorsque nous avons reçu cette malédiction de la déesse, et les gens commençaient à en avoir assez. Je me sentais mal, sachant que bientôt mon nom serait ajouté au mur.

« Soyez prudents ! » cria Charles alors que nous franchissions le mur redouté et que nous nous aventurions dans la forêt. Charles était l'un des meilleurs gardes de la meute.

J'ai fait un geste vers lui. « Bien sûr ! »

Il acquiesça, ses cheveux roux se balançant dans le vent, puis il ajouta avec empressement, en souriant : « Oh ! J'ai failli oublier ! Joyeux anniversaire ! »

Je lui ai souri. « Merci ! »

J'ai poussé un soupir de soulagement alors que nous nous enfoncions dans les bois. Kelly rit, sa voix cristalline résonna autour de moi.

« Tu as beaucoup d'attention aujourd'hui ! »

« Trop ! » répondis-je, agacé.

Kelly m'a regardé avec ses yeux chocolatés profonds. Nous avons enjambé un petit ruisseau.

« On ne peut pas leur reprocher de te souhaiter un bon anniversaire. »

Je savais qu'elle avait raison, mais quand même…

« C'est un rappel constant que c'est mon dernier anniversaire. »

Elle marcha en silence pendant un moment, fixant le sol. Elle parla, sa voix était à peine audible.

« Je sais. Tu es mon meilleur ami, Matthew. Je… »

Elle s'est arrêtée de parler, la voix brisée, une expression douloureuse sur le visage. Elle sursauta de surprise et me regarda fixement lorsque je lui saisis la main, l'attirant dans mes bras. Elle s'est détendue dans mes bras et son souffle était chaud dans mon cou. Je savais qu'elle redoutait autant que moi le jour où il faudrait me sacrifier.

« Ne pensons pas à ce jour. Tu seras toujours ma meilleure ami. Même après… »

Je voulais lui dire à quel point je l'aimerais toujours, même après ma mort, mais les mots sont restés coincés dans ma gorge. Tout deviendrait tellement plus réel si je le disais à haute voix. Je ne pouvais pas me résoudre à le faire. Elle savait pourtant ce que je voulais dire. Je n'avais pas besoin de le dire.

Le simple fait de l'avoir dans mes bras me réchauffait le cœur. Nous avons rompu l'étreinte et avons continué à marcher en silence pendant un moment. Nous avons marché jusqu'à ce que nous arrivions à notre endroit préféré : les rives du lac dormant. Ses eaux étaient toujours calmes et paisibles. Les rayons du soleil se reflétaient sur l'eau, la faisant ressembler à des diamants. Nous nous sommes assis ensemble dans l'herbe, entourés d'arbres, en écoutant le chant des oiseaux. Un écureuil sautait joyeusement dans l'herbe à proximité, à la recherche d'une noix ou de quelque chose à manger.

Kelly soupire en regardant l'eau du lac.

« Tu sais, j'ai réfléchi. »

Je me suis retourné pour la regarder, mais elle fixait toujours le lac. Elle a hésité, puis a continué : « Puisque c'est… hé bien… Puisque tu as vingt-six ans… »

Elle semblait chercher ses mots. Ce n'était pas son genre d'hésiter, et je me demandais ce qui la rendait si réticente. Je lui ai attrapé le menton et lui ai fait tourner doucement la tête dans ma direction.

« Dis-le. Tu sais que tu peux tout me dire. »

Ses yeux brillaient et elle sourit.

« Tu sais que je ne peux pas résister à tes yeux bleus quand tu me regardes comme ça. »

Je me suis esclaffé. Je savais l'effet que j'avais sur elle, même si notre liaison était terminée. Mes lèvres se sont retroussées et je l'ai taquinée : « Alors, vas-y, parle. »

Elle a pris une grande inspiration avant de parler, me fixant dans les yeux.

« J'ai pensé que j'aimerais être ta petite amie. Même si ce n'est que pour un petit moment. »

Je l'ai regardée avec surprise. Kelly était magnifique et je l'appréciais. Mais nous savions tous les deux qu'un jour nous rencontrerions nos âmes sœurs.

« Tu sais que ça ne va pas durer longtemps. Mon temps est compté. »

Elle se mordit la lèvre inférieure.

« Je sais. C'est pourquoi je veux en profiter au maximum. »

« Je ne voudrais jamais que quelque chose gâche notre amitié. »

Elle a acquiescé.

« Je sais. C'est pourquoi nous ne laisserons pas cela ruiner notre amitié. Si quelque chose arrive, nous redeviendrons les meilleurs amis du monde. »

J'ai pesé ses mots. Ce n'était que pour quelques mois. Je ne voulais pas perdre ce que nous avions. Pourtant, ce serait bien d'avoir à nouveau une petite amie. Cela faisait longtemps que je n'en avais pas eu. Les nuits pouvaient être solitaires. J'apprécierais sûrement la chaleur d'une femme dans mes bras. Les chances de trouver la femme de ma vie s'amenuisaient.

Avant que je ne puisse dire quoi que ce soit, elle a ajouté : « Bien sûr, si tu trouves ta compagne, nous redeviendrons juste 'amis'. »

J'ai ricané.

« À ce stade, je ne suis pas sûr que je ne la rencontre avant… »

Elle a acquiescé.

« Je sais… Mais je sais que c'est important pour toi. »

Mes lèvres se sont courbées vers le haut. Kelly me connaissait si bien. Trouver mon âme sœur était quelque chose d'important pour moi. Comme j'étais destiné à être sacrifié, j'avais espéré pouvoir au moins trouver de ma compagne. Mais au fil des années, je me suis dit que je n'en avais peut-être pas. Cela aurait été un cadeau cruel pour ma compagne d'être destinée à quelqu'un qui mourra à un si jeune âge.

Kelly attendait toujours ma réponse et me regardait fixement. Je lui ai fait un signe de tête.

« D'accord. Si tu penses qu'on peut le faire sans gâcher notre amitié, alors faisons-le. »

Elle m'a regardé avec le plus beau sourire qui soit, ses yeux pétillant d'excitation. « Es-tu sûr ? »

Au lieu de répondre, j'ai approché mes lèvres des siennes, scellant notre accord par un baiser. Elle a passé sa main derrière ma nuque, me serrant contre elle. Ma langue s'est frayé un chemin à travers ses lèvres entrouvertes. Elle avait si bon goût et je n'ai pas pu m'empêcher d'attraper ses hanches et de la rapprocher encore plus. Elle a laissé échapper un petit gémissement lorsque nous avons rompu le baiser. Je souris en replaçant une mèche de cheveux tombée derrière son oreille.

« Cet anniversaire n'est pas si mal, après tout. »

Nous nous sommes embrassés pendant un moment, puis sommes retournés à la maison de la meute. Je lui ai tenu la main pendant que nous rentrions. Nous n'avions pas besoin de cacher notre relation à qui que ce soit. J'étais heureux de passer cette dernière année avec Kelly. Lorsque nous sommes arrivés près de la meute, je lui ai chuchoté à l'oreille.

« Je me demandais si tu aimerais venir chez moi ce soir. Nous pourrions nous changer en loups et courir ensemble dans les bois, puis rentrer dans ma chambre et profiter de la nuit. »

Kelly avait un regard diabolique. Courir ensemble sous notre forme de loup était l'un des meilleurs moyens de se rapprocher. Sa louve et le mien apprendraient à se connaître, et même si nous n'étions pas des âmes sœurs, ils se rapprochaient. Les choses pouvaient devenir assez intenses, car nos loups avaient tendance à être sauvages et à suivre leurs instincts. Après une telle course, tous nos sens étaient en éveil. La nuit promettait d'être agréable.

« Bien sûr, j'ai besoin de prendre quelques affaires à la maison. »

Charles nous a salués lorsque nous sommes retournés à l'intérieur du mur de la meute. Il a regardé nos mains jointes, mais n'a rien dit.

Alors que nous approchions de la maison de la meute, Kelly s'est mise sur la pointe des pieds et m'a embrassé.

« Je te rejoindrai chez toi plus tard. »

J'ai laissé mes lèvres s'attarder sur les siennes pendant quelques secondes avant de lui murmurer : « Je t'attendrai. »

Je l'ai regardée se retourner et s'éloigner. Ses hanches se balançaient de gauche à droite, réveillant une faim en moi.

Alors que je m'apprêtais à entrer dans la maison de la meute, j'ai vu Sherry se diriger vers moi, ses cheveux auburn bouclés rebondissant tandis qu'elle me saluait joyeusement. Elle faisait au moins une tête de moins que moi.

« Matthew ! Je suis si contente de te voir ! »

Son étreinte était chaleureuse et maternelle.

Elle a levé les yeux vers moi et s'est exclamée : « Joyeux anniversaire ! Oh, mon Dieu, je n'arrive pas à croire que tu as grandi si vite ! »

J'ai gloussé : « Merci, Sherry. Tu sais que j'ai arrêté de grandir il y a un moment ».

Elle sourit. « Je sais. Mais le temps passe trop vite. »

Puis elle a levé un sourcil et a ajouté : « Je vous ai vus, toi et Kelly. Je ne savais pas que vous sortiez ensemble ? »

Ma lèvre s'est retroussée.

« Eh bien, nous n'avons commencé à sortir ensemble qu'aujourd'hui. »

« Vous ne sortiez pas ensemble il y a longtemps ? »

Je me suis frotté l'arrière de la tête.

« Oui, il y a quelques années. Depuis, nous ne sommes que des amis. Mais tout a changé ce matin. »

Sherry afficha un large sourire. « Je suis contente pour vous deux. » Puis elle regarda sa montre et ajouta : « Il faut que j'y aille, le bébé va bientôt se réveiller de sa sieste et je vais devoir le nourrir. »

J'ai gloussé : « Votre mari n'est pas là ? »

Elle acquiesça. « Oui, mais le bébé ne mangera que si c'est moi qui le nourris ».

J'ai souri. « Je suppose qu'il a besoin de l'amour de sa mère. »

Sherry a souri à ma phrase. J'ai ajouté : « Merci d'être venue me voir ».

Elle a fait un signe de la main. « Tu sais que je n'aurais pas manqué ton anniversaire. »

Je l'ai regardée s'éloigner, un sentiment de chaleur emplissant mon cœur. C'était un sentiment maternel agréable.

Je suis entré dans la maison de la meute en pleine forme. J'ai entendu des voix se disputer en passant devant la salle de réunion stratégique. J'ai ralenti et jeté un coup d'œil à l'intérieur pour voir mon père se disputer avec Esme. D'habitude, ils s'entendaient bien. Curieux, je restai caché et écoutai leur conversation.

« Tu dis n'importe quoi ! » s'écria Esme.

« Penses-y ! Nous pourrions mettre fin à tout cela ! » répondit mon père.

« David, ne laisse pas tes sentiments se mettre en travers des devoirs de la meute ! »

« Tu sais aussi bien que moi que tout le monde en a assez ! »

Mon père marchait furieusement d'un côté à l'autre de la pièce. Esme regardait le plafond en secouant la tête, laissant échapper un soupir de découragement.

« Pense aux conséquences ! La déesse de la lune serait furieuse contre nous ! »

Mon père a balancé son bras en l'air.

« J'en ai assez de penser aux conséquences ! J'ai déjà vu deux personnes se faire sacrifier. As-tu vu comment ils meurent ? Il faut que ça s'arrête. »

Mon cœur a battu la chamade. Comment les gens mouraient-ils lorsqu'ils étaient sacrifiés ? Depuis que je suis jeune, je savais que je serais sacrifié un jour. Mais personne ne m'avait jamais dit comment. Maintenant que j'y pense, il me semblait bizarre que personne ne l'ait mentionné.

« Je sais très bien comment ils meurent. Mais tu sembles oublier que c'est la déesse de la lune qui nous a confié la tâche de garder le sépulcre du démon. Nous sommes ses gardiens, et nous devons agir en conséquence ! »

Mon père s'est arrêté et l'a regardée d'un air menaçant.

« Et *tu* sembles oublier que je suis l'Alpha ici. »

Esme n'a pas été impressionnée par l'autorité de mon père. Une étincelle jaillit au bout de ses doigts.

« N'oublie pas que nous ne respectons pas les règles de l'Alpha ici. Nous sommes une meute de loups-garous-sorciers. J'ai mon mot à dire dans les décisions de la meute autant que toi. »

Ils se sont regardés dans les yeux pendant un moment. Je pouvais sentir la tension jusqu'à l'endroit où je me trouvais. Je retenais mon souffle, n'osant pas bouger. Je n'étais pas sûr de ce qui se passait, mais je savais que cela me concernait.

Mon père a finalement arrêté de la fixer et a respiré profondément.

« Je suis désolé, Esme. Tu as raison. Nous sommes une meute de loups-garous-sorciers. Pendant un moment, j'ai oublié. »

Le visage d'Esme s'adoucit et l'atmosphère se détendit.

« Heureusement que je suis là pour te le rappeler ».

Mon père avait l'air découragé. Elle a fait un geste vers lui et l'a pris dans ses bras.

« Je comprends ton désespoir. Ne prenons pas de décisions hâtives. » Elle réfléchit un instant : « Pourquoi ne pas demander à la meute ? Votons. C'est une décision importante, et je pense que tout le monde devrait avoir son mot à dire. »

Mon père l'a saluée d'un signe de tête avant d'aller fixer la fenêtre.

« Tu as raison. C'est une excellente idée. Organisons une réunion extraordinaire demain. »

Il se tourna vers elle. « S'il te plaît, fais savoir à tout le monde qu'ils doivent se réunir demain soir. »

Esme lui fit un signe de tête. Elle incanta un sort. Des dizaines de fées colorées se rassemblèrent devant elle, leur poussière s'éparpillant sur le sol tandis qu'elles volaient autour d'elle. Elle leur fit un geste et elles s'arrêtèrent toutes, attendant qu'elle parlât.

Seules les sorcières pouvaient parler aux fées, car elles devaient imprégner leurs paroles de magie pour que les fées les comprennent. Il en allait de même pour la compréhension des paroles des fées. J'étais toujours étonné de voir des sorcières leur parler.

« Allez, rassemblez tout le monde. Ne laissez personne dehors. Demain soir, nous avons une réunion. »

Les fées hochèrent la tête, puis s'envolèrent par la fenêtre ouverte.

J'ai attendu quelques secondes, puis je suis passé devant la pièce le plus décontracté possible. J'avais hâte d'être à la réunion de demain. Je voulais savoir de quoi il s'agissait.

En arrivant dans ma chambre, je me suis souvenu que Kelly venait ce soir. J'ai décidé de ne pas penser à la malédiction ou à la réunion. Aujourd'hui, je voulais me concentrer uniquement sur elle. Ce soir, il ne s'agissait que d'elle et de moi.

J'ai juste eu le temps de ranger ma chambre avant d'entendre sa voix venant du hall de la meute.

« Bonjour, David, bonjour Esme. Je vais juste voir Matthew ».

« Oh, je n'avais pas réalisé qu'il était de retour ! » s'exclama Esme.

J'ai souri à cette déclaration. Bien, je suppose qu'ils étaient tous les deux perdus dans leurs pensées et qu'ils ne m'avaient pas remarqué.

Kelly est entrée dans ma chambre et a déposé un petit sac sur le sol.

« As-tu entendu ? Ton père et Esme ont convoqué une réunion extraordinaire demain soir ! »

Je lui ai fait un signe de tête et j'ai fait comme si je ne savais rien.

« Oui, je me demande de quoi il s'agit. »

Elle avait un air déçu.

« J'espérais que tu savais de quoi il s'agissait ».

J'ai gloussé en enroulant mes bras autour de sa taille.

« Désolé de te décevoir. »

Elle a pris une grande inspiration et ses lèvres ont frôlé les miennes en même temps qu'elle parlait.

« Hm… Tant que tu ne me déçois pas ce soir. »

Je n'ai pas pu m'empêcher de sourire, un doux grognement s'échappant de ma poitrine.

« Tu n'as pas besoin de t'inquiéter pour ça. »

PDV de Serena

La vieille maison située à l'extrémité du territoire de la meute avait besoin de beaucoup de travaux. Elle était en ruine et menaçait de s'écrouler. Le propriétaire m'avait appelé au bon moment. Rien n'aurait pu être fait pour sauver la maison s'il avait attendu plus longtemps avant de me contacter.

Je me suis concentrée, jetant toute mon énergie sur elle. Lentement, j'invoquai les éléments. Le bois se remit en place, les fissures disparurent tandis que la magie le renforçait, lui redonnant sa robustesse d'antan. Les pierres tombées ont repris leur place dans la structure de la maison. Les plantes poussèrent et s'insinuèrent dans les murs, renforçant encore la maison. Bientôt, on aurait pu croire que la maison était neuve.

J'ai haleté sous l'effort, la sueur perlant sur mon front. Quelques personnes tapaient dans leurs mains.

« Wow ! Serena, tu t'es surpassée ! »

Gregory souriait, ses yeux bleus étaient grands ouverts et ses cheveux châtains clairs et bouclés lui tombaient légèrement sur le visage. Il était l'un des rares de la meute à être né sans loup ni magie. C'était aussi l'une des personnes les plus gaies et les plus amicales que je connaissais. Je lui ai souri.

« Merci, Gregory ! »

« Ce n'est pas comme si *tu* avais pu faire ça, Gregory ! », a crié un adolescent derrière lui. Le visage de Gregory s'est décomposé et la colère m'a envahi. J'ai traversé les gens dans la foule jusqu'à ce que je trouve deux adolescents qui riaient de leurs blagues.

« Tu trouves ça drôle ? » demandai-je, la chaleur me montant aux joues.

L'un des garçons s'est mis à rire.

« Tes parents ne t'ont rien appris ? »

« Comme si nous allions les écouter ! », souffla le second.

« Les membres de la meute nés sans magie ni loups sont aussi importants que tous les autres membres », grinçai-je entre mes dents.

Ils ont tous deux ri de ce que j'ai dit. Manifestement, il fallait leur apprendre le bon sens. Je leur lançai un petit éclair, assez puissant pour piquer un peu, mais pas pour les blesser. Le loup du premier garçon me grogna dessus.

« Hé ! », crièrent-ils. Ils ne riaient plus.

Le premier garçon a demandé : « Tu cherches la bagarre ? »

Son loup grognait contre moi. J'ai souri, un éclair au bout de mon doigt. « Tu penses que tu peux te débrouiller contre moi ? »

Son visage a pâli et il a fait un pas en arrière. J'ai ajouté : « Vous devriez rentrer chez vous et réfléchir à ce que je vous ai dit. La prochaine fois, je pourrais même aller parler à vos parents moi-même. »

Les deux se regardèrent fixement.

« Tu devrais apprendre à avoir le sens de l'humour », a dit le premier avant de s'en aller. Le second ne m'a regardé qu'une seconde avant de suivre son ami.

J'ai secoué la tête. Je suis retournée auprès de Gregory, qui restait là, sans rien dire. J'étais triste pour lui.

« Hé, Gregory, désolée pour ça ».

Il se frotta la nuque et regarda le sol.

« Ce n'est pas grave. Ils ont raison. »

J'ai froncé les sourcils. « Non, ils n'ont pas raison ! »

Ses yeux bleus fixaient les miens. Ils étaient empreints de tristesse, mais je ne pouvais pas lire les secrets qu'ils contenaient.

« Je n'aurais pas pu réparer la maison comme tu l'as fait. »

C'était vrai, mais… « Ça ne leur donne quand même pas le droit de se moquer de toi comme ils l'ont fait ».

Gregory hésita une minute, puis répondit : « Merci de m'avoir défendu ».

Je lui ai souri. « Bien sûr ! Il le fallait ! »

M. Gordon s'est retourné lentement, en regardant fixement sa maison.

« Tu es vraiment la meilleure sorcière ! » s'exclama-t-il, émerveillé. Je lui ai souri. J'ai pris une grande inspiration en regardant la maison. Je devais admettre qu'elle était jolie. La chaleur se répandit sur mes joues tandis que j'admirais fièrement mon travail.

« N'attendez pas aussi longtemps la prochaine fois que vous aurez besoin de réparations. Je n'aurais pas pu la réparer si elle s'était effondrée. »

M. Gordon a replacé ses lunettes sur son nez.

« J'avais à peine remarqué. C'est mon voisin qui m'a dit de t'appeler ».

Je me suis retenue de rire en pensant que M. Gordon avait peut-être besoin de nouvelles lunettes.

« Vous devriez remercier votre voisin, alors. »

Le vieil homme m'a fait un signe de tête et s'est retourné pour admirer à nouveau sa maison. À ce moment-là, un groupe de fées a volé autour de nous. Elles nous parlaient. Les loups-garous ne pouvaient pas communiquer avec elles, mais toutes les sorcières en étaient capables. J'ai sursauté lorsqu'elles ont dit qu'une réunion extraordinaire de la meute aurait lieu demain. Il devait se passer quelque chose d'important pour que notre grande sorcière et l'alpha convoquent tout le monde. Un nœud s'est formé dans mon estomac lorsque j'ai annoncé la nouvelle aux loups-garous qui m'entouraient. J'espérais qu'il n'y avait rien de grave.

Gregory avait le même regard que moi.

« Ce doit être quelque chose d'important. »

J'ai acquiescé. « Espérons que ce soit une bonne nouvelle. »

Il a acquiescé, mais je ne pouvais m'empêcher de penser qu'il était encore ébranlé par ce qui s'est passé tout à l'heure.

« Rentres-tu chez toi ? » lui ai-je demandé. Il habitait quelques maisons plus loin que la mienne, nous pouvions donc rentrer à pied ensemble.

Gregory regardait distraitement le vide devant lui. Ses lèvres bougeaient, mais il ne disait rien. Finalement, il se ressaisit et marmonna : « Euh, non. Je vais aller… je vais marcher… je crois. »

Je me sentais fatiguée après tous ces travaux de rénovation et j'ai décidé de rentrer à la maison. J'ai regardé Gregory errer dans la forêt. Pendant un moment, je me suis demandé si je devais aller le chercher, mais je me suis dit qu'il avait peut-être besoin d'être seul.

C'était déjà la fin de l'après-midi quand je suis sortie de la douche. Le fait de savoir que nous avions une réunion de meute demain soir me rendait nerveuse. Mais je connaissais le meilleur moyen de ne pas y penser. Je me suis fait un chignon et une tasse de café bien chaude avant de m'installer dans mon fauteuil préféré avec une couverture. C'est peut-être l'été, mais les soirées pouvaient être fraîches. C'était la soirée idéale : mon livre préféré, une couverture et un café.

Chapitre 2 (De Mörder)

Disparu

Le doux voile des ténèbres m'a entouré. J'ai haleté en enfonçant une nouvelle fois le couteau dans la poitrine de l'homme. Le sang éclaboussa mon visage. J'aimais l'odeur métallique et fétide qui s'en dégageait. Il s'était bien battu et avait ruiné l'une de mes chemises préférées. Elle était déchirée et tachée de sang. Ce n'était que justice que je l'emporte. Au moins, ma chemise préférée ne serait pas abîmée pour rien. J'ai enfoncé mes doigts dans la chair encore chaude, tâtant ses organes. C'était une sensation particulière, étonnamment satisfaisante. C'était la première fois que je tuais quelqu'un, et je devais admettre que j'avais apprécié l'expérience.

Mais chaque chose en son temps. Je devais voir s'il m'avait dit la vérité. J'ai essuyé la lame de mon couteau sur les vêtements de l'homme, je l'ai remis dans son fourreau et je me suis levé. Je me suis concentré sur le cadavre. Au début, il ne se passait rien et je me demandai si on m'avait encore menti. Mais alors que je continuais, une force obscure traversa mon corps, drainant mon énergie. Je haletai sous l'effet de l'effort et m'appuyai sur un arbre pour ne pas tomber. Je devais trouver un moyen de reconstituer ma force vitale si je voulais survivre.

J'ai continué à pousser, sentant ma force vitale et ce qui faisait de moi un être humain s'écouler au fur et à mesure. Soudain, les bras et les jambes du cadavre se mirent à bouger. Lentement, il s'est relevé, le sang s'écoulant de sa blessure ouverte. J'ai regardé avec stupéfaction l'homme que je venais de tuer se tenir devant moi. C'était de toute beauté, comme une seconde naissance à la vie.

Ses cheveux bruns étaient humides et le sang lui collait à la peau. Ses yeux bruns fixaient le vide devant lui, mais je sentais qu'il me fixait quand même, attendant un ordre. Des questions m'envahissaient l'esprit. Se souvenait-il de sa vie passée ? Était-il la même personne ? Y avait-il une âme dans son corps ? J'aurais aimé qu'on me donne plus de détails lorsque j'ai reçu ce pouvoir.

« Peux-tu parler ? » ai-je demandé.

Le mort-vivant n'a fait que grogner. Je suppose qu'il ne pouvait pas. Je me suis demandé s'il était fort. Était-il capable d'obéir à des ordres simples ?

J'ai montré un rocher de taille moyenne. Quelque chose qu'un humain était capable de soulever.

« Attrape ce rocher là-bas. »

L'homme se tourna lentement vers le rocher. Il s'en approcha en boitant. Il s'accroupit au sol et le ramassa rapidement.

« Bien. » Je me frottai les mains. « Va prendre celui-ci, maintenant », ai-je ordonné en désignant un rocher beaucoup plus gros, quelque chose que je ne pourrais pas soulever. Le mort a jeté le premier rocher par terre. Je fus stupéfait de le voir soulever sans effort le deuxième rocher. Avec une telle puissance, tout était possible. Alors… le démon avait dit la vérité. Il ne restait plus qu'à…

« Allez ! Trouve-moi des hommes et des femmes pour renforcer nos forces ! Amène-les-moi. »

L'homme grogna et commença à marcher en direction de la ville la plus proche. C'était parfait ! Il serait satisfait de mes progrès et j'obtiendrais ce que je voulais. Enfin ! Après toutes ces années…

PDV de Matthew

La nuit était chaude alors que nous nous tenions à l'extérieur, près de la maison. Entourés d'épais buissons et de cèdres, nous étions à l'abri des regards indiscrets. C'était mon endroit préféré pour me changer en loup. De toute façon, il n'y avait pas beaucoup de gens qui regardaient. Je me tournai vers Kelly. Ses yeux ont vacillé, m'observant. Je savais que c'était son loup ; elle voulait sortir. Mon loup a grogné doucement en réponse, ce qui a fait sourire Kelly.

J'ai enlevé la chemise de Kelly, effleurant sa peau douce de mes doigts. Elle était délicieusement tentante, mais je serais patient. Elle m'a aidé à me déshabiller et je l'ai aidée à enlever ses vêtements. Ses ongles effleurèrent ma peau, faisant apparaître la chair de poule lorsqu'ils parcoururent ma poitrine. Je bandais déjà d'impatience, mais mon loup criait pour sortir. Je devais d'abord le libérer. J'ai attrapé sa main, embrassant chacune de ses jointures, et j'ai murmuré : « Petite coquine, attends que je m'occupe de toi. »

Le sourire diabolique qu'elle arborait me disait qu'elle savait exactement ce qu'elle faisait. J'ai embrassé les lèvres douces de Kelly, j'ai attrapé l'arrière de sa tête et je l'ai rapprochée de moi. Son parfum de pêche était enivrant. Elle a gémi dans le baiser, ses mamelons frôlant ma poitrine.

Je l'ai regardée dans les yeux. « Prête ?

Elle sourit. « Tu sais bien que oui. »

J'ai souri. Je pouvais sentir l'odeur de son excitation. Sans plus de mots, je laissai cette merveilleuse sensation s'emparer de moi, donnant le contrôle à mon loup. Je sentis mes sens s'aiguiser au fur et à mesure que le changement s'opérait.

Le petit loup gris de Kelly me regardait avec passion. Mon loup se gonfla de fierté lorsqu'elle frotta son museau sur le mien, mélangeant nos odeurs. Tous les loups pourraient sentir mon odeur sur elle. En tant que fils de l'Alpha, personne n'oserait me prendre ce qui m'appartenait.

J'ai fait un geste en direction des bois. Elle m'a fait un signe de tête, puis s'est mise à courir dans la forêt. Mon loup poussa un léger grognement et s'élança à sa suite. Son odeur était facile à suivre, se mêlant au vent tandis que je courais dans l'herbe humide de rosée. L'adrénaline circulait dans mes veines, ce qui rendait le jeu beaucoup plus amusant. Je la rattrapai rapidement. J'étais de sang alpha, mon loup était plus grand et plus rapide que le sien. Mon loup a hurlé quand j'ai atteint Kelly, et son loup a hurlé en réponse. Bientôt, je la plaquais au sol, lui montrant ma force. Son loup ne faisait que fixer le mien de la manière la plus séduisante qui soit. Nous avons joué dans l'herbe pendant un moment, une démonstration de force et d'affection exaltante.

Je sentais mon loup s'agiter à cause de la proximité de celui de Kelly. Le désir montait en moi, renforcé par les sens de mon loup. Elle devenait irrésistible. Je savais ce que mon loup voulait, et je le voulais aussi, mais pas sous la forme de mon loup.

J'ai fait un geste en direction de la maison. Les yeux de Kelly étaient également lourds de désir. Nous avons couru avec empressement jusqu'à la maison où nous avions laissé nos vêtements.

Le retour à ma forme humaine s'est fait rapidement. Mon loup et moi étions tous deux impatients de connaître la suite. En regardant le corps nu de Kelly, je savais que je n'arriverais pas à retourner dans mon lit. Elle gémit lorsque mes lèvres rencontrèrent les siennes. À bout de souffle, lourd de désir, à l'abri des regards indiscrets, je l'ai déposée délicatement sur le sol, sous la nuit étoilée.

PDV de Serena

C'était le début de la matinée. Les oiseaux gazouillaient joyeusement dans les arbres et le soleil était déjà chaud. J'avais beau essayer, je ne pouvais m'empêcher de penser à la réunion de ce soir. J'étais curieuse de savoir de quoi il s'agissait, mais je n'arrivais pas à me débarrasser de ce mauvais pressentiment. Quelque chose de terrible allait se produire. Je ne savais pas si c'était à cause de la réunion de ce soir ou d'autre chose, mais j'en étais sûre.

Quand j'étais enfant, je faisais des rêves prémonitoires. Ma mère me répétait que ce n'étaient que des rêves. Aucune sorcière n'a jamais eu le pouvoir de prédire l'avenir. Seul l'oracle le pouvait, mais il n'y avait plus d'oracle depuis des siècles. On pensait que ce pouvoir était perdu à jamais. Mais je savais ce que je voyais dans mes rêves. Tout était si clair et si bien défini ! Bien sûr, cela se produisait exactement comme je l'avais vu quelques jours plus tard. Maintenant que j'étais adulte, les rêves s'étaient estompés et ne se produisaient plus aussi souvent, mais ils se produisaient encore de temps en temps. Néanmoins, ce mauvais pressentiment n'était pas qu'une impression.

J'ai finalement décidé de voir si je pouvais aider les gens de la meute en attendant le début de la session extraordinaire. Charles m'a fait signe en sortant de chez moi. Je l'ai regardé se rendre sur le terrain d'entraînement avec les autres gardes de la meute. Au moment où j'arrivais chez mon voisin, une femme s'est précipitée dans la rue. Ses longs cheveux roux se balançaient tandis qu'elle criait : « S'il vous plaît ! Quelqu'un a-t-il vu mon mari ? »

Elle n'était pas membre de notre meute. Elle avait l'air fatiguée et angoissée, et je ne sentais aucune magie en elle. Si je devais deviner, c'était une humaine de la ville au nord. Les gens se sont rassemblés autour d'elle. Je lui ai pris les mains.

« Calme-toi. Qui est ton mari ? À quoi ressemble-t-il ? »

Ses yeux verts se fixent dans les miens alors qu'elle prend un moment pour reprendre son souffle.

« Il s'appelle Gerald. Il a les cheveux et les yeux bruns. »

Certaines personnes chuchotaient entre elles. Il pouvait s'agir de n'importe qui, et je ne connaissais personne du nom de Gerald.

« Qu'est-ce qui te fait penser qu'il est ici ? »

« Il adore chasser. Il m'a parlé de cet endroit. Il a dit que des gens magiques vivaient ici. Il a un ami qui vit ici, alors j'ai pensé qu'il était peut-être ici. »

Je n'avais aucune idée de qui elle parlait. Je savais que quelques humains connaissaient notre existence. Bien que nous préférions rester cachés, il nous arrivait de nous lier d'amitié avec des humains.

Un homme au fond dit : « Je crois que je sais de qui elle parle. C'est un bon gars. Il chasse parfois avec Tarriel. Mais je ne l'ai pas vu récemment. »

La femme m'a regardé fixement, les yeux suppliants. « S'il vous plaît, vous devez m'aider ! »

Je ne pouvais pas la laisser comme ça. J'aimais aider les gens autant que je le pouvais. J'aimais penser que je pouvais faire la différence dans la vie de quelqu'un.

« Voyons si nous pouvons le trouver. Quand l'as-tu vu pour la dernière fois ? »

Elle posa une main sur son ventre, en réfléchissant. « Il est allé chasser hier soir. Il a beaucoup chassé ces derniers temps, essayant de gagner de l'argent pour l'arrivée de notre bébé. Il n'est pas revenu. Ça ne lui ressemble pas de disparaître sans rien dire. »

Mon cœur a sombré lorsque j'ai réalisé qu'elle était enceinte et que le père, son partenaire, n'était pas là. En grandissant, j'étais si proche de mon père que je ne pouvais pas imaginer que cet enfant grandisse sans lui.

« Quel est ton nom ? »

« Odilia.

"Viens avec moi, Odilia. Voyons si nous pouvons trouver ton mari. »

Elle acquiesça, et son visage afficha un soupçon de sourire. Je ne savais pas si je pouvais l'aider à retrouver son mari, mais je savais qu'Esme en serait sûrement capable. Sa sagesse était grande et ses connaissances étendues.

Alors que nous marchions vers la maison d'Esme, Odilia regardait partout avec beaucoup d'intérêt.

« C'est vrai que vous avez de la magie ? Vous n'avez pas l'air différent de moi. »

J'ai acquiescé. « Oui, c'est vrai. Certains d'entre nous ont de grands pouvoirs, mais d'autres non. »

Elle fronça les sourcils. « C'est triste. J'imagine qu'ils doivent se sentir un peu délaissés. »

Je secoue la tête. « Chaque membre de la meute joue un rôle important. Même ceux qui n'ont pas de magie. »

"Qu'entends-tu par 'meute' ? »

Je souris. « Je suppose que tu ne le sais pas. Certains d'entre nous sont nés avec un loup à l'intérieur ».

Elle s'est arrêtée de marcher un instant, bouche bée.

« Un loup ? Pour de vrai ? Vous êtes des loups-garous ? Est-ce qu'il a une vie propre ? Comment ça marche ? »

J'ai gloussé. J'adorais la curiosité d'Odilia à notre égard. Nous avons parlé en marchant, et je lui ai expliqué autant que possible. J'essayais de rester simple, car c'était beaucoup pour elle. Le fait qu'elle soit ouverte d'esprit lui permettait d'accepter plus facilement ce que je lui disais.

Esme était devant sa maison lorsque nous sommes arrivés, en train de s'occuper de son jardin. Ses longs cheveux blancs étaient tressés et tombaient sur son épaule gauche, jusqu'à ses hanches. Elle portait sa robe gris clair habituelle et une ceinture de plantes fraîchement tressées. Penchée sur ses fleurs et son potager, elle insufflait de la magie aux plantes, l'air s'illuminant de vert autour d'elles. Elle leur donnait de l'énergie, les faisait grandir et les rendait fortes. C'était l'un des talents d'Esme. Elle était l'une des meilleures jardinières de la meute.

Odilia a sursauté en la voyant.

« Qu'est-ce qu'elle fait ? »

Je souris. « Elle aide les plantes à pousser. »

Ses yeux s'écarquillent. « Elle les fait pousser plus vite ? Peut-elle transformer une graine en arbre en quelques minutes ? »

J'ai gloussé et secoué la tête. « Pas tout à fait. Elle leur fournit tout ce dont ils ont besoin pour devenir forts. C'est comme un engrais magique. »

Elle est restée bouche bée. À ce moment-là, Esme s'est retournée et a souri en nous voyant. Elle cessa de jeter son sort, l'air redevenant normal et elle vint à notre rencontre.

« Bonjour, ma douce Serena. À quel plaisir dois-je ta visite ? Qui est ton amie ici ? »

« Voici Odilia. C'est une humaine de la ville au nord. Elle cherche son mari. »

Esme fronça les sourcils et demanda à Odilia : « Je suis désolée. Quand l'as-tu vu pour la dernière fois ? »

« Il est parti chasser hier soir. J'ai pensé qu'il serait ici. »

Esme n'ayant pas l'air de comprendre, j'ai ajouté : « Quelqu'un a dit qu'il chassait parfois avec Tarriel ».

Odilia acquiesça. « Il m'a déjà parlé de cette ville. Je veux dire, de cette meute. Mais c'est la première fois que je viens ici. »

Esme prit les mains d'Odilia dans les siennes et les serra.

« Viens, voyons si nous pouvons trouver où est ton mari. »

Nous avons suivi Esme à l'intérieur de sa maison jusqu'à une pièce remplie de potions, de réactifs et d'ossements d'animaux. Des plantes et des fleurs fraîches pendaient au plafond, laissé à sécher. Le parfum des épices et l'odeur des différentes plantes et fleurs donnaient une odeur agréable à la pièce. De nombreuses fenêtres laissaient la lumière du soleil illuminer la pièce. Un magnifique motif d'arc-en-ciel attira mon attention, peint par les rayons du soleil passant à travers une pierre de quartz placée devant l'une des fenêtres.

Esme avait probablement collectionné des herbes toute sa vie. Je n'avais jamais vu une collection aussi complète dans la meute. Étant moi-même une sorcière, je ne pouvais que l'observer avec admiration. Je ne pouvais même pas les nommer toutes, mais j'espérais avoir un jour ma propre collection de composants rares et puissants. Bien que la fabrication de potions ne soit pas mon point fort. Je suis née lanceuse de sorts très douée. J'aimais tout de même préparer des potions de temps en temps.

Esme saisit un petit chaudron noir et invoqua une flamme en dessous. Elle regarda autour de la pièce, attrapa quelques feuilles ici et là, et les jeta dans le chaudron. Je fus stupéfaite de voir la surface du chaudron s'illuminer à mesure que la solution chauffait. Une odeur de cannelle et de noix de muscade s'échappait du chaudron, me rappelant l'odeur des tartes aux pommes.

Bientôt, je pus observer mon reflet à la surface du liquide. Tandis qu'Esme se concentrait et récitait un sort, la surface se brouilla et devint un mélange de couleurs diffuses. Un froncement de sourcils se dessina sur le visage d'Esme. Elle essaya son sort plusieurs fois et attendit quelques minutes, mais rien ne se passait.

Elle dit avec une pointe de surprise dans la voix : « C'est étrange. Je n'arrive pas à localiser ton mari. »

Odilia couvrit sa bouche avec la main. Sa voix était tremblante lorsqu'elle demanda : « Est-ce que cela signifie qu'il est… ? »

Elle n'a pas terminé sa phrase, mais ses yeux larmoyants indiquaient clairement ce qu'elle pensait.

Je savais qu'il n'était pas bon qu'Esme ne trouve pas le mari d'Odilia. À en juger par la réaction d'Esme, je dirais que j'avais probablement raison, mais elle a essayé de rassurer Odilia.

« Il est possible qu'un sort cache sa position. »

Odilia se détendit à ces mots, mais pas moi. Je comprenais toujours ce qu'Esme n'avait pas dit. Un sort cachant sa position n'était qu'une des raisons possibles pour lesquelles elle ne pouvait pas le trouver. Les autres raisons étaient plus sombres, et j'essayais de ne pas y penser.

« Sais-tu comment on peut défaire ce sort ? » demanda Odilia, s'accrochant au peu d'espoir qu'il lui restait.

Esme secoua la tête. « Je crains que la seule chose que nous puissions faire soit d'attendre et de voir si le sort s'estompe. »

Odilia fronça les sourcils. « J'espère que ce ne sera pas trop long. J'ai besoin de lui avec moi. »

« Nous pourrions aussi envoyer quelqu'un à sa recherche », ai-je suggéré.

« Mais personne ne sait à quoi il ressemble », répond Esme.

« Les gens ont dit que Tarriel le connaît », lui ai-je rappelé.

Odilia a soudainement perdu l'équilibre et est tombée. Heureusement, j'ai pu lancer un sort de vent sous elle juste avant qu'elle ne touche le sol, amortissant sa chute avec de l'air. Je l'ai rapidement prise dans mes bras, voyant qu'elle était inconsciente. Esme prit un chiffon et invoqua un nuage de pluie pour le mouiller. Elle essuya doucement le front d'Odilia.

Mes pensées se bousculaient alors qu'Odilia ne se réveillait toujours pas. Je cherchais frénétiquement un sort que je pourrais lancer pour qu'elle se sente mieux.

« Dois-je lancer un sort de guérison ? Qu'est-ce qui lui arrive ? »

Esme resta calme, des années d'expérience lui avaient appris à réagir dans une telle situation. Elle examina Odilia et prit note de ses signes vitaux.

« Elle a eu une chute de pression, rien de grave. Elle n'a pas besoin d'un sort de guérison. »

Au moment même où elle prononçait ces mots, Odilia commença à reprendre ses esprits. Elle cligna lentement des yeux. Sa voix était faible.

« Qu'est-ce... Qu'est-ce qui s'est passé ? »

Esme a répondu : « Ta pression a chuté et tu t'es évanouie ».

Odilia grimaça. « Cela m'arrive de plus en plus souvent depuis que je suis enceinte ».

Je l'ai lentement assise sur le sol. Elle a posé ses mains sur le sol comme pour se stabiliser.

« Ma tête tourne encore un peu ».

Esme avait un air pensif sur le visage, fixant l'air.

« Tu dis que ça a commencé quand tu es tombée enceinte ? »

Odilia acquiesça.

Esme demanda prudemment, hésitante, « Est-ce que Gerald... Est-ce que Gerald est un humain ? »

J'ai été choquée par ce que la question d'Esme impliquait. Se pourrait-il que Gérald soit un loup-garou ? Ou un sorcier, peut-être ? Ou peut-être quelque chose d'autre... Il y avait eu des rapports sur des démons et d'autres créatures qui se cachaient sous la forme d'humains. Certains voulaient simplement vivre une vie simple, se mêlant harmonieusement aux humains. D'autres menaient une vie meurtrière la nuit.

Les yeux d'Odilia s'écarquillèrent. « Bien sûr qu'il est humain ! »

Esme avait un air douteux. Je faisais confiance à sa sagesse plus que tout. Elle afficha un faux sourire et répondit : « Bien sûr ! À quoi pensais-je ? »

Puis elle s'est tournée vers moi. « Serena, prépare le lit dans ma chambre d'amis. Odilia peut y rester un moment. »

Je connaissais Esme depuis des années. Je savais qu'elle cachait quelque chose, mais je ne pouvais pas lui demander.

« Quoi ? » demanda Odilia, surprise.

Esme répondit d'un ton maternel : « Tu es trop faible pour rentrer seule. »

Odilia acquiesça à contrecœur.

Esme ajouta : « Tu dois rester ici jusqu'à ce que tu ailles mieux ou jusqu'à ce que nous trouvions ton mari ».

Odilia sembla perdue dans ses pensées pendant un moment avant d'accepter l'offre d'Esme, bien qu'elle n'ait pas eu le choix. Elle n'était même pas encore sur pied, et encore moins capable de retourner dans la ville humaine.

« Merci pour ton hospitalité. »

J'ai quitté la pièce pendant qu'Esme et Odilia discutaient ensemble. La chambre d'amis se trouvait à l'arrière de la maison. Elle était vide la plupart du temps. Un sort d'altération avait été jeté sur les meubles, les maintenant à la taille d'une balle pour que l'espace puisse être utilisé pour autre chose.

Des rangées d'étagères remplies de livres remplissaient la pièce. Esme avait tous les meilleurs livres de sorts ! Certains d'entre eux étaient très anciens et l'odeur agréable du vieux papier emplissait l'air. Je souris en invoquant un coffre magique. D'un simple sort, tous les livres se sont envolés dans le coffre. Même s'il y avait des dizaines de livres, l'intérieur du coffre s'étirait pour accueillir tout ce qu'on y mettrait tout en gardant sa taille d'origine à l'extérieur. J'ai ensuite rétréci les étagères et les ai mises dans le coffre. Il ne restait plus qu'à remettre les meubles de la pièce à leur taille d'origine.

« Reverti, regressus, reversio. »

En un clin d'œil, un beau lit, parfaitement fait, remplit la pièce. Sur le côté se trouvait une commode remplie de vêtements et d'objets personnels pour l'invitée.

Lorsque je suis retournée voir Esme, Odilia était debout, tenant la main d'Esme pour garder l'équilibre.

« Serena, tu arrives au bon moment ! Viens, aide-moi à emmener Odilia dans sa chambre. »

J'ai pris l'autre main d'Odilia et j'ai marché lentement vers la chambre d'amis. Elle semblait plus stable que tout à l'heure, et son visage était moins pâle, mais je voyais bien qu'elle était encore fragile. Elle a souri lorsque nous l'avons assise sur le lit, regardant partout autour d'elle, découvrant la pièce où elle allait séjourner.

Esme sourit. « Ne t'en fais pas. Tu peux utiliser tout ce que tu veux dans cette pièce ».

« Vraiment ? » demanda Odilia, surprise.

« Oui. La salle de bains se trouve de l'autre côté du couloir. Tu y trouveras tout ce dont tu as besoin pour prendre un bain. »

Odilia sourit à ces mots.

« Oh, un bain relaxant, c'est une excellente idée ! »

« Bien. Je dois me préparer pour la réunion de la meute. »

Ces mots m'ont fait sursauter. Était-ce déjà l'heure ? Je l'avais presque oublié !

« Puis-je venir ? » demanda Odilia.

Esme secoua la tête.

« Tu es encore trop faible, ma chère. Mais rassure-toi, nous ne parlerons que des affaires de la meute et rien qui ne dois t'inquiéter. »

Odilia acquiesça. Esme ajouta : « J'ai déjà envoyé une fée à la recherche de Tarriel. J'en ai aussi envoyé une autre pour t'apporter un repas chaud. Je serai de retour tard ce soir. »

Odilia acquiesça à nouveau. « Merci encore pour tout. Je ne sais pas comment te remercier pour ta gentillesse. »

« C'est tout naturel, mon enfant. Maintenant, repose-toi. »

Cela dit, nous sommes sortis de la pièce. Tarriel arriva juste au moment où nous revenions devant la maison. Il était l'un des rares à être né avec un loup et de la magie. C'était l'un des meilleurs chasseurs de la meute. J'aimais la façon dont il tressait ses longs cheveux roux et l'odeur de pin qui se dégageait de son épaisse barbe.

« Tu voulais me voir, Esme ? » demanda-t-il humblement.

« Oui, connais-tu un homme nommé Gerald ? »

Tarriel réfléchit un instant.

« Oh oui ! Gerald. Un homme sympathique et un chasseur très talentueux ! Plus que la plupart des hommes que je connais. »

« Il a disparu. »

Tarriel serra la mâchoire. « Ça ne peut pas être bon ».

"Sa femme est ici, à sa recherche", ajouta Esme.

"Il a une femme ? Je ne le savais pas. Enfin, ce n'est pas grave…", marmonna-t-il.

"Pourrais-tu le chercher ?"

"Bien sûr, je connais tous ses lieux de chasse préférés."

"Merci !" répondit Esme.

Tarriel acquiesça et partit, impatient de retrouver Gerald.

J'étais soulagée qu'il ait accepté de le chercher. Étant l'un des meilleurs chasseurs de la meute, je ne pouvais imaginer une meilleure personne pour rechercher l'homme.

Je me suis tourné vers Esme. Maintenant que nous étions seules, j'ai demandé : "Crois-tu vraiment que Gérald n'est pas humain ?"

Esme acquiesça.

« Il y a de fortes chances. Il y a eu des cas d'humains qui ont eu du mal à s'adapter au rythme de croissance rapide des bébés loups-garous. Surtout si le lien d'accouplement n'a pas été établi. »

J'ai réfléchi un instant. Le lien d'accouplement se fait lorsque le mâle mordait la femelle au cou. À ce moment-là, les gènes du loup-garou étaient partiellement transférés à la femelle, la rendant compatible avec lui pour qu'ils puissent se reproduire. C'était un fait connu de toutes les meutes. De préférence, nous attendions de trouver nos âmes sœurs. Mais lorsque les loups-garous décidaient de former un couple, ils se liaient l'un à l'autre, scellant ainsi leur destin. Un lien se formait, même s'ils n'étaient pas des compagnons prédestinés.

Mais rien n'était plus fort que le lien d'un compagnon prédestiné. La rupture de ce lien pouvait être très douloureuse. Les âmes sœurs restaient généralement ensemble pour la vie, car ils ne pouvaient jamais se remettre complètement de la rupture du lien. Ce n'est pas qu'ils voulaient se séparer ; les âmes sœurs étaient attirées l'une vers l'autre comme des aimants. Mais parfois, l'un des membres du couple mourait trop tôt, laissant à l'autre une vie éternelle de chagrin et de souffrance. Les sorcières fonctionnaient de la même manière puisque nous étions une meute hybride.

Le fait qu'Odilia ait dit que Gerald était humain signifie qu'il ne l'avait jamais mordue. Alors soit il était un loup-garou et ne lui a jamais dit la vérité, soit il était humain et elle était simplement malade. Mais mon instinct me dit que c'était la première hypothèse.

J'ai sursauté à cette éventualité.

« Mais je croyais que les loups-garous et les humains ne pouvaient pas se reproduire sans lien ! »

Esme acquiesça. « C'est vrai, mais je vais chercher dans mes livres pour voir si je peux trouver un cas comme le sien. Pour l'instant, seul le temps nous dira si nous pouvons découvrir la vérité. »

J'ai acquiescé, l'esprit plein de questions sur les implications de la création d'un bébé par un loup-garou et un humain sans qu'ils soient liés.

Esme m'a montré la porte.

« S'il vous plaît, sort ; je dois me rendre à la salle de la meute pour préparer la réunion ».

Ces mots m'ont ramenée à la réalité. La réunion ! J'avais hâte de savoir de quoi il s'agissait. Je devais aussi me préparer. Je fis un signe de tête à Esme et quittai sa maison.

Chapitre 3 (Matthew)

Le grand faucheur

J'avais passé la journée avec Kelly. Même si notre relation était nouvelle, elle me semblait naturelle puisque je la connaissais depuis si longtemps. Nous n'étions que des enfants lorsqu'elle a rejoint notre meute avec sa mère. Je me souviens encore de la façon dont sa mère tressait ses cheveux en deux nattes tombant de chaque côté de son visage. Sa mère était la compagne de Jack. Elle avait quitté le père de Kelly et s'était installée dans notre meute. Je suis immédiatement devenu ami avec Kelly. En grandissant, nous avons toujours été attirés l'un par l'autre. Quand j'ai eu dix-huit ans, nous avons été déçus tous les deux de réaliser que nous n'étions pas des âmes sœurs. C'est la principale raison pour laquelle nous avions mis fin à notre liaison.

Elle s'est tournée vers moi, souriant sous l'effet de l'excitation.

« C'est bientôt l'heure de la réunion ! N'es-tu pas impatient de savoir de quoi il s'agit ? »

Excité n'était pas le bon mot. La réunion ne pouvait pas commencer plus tôt. Je mourais d'envie de savoir ce que mon père allait dire. Je savais que cela me concernait. J'ai entouré Kelly de mes bras, le parfum de pêche de sa peau emplissant mon nez. J'ai pris une grande inspiration, laissant l'air chaud rouler sur son cou en expirant, faisant apparaître la chair de poule. Elle a posé sa tête sur ma poitrine. La chaleur de son corps contre le mien était bonne. Cela me rappelait la nuit dernière et à quel point il était bon d'avoir une femme dans mes bras lorsque je me suis réveillé ce matin. J'ai embrassé le dessus de sa tête.

« Oui. J'ai hâte de voir sur quoi portera cette réunion. »

« Tu crois qu'on devrait y aller maintenant ? »

J'ai regardé l'horloge. Il était presque l'heure.

« Bien sûr, allons voir si mon père a besoin d'aide pour préparer la pièce. »

Je l'ai serrée dans mes bras, laissant une traînée de baisers dans son cou avant que nous sortions de ma chambre.

Des rangées de chaises avaient été installées dans la salle de réunion. Le grand bureau en bois avait été repoussé au fond pour faire de la place. Les lustres suspendus aux poutres en bois du plafond avaient été allumés. Quelques sphères lumineuses magiques étaient également allumées pour rendre la pièce plus lumineuse. M. Gordon était déjà là, appuyé sur sa canne.

« J'espère que ça va être bon. J'ai dû annuler mon bingo pour être ici », grommela-t-il à Esme tout en remettant ses lunettes en place.

Elle secoua la tête en regardant le vieil homme. Bien qu'Esme soit la plus âgée de la meute, c'est elle qui donnait les cours de magie aux plus jeunes. Elle était respectée de tous, l'une des plus puissantes sorcières, et participait à la prise de décision de la meute avec mon père.

« S'il vous plaît, M. Gordon. Je sais que c'est une réunion de dernière minute, mais il s'agit d'une session extraordinaire. »

Le vieil homme s'éloigna lentement en marmonnant. Kelly secoua la tête en riant : « Oh, M. Gordon ne changera jamais ! Je vais aller lui remonter le moral. »

Elle a serré ma main, puis a couru vers M. Gordon. J'ai vu l'humeur du vieil homme s'éclaircir au fur et à mesure qu'il parlait avec Kelly. Une main forte s'est posée sur mon épaule.

« Tu as une merveilleuse petite amie, mon fils. »

Je me suis retourné et j'ai vu mon père sourire. Mes lèvres se sont retroussées.

« Merci, papa ».

« Est-elle ta compagne ? »

J'ai secoué la tête.

« Non, elle ne l'est pas. J'aurais aimé, mais la déesse de la lune en a décidé autrement. »

Il acquiesça. « Quoi qu'il en soit, c'est bien qu'elle soit là. »

Je souris. Mon père avait raison, Kelly avait le don d'illuminer une pièce rien qu'en étant là.

« As-tu besoin d'aide pour quelque chose ? »

Mon père a secoué la tête.

« Non, merci. J'ai tout ce qu'il me faut. Nous devons juste attendre que tout le monde arrive. »

Je lui ai fait un signe de tête. Un nœud s'est formé dans mon estomac et j'ai failli lui demander si je pouvais savoir de quoi il s'agissait. Puis je me suis souvenu que je n'étais pas censé en avoir entendu parler, et que je ne devais donc pas être si anxieux à ce sujet. Mon père me fixait toujours. Son regard était rempli de mots cachés. Pendant un moment, j'ai eu l'impression qu'il voulait me dire quelque chose. Il expira longuement et posa ses deux mains sur mes épaules.

« Quoi qu'il arrive ce soir, sache que je t'aime tendrement, mon fils. »

Ses mots étaient lourds de sens. Je voulais demander ce qu'il voulait dire, mais il est parti avant que je puisse le faire. Les gens ont commencé à envahir la pièce et, en tant qu'Alpha de la meute, mon père devait les accueillir. Je restai seul à me demander ce qu'il voulait dire, mais je me disais que je le saurais bien assez tôt.

La salle se remplit rapidement de tous les loups, sorciers et humains de la meute. Tout le monde parlait, impatient de connaître l'objet de la réunion. L'air était trop chaud, tout le monde était pressé les uns contre les autres. J'ai sursauté lorsque deux mains m'ont saisi par les hanches. Un sentiment de soulagement m'envahit lorsque je me retournai et réalisai qu'il s'agissait de Kelly, son rire cristallin résonnant à travers le chaos et le bruit qui emplissaient la pièce.

« Je t'ai fait peur ? »

Mon loup grogna un peu. Il ne voulait pas avoir l'air faible devant elle.

« Tu m'as seulement surpris », ai-je rétorqué.

Les yeux de Kelly scintillèrent. Je pouvais sentir que sa louve se réjouissait de la frayeur qu'elle m'avait causée. Mais le sourire de Kelly montrait ses véritables pensées.

« Je te taquine seulement ».

Kelly s'est blottie dans mes bras, la chaleur de son corps irradiant. Elle était mon phare dans cette mer de chaos. Un doux ronronnement sortit de sa louve, un sourire taquin apparaissant sur son visage. Mon loup ronronna à son tour, satisfait.

« Ça commence. Je voulais être sûre d'être avec toi. »

Je l'ai entourée de mes bras et l'ai serrée affectueusement. J'ai embrassé son cou et lui ai murmuré à l'oreille : « Merci. »

Mon père est monté sur un banc en bois pour attirer l'attention de tout le monde. À ses côtés, Esme se tenait solennellement debout. D'habitude, personne ne parlait en même temps que l'Alpha, mais la réunion d'aujourd'hui était si inhabituelle que les gens ne prêtaient pas attention à mon père. Il se racla la gorge. Les gens à l'avant se sont tus, mais les gens à l'arrière ne l'ont pas entendu.

Il parlait d'une voix forte : « Tout le monde ! Écoutez ! »

Les gens ont fini par l'entendre et ont cessé de parler, et j'étais heureux que mon père n'ait pas eu recours à son autorité d'Alpha sur la meute. J'étais fier de dire que mon père était un incroyable Alpha, aimé de sa meute. Je savais qu'il avait la force d'imposer sa volonté s'il en avait besoin, mais il ne l'utilisait que dans des cas extrêmes.

La salle était silencieuse, tout le monde regardait mon père, attendant avec impatience.

« Merci de vous être rassemblés si rapidement », a-t-il commencé. « Nous devons discuter d'une affaire urgente. »

Il marqua une légère pause, balayant la pièce du regard.

« Comme vous le savez tous, mon fils, Matthew, a eu vingt-six ans. En tant qu'élu, il doit être sacrifié le jour où le sceau d'Eurynomos s'affaiblira. »

J'ai senti le poids du regard de tout le monde sur moi. Je n'avais pas besoin qu'on me rappelle ma mort prochaine et je me demandais pourquoi mon père en parlait. Mon rythme cardiaque s'accéléra et je risquais de m'effondrer de gêne alors que j'étais au centre de l'attention de tout le monde. Kelly me serra les mains, ce qui me détendit un peu.

Il poursuivit : « Le poids de cette malédiction pèse sur notre meute depuis des générations, chaque fois plus difficile à supporter que la précédente. »

L'un des vieux membres de la meute s'est écrié : « Je me souviens encore du moment où ma douce Jessica nous a quittés ! C'était cruel et dévastateur ! »

Mon père m'a regardé un instant avant de se retourner vers tout le monde. Je déglutis difficilement. Jessica était la dernière de la meute à être née lors d'une nuit bénie. Je n'étais pas né à cette époque, mais j'avais entendu des histoires à son sujet. Bien qu'aucune de ces histoires n'ait jamais raconté comment l'élue était morte. Le fait qu'il vienne de dire que sa mort était cruelle et dévastatrice m'a fait tressaillir. Faisait-il référence à la façon dont elle était morte ? Ou au fait qu'il avait perdu sa fille ?

Mon père poursuivit : « Exactement ! C'est pourquoi, après avoir parlé avec Esme, nous vous faisons une proposition.

En tant que meute, nous allons quitter cet endroit, abandonner notre rôle de gardiens de la déesse de la lune et devenir une meute sauvage. »

Mon cœur a battu la chamade à ces mots. Ce qu'il proposait était scandaleux. Pourtant, cela signifiait que je n'aurais pas besoin de mourir cette année. Cela m'ouvrait beaucoup de possibilités. Mon loup remuait la queue à ces pensées. Les chuchotements de tout le monde me ramenèrent rapidement à la réalité. Ce que mon père laissait entendre était également lourd de conséquences.

« Et la déesse de la lune ? Ne sera-t-elle pas en colère ? » s'écria un homme.

« Qu'arrivera-t-il au démon ? » demanda un autre.

Une femme a crié : « Tu es aveugle à cause de ton fils ! »

Les questions et les accusations fusaient de toutes parts. Certains étaient ravis de l'idée, mais beaucoup se méfiaient. Je ne pouvais pas les blâmer. Je me sentais très mal et je n'osais rien dire. Ce n'était pas à moi de décider et j'avais peur de recevoir des blâmes si je disais quoi que ce soit.

Le silence est revenu quand Esme s'est avancée.

« Nous n'avons pas les réponses à toutes vos questions. Nous ne savons pas ce qu'il adviendra du démon ni si la déesse sera furieuse contre nous. Nous savons que c'est une décision importante, c'est pourquoi nous avons décidé que toute la meute devait voter ensemble. »

Des chuchotements ont à nouveau envahi la pièce.

L'homme qui avait parlé plus tôt s'est écrié : « Si cela peut empêcher que ce qui est arrivé à ma douce Jessica n'arrive à quelqu'un d'autre, alors je suis partant ».

Certains l'acclamaient, mais d'autres ont crié : « Nous ne pouvons pas trahir la déesse ! ».

L'homme a ajouté : « Et si le prochain sacrifice était votre enfant à naître ? Et si c'était votre petit-enfant ? Que diriez-vous de cela ? »

Certains ont regardé par terre en l'entendant. Il avait l'air de réussir à les convaincre.

Il a ajouté : « Même s'il ne s'agit pas de votre enfant, êtes-vous d'accord pour savoir qu'un de nos membres doit être sacrifié ? Quelqu'un qui n'a peut-être pas encore trouvé l'amour. Quelqu'un qui aurait pu faire tellement plus de sa vie. Connaissez-vous au moins la façon douloureuse dont l'élu meurt ? »

La salle est devenue silencieuse et, une fois de plus, je me suis figé. Plus j'en entendais parler, plus je me demandais pourquoi personne ne m'avait jamais rien dit à ce sujet.

Mon père prit la parole : « Ils ne savent pas. Seuls l'Alpha, la grande sorcière et les parents, s'ils le souhaitent, peuvent assister au sacrifice de l'élu. »

Les mots sont sortis avant que je ne puisse les contenir : « Pourquoi personne ne m'a parlé de cela avant ? J'ai l'impression que je devrais avoir le droit de savoir comment je vais être sacrifié. »

Mon père avait un air coupable. Il ne parlait pas et l'air était lourd. Esme posa sa main sur son bras et lui parla doucement : « Nous ne le disons pas à l'élu, pour ne pas l'effrayer. Le rituel est gardé secret. Moins il y a de gens au courant, mieux c'est ».

« Mais cela n'aura plus d'importance ! » dit le vieil homme. « Après ce soir, il n'y aura plus de sacrifices ! Tout sera terminé avec ma douce Jessica. »

Plus de gens l'ont applaudi, moins de gens se sont opposés. Mon père m'a regardé comme s'il voulait dire quelque chose, puis il est retourné rapidement auprès de tout le monde.

« Procédons à un vote. Tous ceux qui sont en faveur de l'arrêt de cette malédiction et de devenir une meute sauvage ; levez la main. »

J'ai regardé nerveusement quelques mains se lever en l'air. Kelly a levé la main, me faisant signe de faire de même. Certaines personnes regardaient autour d'elles, incertaines. Maintenant que plus de la moitié des gens avaient les mains en l'air, ils ont décidé de lever les leurs aussi. Comme les gens regardaient autour d'eux, les quelques personnes qui n'avaient pas encore levé la main ont finalement décidé de céder à la pression populaire.

Mon père me souriait, la main en l'air, une larme roulant sur sa joue.

Il demanda : « Quelqu'un s'oppose ? ».

Toutes les mains se sont baissées. Tout le monde s'est regardé, attendant en silence de voir si quelqu'un allait voter contre la motion. J'attendais nerveusement, me demandant si quelqu'un oserait lever la main. Au bout de quelques minutes, alors qu'il était clair que personne ne s'opposerait, mon père a murmuré : « Merci à tous ».

Kelly m'a serrée dans ses bras, tandis que mon cerveau ne parvenait pas à assimiler ce qui venait de se passer. Je savais que j'étais censé être heureux, mais j'étais choqué. J'avais accepté ma mort dès que j'avais été en âge de comprendre la malédiction de la déesse. Jamais je n'avais pensé qu'elle serait levée. J'ai repris l'étreinte de Kelly. Cela signifiait que j'allais pouvoir passer plus de temps avec elle, et je ne pouvais pas être plus heureux. Mon cœur battait la chamade. J'avais maintenant des années devant moi pour apprécier ma vie.

Esme a pris les devants, alors que mon père ne pouvait contenir ses émotions.

« Nous aurons besoin de quelques jours pour tout préparer. L'aide de chacun est la bienvenue. Nous avons beaucoup à faire. »

Un homme s'avança. « Je vais vous aider ! »

C'était Gregory. Ses cheveux bruns bouclés étaient parsemés de terre et ses vêtements étaient déchirés et sales. Il avait franchement l'air d'un désastre.

Quelques adolescents ricanèrent, et l'un d'eux s'écria : « Tu ne sais même pas faire quelque chose dans la meute ! Tu ne sers à rien. »

Une autre fille a ajouté : « Ouais ! Bon à rien ! Né sans loup et sans magie. Tu es vraiment pathétique ! »

Ils ont commencé à scander : « Gregory le sans-espoir sent la pisse ! ».

Gregory restait planté là, sans rien répondre. Ses yeux bleus étaient remplis de tristesse, fixant le vide devant lui. Autour de lui, les gens regardaient sans rien dire. La colère monta en moi. Alors que je sentais que j'allais exploser si je restais là plus longtemps sans rien dire, mon père envoya une vague de ses pouvoirs d'Alpha sur le groupe d'adolescents. Ils se sont immédiatement arrêtés et sont tombés par terre.

Il grogna : « Je ne veux pas entendre quelqu'un dire aux humains qu'ils sont inutiles ! ».

Les gens tremblaient de peur sous l'effet de la colère qui se dégageait de ses paroles.

« Chaque membre de la meute est important. Même s'ils sont nés sans loup ou sans magie. Est-ce que je me suis bien fait comprendre ? »

Les adolescents acquiescèrent. Gregory sourit.

Mon père libéra son pouvoir d'Alpha, permettant aux adolescents de se déplacer à nouveau. Aucun d'entre eux n'osait le regarder directement.

« Merci pour ton aide, Gregory. Je vais trouver quelque chose pour lequel tu peux aider. »

Un sentiment de soulagement m'envahit. Je n'arrivais toujours pas à croire que je n'aurais pas à mourir cette année. C'était extraordinaire, et j'aurais besoin de temps pour comprendre ce que cela signifiait pour moi. Je voulais aussi en savoir plus sur le rituel du sacrifice, même si je n'avais pas à le subir. Mais tout cela n'avait plus d'importance maintenant que Kelly me serrait la main, que son parfum de pêche m'enivrait et qu'elle me murmurait affectueusement à l'oreille : « Viens, rentrons à la maison. »

Je l'ai suivie, impatient de l'embrasser sur le corps et de l'aimer de toutes les manières qu'elle aimait.

PDV de DeMörder

*** Quelques jours plus tard ***

Combien de temps s'était-il écoulé depuis mon premier meurtre ? Deux semaines ? Peut-être plus ? Le temps m'échappait de plus en plus et je sentais que ma santé mentale me quittait. J'avais souvent des trous de mémoire et je ne me souvenais plus de l'endroit où j'étais hier. De temps en temps, je m'observais de loin, comme si j'étais à l'extérieur de mon corps. La frontière entre la réalité et le rêve devenait de plus en plus mince. Je me réveillais souvent dans des endroits étranges où je ne me souvenais pas être allé. Pourtant, ce lien obscur était un cadeau, et je ne voulais pas m'en séparer. Mais il m'épuisait, m'attirait vers les mains froides de la mort. En pliant les règles des vivants et des morts à ma volonté, en jouant avec les pouvoirs des dieux, je craignais de plus en plus ma propre mort. Je savais que mon âme ne trouverait pas le repos dans l'au-delà, pas après le marché que j'avais passé avec le démon. Je n'avais pas l'intention de mourir de sitôt. Pas avant d'avoir assouvi ma vengeance, en tout cas. Il me restait à remplir ma part du marché avec le démon : tuer le plus de gens possible et les ranimer pour qu'ils rejoignent mon armée. Cela devrait être assez facile.

Heureusement, j'avais trouvé un moyen utile de me régénérer en utilisant par inadvertance mes pouvoirs sur un être humain vivant. En me concentrant sur cette femme qui me crachait des insultes après l'avoir enlevée, j'ai pu drainer sa force vitale et reconstituer la mienne. Le cri qui emplit l'air alors que j'aspirais sa vie était strident. C'était bien fait pour elle d'avoir été aussi insolente avec moi. Je me souvenais encore de l'expression d'incompréhension sur son visage alors qu'elle mourait lentement. Fort de cette nouvelle capacité, je pouvais désormais utiliser mes pouvoirs sans craindre de mourir. Je me sentais comme un Dieu, donnant aux gens ce qu'ils méritaient pour leurs péchés. J'étais le juge et le bourreau.

Mon armée de zombies grandissait. Ils ne pouvaient pas parler, ils exécutaient sans réfléchir toutes les tâches que je leur demandais et ils étaient réanimés d'entre les morts, alors je me suis dit que c'était un nom approprié. C'est ainsi que j'avais décidé d'appeler mes cadavres réanimés. Ils étaient si nombreux que j'ai dû trouver une cachette. Nous ne pouvions plus rester dans les champs. J'ai marché vers le sud-ouest et je suis finalement tombé sur une falaise en forme de croissant de lune. Ses parois s'élevaient à plusieurs pieds dans le ciel et leurs pointes se touchaient presque, ce qui formait une entrée très étroite dans la zone rocheuse. Au pied de la falaise se trouvait une sombre forêt de conifères. Elle n'était pas complètement fermée comme une caverne, mais j'aimais le ciel ouvert, qui me permettait de voir le clair de lune briller. La nuit était un rappel constant de ma tâche, car ceux qui apportaient la nuit étaient ceux avec qui je m'étais lié. Dans l'ensemble, cela faisait de cette zone un excellent endroit pour établir ma cachette.

J'ai remarqué que la forêt se mourrait lentement depuis que je reste ici avec mes zombies. Les conifères sont devenus noirs et les arbres feuillus ont perdu leurs feuilles. L'écorce est morte et est devenue noire. Seules les racines des arbres et la terre restaient sur le sol. L'énergie obscure utilisée pour ressusciter les morts a vidé la forêt de sa vie. Ce n'est pas que je me souciais vraiment de la forêt, mais c'était la meilleure explication que j'avais trouvée. Alors que la nature mourait lentement, j'ai senti que mon domaine s'étendait, me donnant le contrôle sur la vie.

« Grand faucheur ».

Mes yeux se posèrent sur l'homme agenouillé devant moi. C'était l'un des rares que je n'avais pas tués. Ils étaient de plus en plus nombreux. En choisissant la servitude et l'adoration, ils pouvaient rester en vie. La seule différence entre eux et mes zombies était que je pouvais converser avec eux. Ils choisissaient consciemment de me vénérer au lieu d'être des esclaves sans cervelle contrôlés par mes pouvoirs. Pourtant, je ne pouvais pas nier que j'aimais avoir des adorateurs. Ils étaient pratiques et s'efforçaient de trouver des recrues pour notre groupe. La peur et la promesse de pouvoir les rendaient loyaux. Ensemble, nous allions redresser ce qui ne va pas dans ce monde. Lorsque ce sera fait et que ma vengeance sera assouvie, je verrai ce qu'il faut faire d'eux. Qui sait, je pourrais même leur trouver une utilité. Sinon, je m'en débarrasserai.

J'ai replacé la couronne sur ma tête. Elle n'avait rien d'extraordinaire, mais mes serviteurs l'avaient fabriquée avec des cornes d'animaux et du métal. Il était normal que leur maître ait une couronne. Je les remerciai et l'imprégnai de magie noire, lui donnant une faible lueur bleutée.

« Qu'est-ce que c'est ? »

L'homme a levé les yeux du sol, mais n'a pas osé me regarder dans les yeux. Son corps frêle tremblait de peur et de respect.

« Les recrues sont arrivées. »

J'ai souri. « Tu as bien fait, Marcus ».

L'homme a légèrement incliné la tête, puis s'est éloigné. J'ai quitté ma chambre pour me rendre dans la salle du trône. C'était un vaste plateau rocheux. Une partie était surélevée. C'est là que j'avais créé mon trône rocheux, taillé dans un énorme rocher grâce à mes pouvoirs. J'avais dû aspirer la force vitale de deux hommes adultes pour me recharger, mais qu'est-ce que deux vies ?

Aucun Dieu ne vivait sans trône, et je devais donc en avoir un. Ces deux hommes devraient être fiers d'avoir servi une cause aussi sacrée.

Le sol restait surélevé pendant quelques mètres au-delà de mon trône, mettant une distance entre mes adorateurs et moi. Puis il s'abaissait en forme d'escalier.

Deux femmes et un homme se trouvaient à l'étage inférieur. Ils avaient les mains liées et mes serviteurs leur maintenaient le visage baissé.

« Inclinez-vous devant le grand faucheur », cria l'un de mes disciples.

« Lâchez-moi, espèce de monstre ! », hurla l'une des femmes.

Ses cheveux blonds étaient sales et emmêlés. Du sang coulait sur le sol sous son visage, et je pouvais sentir l'odeur caractéristique de la résilience. Elle n'acceptait pas la défaite, et je détestais les gens qui avaient le culot de me défier. Elle luttait pour se relever, essayant de se libérer les mains. Je regardais mon disciple, Judah, se battre pour la maintenir au sol. À ce moment-là, la femme a donné un coup de tête à Judah, l'a poussé de toutes ses forces et s'est relevée. L'homme et la femme attachés ont levé les yeux, surpris. Quelques autres adeptes et zombies se déplacèrent pour attraper la femme.

Ils ne mirent pas longtemps à l'encercler et à la rattraper. Judah se dirigea furieusement vers elle, essuyant le sang sur son menton. Il saisit les cheveux de la femme au moment où il l'atteignit et la gifla violemment, ce qui provoqua un gémissement de la part de la femme. Il a ensuite commencé à la battre une fois de plus, puis une autre fois, n'en ayant jamais assez. Le plaisir m'envahissait à chacun de ses cris, et la vue de son sang m'excitait. Judah était l'un de mes adorateurs préférés et l'un de mes plus loyaux. Il avait vécu une vie difficile et serait grandement récompensé lorsque je régnerais. Mais je ne voulais pas qu'il la tue avant que j'aie décidé de son sort.

J'ai crié sévèrement, « Ça suffit ! »

Tout le monde s'est figé, me regardant en silence. Même si j'avais envie de lui arracher les yeux à cause de son insolence, je me suis dit qu'elle pourrait être utile. Une adepte à l'esprit fort pouvait tuer avec enthousiasme ou déplacer des montagnes si elle décidait de me suivre. Je m'approchai d'elle, mes pas résonnant sur les murs tandis que les gens me regardaient en silence.

Je lui ai demandé : « Toi ! Quel est ton nom ? »

Elle cracha en signe de défi, le sang se mêlant à sa salive. Ses cheveux sales cachaient partiellement ses yeux verts, mais je pouvais encore lire leur fureur. En l'espace d'une seconde, une vision inonda mon cerveau ; l'image de mes doigts enfoncés dans son crâne pour lui arracher ses yeux moqueurs moi-même. Cette image était si réelle que je pouvais presque sentir la chaleur de sa chair sur mes doigts et entendre son cri d'agonie. Chassant cette pensée, je pris une profonde inspiration et ravalai la colère qui montait en moi, ne voulant pas perdre le contrôle devant mes disciples. Je haussai les épaules avec autant de désinvolture que possible.

« Comme tu veux. Tu es née pute, et c'est ainsi que je t'appellerai. Écoute maintenant, salope. Soit tu me vénères comme le Dieu que je suis, soit tu meurs. C'est ton choix, mais tu seras mon esclave de toute façon. »

J'ai serré les mots entre mes dents avec plus de colère que je ne voulais en montrer. Si je devais être un Dieu, je ne pouvais pas montrer mes faiblesses. Je ne voulais pas paraître faible devant mes serviteurs, mais cette femme me mettait hors de moi. La maîtrise de soi n'était pas l'un de mes points forts ; elle en paierait le prix si elle me poussait à bout.

La femme répliqua : « Je ne me joindrai jamais à vous ! La déesse de la lune vous aura pour cela ! I... »

Il ne servait à rien de l'écouter plus longtemps. Elle avait fait son choix. Je me concentrai sur elle, aspirant sa force vitale, sentant la force de sa louve tandis que je buvais son âme. C'était donc de là que venait sa fureur, elle n'était pas humaine. Je fermai les yeux un instant, profitant de la sensation de plénitude que me procurait cette énergie. Je n'ai pas pu retenir un gémissement lorsque les sens de sa louve se sont mêlés aux miens pendant une fraction de seconde, m'emplissant d'une sensation sauvage et d'un besoin primitif de baiser son âme sœur. C'était si fort que je bandais rien qu'à cette idée. Il m'est venu à l'esprit qu'elle était peut-être en chaleur. Pas étonnant que ces connards soient si attachés l'un à l'autre en permanence.

Ma lèvre se retroussa tandis que je regardais la femme s'écrouler sans vie sur le sol. Tout le monde regardait encore en silence. Il était temps pour moi de leur donner un spectacle qu'ils n'oublieraient pas.

J'ai canalisé mon énergie dans le cadavre de la femme, ré-animant son corps. Elle s'est lentement relevée, me fixant avec ce regard vide si caractéristique. J'ai souri et j'ai ordonné à Judah : « Détache-la. »

Il a acquiescé et s'est exécuté. J'ai ordonné à la femme : « À genoux. »

La zombie a fait ce qu'on lui a dit.

« Bien, maintenant vient me baiser la main ».

Je savais très bien que la femme aurait été furieuse si elle avait pu voir ça. J'aurais aimé qu'elle puisse voir, mais je savais que ce n'était pas possible. J'ai attendu patiemment que le cadavre réanimé s'approche lentement de moi à genoux et me baise la main. Je l'ai giflée, je l'ai repoussée après qu'elle se soit redressée, puis j'ai crié après tout le monde.

« Maintenant, vous voyez ! Servez-moi ! Ou mourrez et servez-moi en tant que zombie ! Le choix est simple. Vous me servirez de toute façon. »

L'homme et la femme attachés ont tremblé de peur à mes paroles. Mes adorateurs posèrent une main sur leur poitrine et baissèrent la tête.

Judah prit la parole solennellement : « Nous te suivrons toujours, ô grand faucheur. »

J'attendais de voir si quelqu'un oserait me défier, mais tout le monde gardait la tête baissée en signe d'approbation. Je me tournai vers l'homme et la femme attachés.

« Que choisirez-vous ? »

Ils m'ont regardé. Le doux regard de la défaite dans leurs yeux mêlé à la résignation. Deux choses que j'aimais voir chez mes adorateurs.

« Je te servirai, grand faucheur, », répondit l'homme.

Mes yeux se sont posés sur la femme. Elle a hoché la tête nerveusement, des larmes coulant sur ses joues.

« Je vais… suivre aussi », murmura-t-elle, à peine audible.

J'ai parlé d'une voix forte : « Réjouissez-vous ! Notre famille s'agrandit à nouveau. » J'ai ordonné à mes adorateurs : « Détachez-les ! Montrez-leur comment ça marche ici. »

Judah et quelques autres fidèles acquiescèrent.

« À propos d'elle », ai-je dit à Judah en désignant la femme zombie qui m'avait défié de son vivant. « Assure-toi que sa seconde vie soit un véritable enfer. »

Je ne pensais pas que les zombies pouvaient éprouver des sentiments, et ils n'avaient pas besoin de se nourrir, mais je voulais qu'elle souffre autant que possible, juste au cas où ils le pourraient.

« Oui ! Oh, grand faucheur ! »

Je retournai à mes appartements, fatigué, mais heureux de la façon dont les choses s'étaient terminées. Il ne me restait plus qu'à agrandir mon armée. Bientôt, je serais prêt à assouvir ma vengeance.

Chapitre 4 (Matthew)

Molly

Je me suis réveillé en tenant Kelly dans mes bras. Les dernières semaines ont été extraordinaires. Depuis que la meute avait décidé de quitter notre rôle de gardiens, ma vie avait été complètement différente. Soudain, mon destin n'avait pas été choisi pour moi. La marque avec laquelle j'étais né, celle que portaient les élus, n'était plus qu'une tache de naissance. J'étais ravi qu'elle n'ait plus de signification particulière. Je pouvais faire des projets pour mon avenir. Kelly et moi avons parlé de nous installer ensemble lorsque la meute déménagera. J'ai même pensé à sceller le lien avec elle. Même si je ne lui en ai pas encore parlé, mon loup s'est pris d'affection pour la sienne. J'espère seulement qu'elle acceptera.

Kelly s'est agitée dans son sommeil. J'aimais bien la regarder dormir. Elle était si belle. Je m'étais attaché à elle. Le fait d'être ensemble m'a fait réaliser à quel point je tenais à elle. J'étais maintenant le prochain à devenir Alpha puisque j'étais plus âgé que Bryan et que je n'étais plus destiné à être sacrifié. Je ne pouvais m'empêcher de penser que Kelly ferait une excellente Luna.

Elle avait un sourire sexy quand elle ouvra les yeux, ce qui la rendait irrésistible. J'adorais son regard. J'ai souri en pensant à ce qui se passait dans son esprit, ma bite tressaillant d'impatience. Je ne m'attendais pas à cela, mais je réaliserai volontiers ses désirs. Ses lèvres étaient sur les miennes dès qu'elle s'est réveillée, et sa main est descendue directement sur mon érection matinale. J'ai gémi pendant qu'elle me travaillait comme elle savait que j'aimais. J'ai attrapé son cul nu, pressant ses fesses délicieusement dures. Elle a gémi quand j'ai glissé un doigt dans son ouverture, réalisant qu'elle était déjà mouillée pour moi.

« Putain, ma belle. Tu as rêvé de choses coquines ? Déjà si mouillée ! »

La façon dont ses lèvres se sont courbées vers le haut était tout ce dont j'avais besoin comme réponse. J'ai tourné autour de son clito. « Coquine, va ! »

Elle ne pouvait pas répondre, gémissant et se tordant sous mon contact. Quelle bonne fille ! J'avais hâte de la ravir comme elle l'aimait tant. J'ai grogné tandis que sa main continuait à me caresser durement.

« Matt, s'il te plaît ! » demande-t-elle.

Je lui ai chuchoté à l'oreille, ses tétons durs me frôlant à mesure que je me rapprochais, « Viens pour moi, ma belle ».

Elle s'est mise à arquer le dos tandis que je continuais à tourner sur son clitoris. Bientôt, ses jambes tremblèrent et elle cria mon nom. J'ai ralenti mes caresses, ma langue dansant avec la sienne.

Ses yeux étaient encore emplis de plaisir quand je lui ai chuchoté à l'oreille : « Une si bonne fille ».

Je n'ai pas attendu de réponse, ma bite était dure comme de la pierre pour elle. J'ai pénétré sa chatte humide, la faisant haleter. Je la sentais encore palpiter de son précédent orgasme. Elle était déjà au septième ciel. Je me suis adapté à ses cris, ses gémissements étant ma récompense. J'ai continué à la pénétrer, sa chatte se resserrant autour de ma bite. Mon loup se battait pour sortir. Il voulait la faire nôtre. Je devais lui demander avant de sceller le lien.

Kelly a enfoncé ses ongles dans mon dos en criant mon nom. Je n'ai pas pu me retenir quand j'ai senti qu'elle jouissait pour la deuxième fois. J'ai joint mes gémissements aux siens et j'ai joui fort, l'extase m'envahissant. J'ai ralenti mes poussées, la laissant redescendre de son orgasme. Je me suis allongé à côté d'elle, l'entourant de mes bras.

Kelly a souri en m'embrassant.

« Bonjour, Matt. »

Sa voix était mielleuse, encore remplie de plaisir lorsqu'elle parlait. Je lui ai rendu son baiser.

« Bonjour, ma chérie. C'est toute une façon de se réveiller ». Je lui ai fait un clin d'œil. Elle a gloussé à mon commentaire.

« Avoue que tu aimes ça. »

Elle a mordillé ma lèvre inférieure.

« Hm… Autant que je t'aime. »

« Tu m'aimes ? »

Je me suis esclaffé. « Je pensais que c'était évident. »

Elle inspira lentement. « Je t'aime aussi, Matthew ».

L'entendre le dire, c'était le plus beau des cadeaux. Je l'ai serrée fort dans mes bras, embrassant chaque centimètre de sa peau. Je n'arrivais toujours pas à croire à quel point ma vie avait changé au cours des dernières semaines. J'étais le loup le plus chanceux du monde.

Nous sommes sortis après une douche rapide. Kelly était magnifique dans sa robe bleu clair. Je voulais rendre visite à mon père pour voir comment se déroulaient les préparatifs du déménagement de la meute. Plus vite nous quitterions cet endroit, mieux je me sentirais. Ce serait un nouveau départ, comme une seconde vie, et j'avais hâte d'y être.

L'équipe des fées sauveteuses volait au-dessus de nos têtes alors que nous marchions dans la rue. C'étaient les fées que les sorcières ont chargées de rechercher les personnes disparues. Il y avait eu quelques cas de disparitions ces derniers temps. La meute se méfiait, les gens ne se promenaient plus seuls et les rues étaient désertes la nuit. Un couvre-feu avait été instauré par mon père pour s'assurer que personne n'osait sortir après le coucher du soleil.

Les sorcières avaient décidé de constituer des équipes de fées. Elles étaient résistantes et nombreuses. Elles étaient petites et pouvaient facilement chercher partout. Les équipes se relayaient jour et nuit. Cependant, aucune personne disparue n'avait encore été retrouvée. Cela soulevait de nombreuses questions, et je ne pouvais pas m'empêcher de me demander si ce flux de personnes disparues était lié au fait que la meute avait décidé de se déplacer. Était-ce le prix à payer pour ne pas sacrifier ma vie ? J'espérais que non, mais je ne pouvais m'empêcher de me sentir coupable. Une raison de plus pour partir d'ici et fonder une nouvelle meute ailleurs. J'espérais que ma malédiction ne me suivrait pas jusqu'au bout du monde. Peut-être qu'une fois que nous aurions déménagé, je n'aurais plus à m'inquiéter du démon.

Une petite main a tiré sur ma chemise.

« Tu as vu ma maman ? »

J'ai baissé les yeux et j'ai vu une petite fille. Ses cheveux blonds étaient en désordre et ses yeux gris étaient remplis d'inquiétude. Mon cœur s'est serré à l'idée que sa mère pourrait être l'une des personnes disparues. Je me suis penché à son niveau pour lui parler.

« Bonjour. Comment t'appelles-tu ? »

« Molly. »

« C'est un joli prénom. Quel âge as-tu, Molly ? »

Elle leva fièrement quatre doigts. « J'ai comme ça ! »

« Wow ! Tu es une grande fille ! »

Le sourire qu'elle arborait n'avait pas de prix, mais il a vite été remplacé par de l'inquiétude.

« As-tu vu ma maman ? »

« Quand l'as-tu vue pour la dernière fois ? »

« Elle m'a embrassé hier pour me souhaiter bonne nuit, mais elle était partie quand je me suis réveillée ce matin. »

« As-tu demandé à ton papa ? » demanda Kelly.

La petite fille secoua la tête.

« Papa a disparu il y a une semaine. Maman a dit que nous devions rester ensemble jusqu'à ce qu'il revienne. Mais l'homme dans le mur dit que papa ne reviendra pas. »

Pendant une minute, je me suis demandé si j'avais bien entendu. Peut-être n'était-ce que son imagination. Une façon pour l'enfant de faire face à la perte de son père.

« Un homme dans le mur ? » répétai-je.

Molly acquiesça.

« Il me parle la nuit. Il dit que je suis spéciale. Qu'il va bientôt venir pour moi ! »

Les yeux gris de Molly étaient hantés, fixant le vide qui s'étendait devant elle. Doucement, elle marmonna : « Regarde. Un autre est parti. »

J'ai regardé dans la direction qu'elle indiquait, mais je n'ai rien vu. Un nœud se forma dans mon estomac. Je pris une grande inspiration, repoussant le sentiment de malaise qui m'envahissait.

« Eh bien, pourquoi ne viens-tu pas avec nous ? Nous allons aller à la maison de la meute et voir si nous pouvons trouver ta maman, d'accord ? »

La petite fille a hoché la tête et m'a serré dans ses bras. Ses yeux brillaient et je pouvais y voir mon reflet. En ce moment, j'étais la personne la plus importante dans son petit monde, ce qui me réchauffait le cœur. J'allais aider cette enfant, je ne la laisserais pas tomber. Sa main serra mes doigts tandis que nous nous dirigions vers la maison de la meute.

« À quoi ressemble ta maman ? » demanda Kelly.

« Eh bien… Elle est grande, elle a les cheveux blonds, elle est très gentille et elle fait les meilleurs biscuits ! ».

Kelly s'esclaffa.

« Connais-tu son nom ? » lui ai-je demandé.

Elle acquiesça. « Elle s'appelle Theresa. Oh, et elle a une cicatrice sur la joue droite. Elle a la forme de la lettre 'L'. »

Je me suis dit que cela devrait nous aider à l'identifier.

« Une cicatrice ? » demanda Kelly.

La petite fille haussa les épaules.

« Elle m'a dit une fois que cela venait d'une bataille quand elle était enfant, mais je ne sais pas ce qui est arrivé. »

Nous arrivâmes bientôt à la maison de la meute. Mon père était là avec Esme. Quelques personnes de la meute étaient là, et quelques humains des villes voisines aussi.

L'un des humains s'est tourné vers nous lorsque nous sommes entrés dans la maison de la meute. Il était grand et avait des cheveux noirs. Ses yeux bruns fixaient profondément Kelly. Aucun mot n'avait été prononcé, mais elle le fixait aussi intensément. Cela ne pouvait signifier qu'une chose, et mon cœur se brisa à cette constatation. Je pouvais presque sentir le lien invisible qui les unissait. Les mots qu'elle m'avait dits tout à l'heure n'avaient plus d'importance. Et les plans pour notre avenir étaient brisés. Tout le monde savait que lorsqu'on rencontre son âme sœur, on ne pouvait pas résister au lien. Mes espoirs ont été anéantis, mais je n'ai pas laissé mes larmes couler. Trouver son compagnon destiné était une bénédiction, et je devais me réjouir pour mon amie. Mes sentiments étaient secondaires dans cette affaire. J'espérais seulement avoir la chance de trouver moi aussi ma compagne… si j'en avais une. Né pour être sacrifié, la déesse de la lune m'avait-elle aussi donné une compagne ?

Les gens étaient agités et tout le monde parlait en même temps. Mon père parlait fort.

« S'il vous plaît, tout le monde. Calmez-vous. »

La salle est devenue silencieuse.

« Nous ne pouvons plus ignorer les disparitions », a déclaré une femme.

« Leur nombre augmente chaque jour », ajouta un autre.

Esme se voulait rassurante : « Les équipes de sauvetage des fées font des recherches jour et nuit ».

« Mais ce n'est pas suffisant ! » s'écria l'un des humains. « Les gens disparaissent aussi dans nos villes. »

Mon père a fait un geste et tout le monde s'est arrêté de parler. Molly a fait quelques pas en avant au moment où il allait parler.

Elle fixa mon père de ses grands yeux gris et demanda d'une petite voix aiguë : « Vous avez vu ma maman ? »

Je n'avais aucune idée de la façon dont elle avait réussi à lâcher ma main et à avancer sans que je m'en aperçoive. Je me suis précipité et l'ai prise dans mes bras.

« Désolé, papa. » Puis j'ai chuchoté à Molly : « Tu ne peux pas interrompre l'Alpha. »

Mon père sourit doucement.

« Fils, qui peut bien être cette petite fille ? »

La chaleur m'est montée aux joues lorsque tout le monde s'est retourné pour me regarder. Je n'avais pas l'habitude d'avoir un enfant avec moi et je me sentais maladroit.

« Je l'ai trouvée dehors. Sa mère a disparu depuis hier soir, et son père depuis une semaine. »

La pièce est devenue silencieuse. Mon père soupira lourdement.

« Très bien. Il semble que nous devions faire plus pour régler cette question. Nous allons organiser une équipe de recherche. »

Les gens ont applaudi dans la salle et Molly m'a serré dans ses bras.

« Matthew, Kelly, vous dirigerez l'équipe de recherche. »

J'ai acquiescé.

« Oui, Alpha », répondit Kelly.

L'homme qui regardait Kelly tout à l'heure a dit : « Je veux y aller aussi. »

Mon père l'a regardé.

« Êtes-vous sûrs ? Cela pourrait être dangereux. »

Il acquiesça. La détermination se lisait dans ses yeux. Je savais que ce n'était pas seulement cela. Il voulait être avec son âme sœur. Ce n'était que naturel, et même si cela me brisait le cœur, je ferais la même chose si c'était ma compagne destinée.

« D'accord, alors vous les accompagnerez. »

Une main s'est levée parmi la foule.

« Oh ! Alpha ! Je veux y aller aussi. »

Nous nous sommes retournés et avons vu Gregory faire un signe de la main. Il n'avait peut-être pas de loup ni de magie, mais il était toujours prêt à aider.

Mon père répondit : « Gregory, trois personnes suffisent pour une équipe de recherche. Cela peut être dangereux et je ne veux pas risquer trop de vies. »

Une expression de déception se dessina sur le visage de Gregory, et je ne pouvais m'empêcher de me rappeler l'autre jour, lorsque les adolescents se moquaient de lui et disaient à quel point il était inutile. Je me sentais mal pour lui. C'était un autre rejet de la part de la meute, et je ne voulais pas qu'il se sente ainsi.

« Père, s'il vous plaît. Je suis sûr que nous pouvons bénéficier de l'aide de Gregory. »

Mon père avait un air surpris, mais il a acquiescé. Je savais qu'il me l'accorderait.

« Très bien. Tu peux aller avec eux. Mais personne d'autre. »

« Oh, merci », s'exclama Gregory.

« La séance est levée », ordonna mon père.

Les gens ont commencé à s'éloigner, certains s'attardant quelques minutes, discutant ensemble. Je me suis approché de mon père et d'Esme avec Molly.

« Tu vas partir ? » demanda Molly avec des yeux tristes.

Je me suis mis à genoux.

« Ne t'inquiète pas. Je ne te laisserai pas seule. Je vais chercher ta maman, d'accord ? »

Elle a hoché la tête avec joie. Mon père m'a souri.

« Je n'ai jamais connu ce côté paternel en toi, mon fils. »

J'ai gloussé.

« Je ne le savais pas non plus, mais quelque chose s'est allumé en moi lorsqu'elle est venue me demander de l'aide. J'ai immédiatement ressenti un lien avec Molly et le besoin de l'aider ».

Il avait un regard compréhensif.

Je me suis tourné vers Esme. « Peux-tu, s'il te plaît, t'occuper d'elle pendant mon absence ? »

La vieille sorcière sourit doucement.

« Bien sûr ! Elle a l'air d'avoir besoin d'un bon bain aussi. »

Molly gloussa en s'éloignant joyeusement avec Esme. J'étais heureux de voir avec quelle facilité l'enfant faisait confiance aux membres de la meute.

« Matt… »

Je pouvais entendre l'inquiétude dans la voix de Kelly quand je me suis retourné. Je n'avais jamais vu ses yeux aussi consternés.

« Qu'est-ce qu'il y a ? »

Elle m'a regardé fixement, cherchant ses mots. Mon cœur battait fort, et ma poitrine se serrait. Je savais de quoi il s'agissait. J'ai avalé la boule dans ma gorge.

Elle a chuchoté : « J'ai quelque chose à dire. »

Je l'ai arrêtée. Je ne pouvais pas supporter de l'entendre, mais il fallait pourtant le dire.

« Ne le dis pas. Je le sais déjà. C'est lui, n'est-ce pas ? »

Elle acquiesça, une larme s'échappant de son œil.

« Comment... Comment as-tu su ? » demanda Kelly, choquée.

« J'ai vu comment vous vous regardiez tous les deux. Je l'ai su tout de suite. »

Elle a pris ma main dans la sienne et l'a serrée.

« Je suis vraiment désolée, Matt. Cela ne change rien à ce que je ressens pour toi, mais… »

J'ai serré ses mains en retour.

« Ce n'est pas grave. Je comprends. Je ferais la même chose si je rencontrais mon âme sœur. »

Dans ses yeux, je pouvais voir à quel point elle tenait encore à moi et à quel point elle ne voulait pas me faire de mal.

J'ai souri du mieux que j'ai pu, malgré ce que je ressentais. C'était un faux sourire, mais je ne voulais pas qu'elle se sente mal de rencontrer son compagnon.

« C'est bon, Kelly. Tu seras toujours ma meilleure amie. »

Je voyais qu'elle était reconnaissante de ce que j'avais dit.

Quelqu'un s'est raclé la gorge derrière nous. Je pouvais deviner qui c'était sans regarder. J'ai souri et j'ai lâché les mains de Kelly. L'homme nous fixait intensément, la mâchoire serrée.

Je lui ai parlé : « Bonjour, désolé, je parlais avec mon amie. »

L'expression de l'homme s'est adoucie et il a souri, soulagé.

« Enchanté de vous rencontrer. Je m'appelle Théo. »

« Théo », répéta Kelly avec un sourire.

Theo et Kelly ont commencé à discuter, tous deux souriant. Je pouvais lire la flamme dans les yeux de Kelly. Je ne savais pas si l'humain connaissait l'existence des compagnons destinés, mais j'étais sûr que Kelly le lui apprendrait bien assez tôt.

Les regarder parler ensemble était une torture. J'aurais aimé qu'on me laisse le temps d'accepter que tout était fini entre Kelly et moi. Mon loup avait mal, et tout ce que je pouvais faire, c'était afficher un faux sourire. J'étais reconnaissant à Gregory de s'être porté volontaire pour venir avec nous. Au moins, je ne serais pas seul avec Kelly et Théo.

Gregory nous a rejoints et nous avons planifié les endroits où nous allions commencer à enquêter.

PDV de Serena

J'étais encore sous le choc du déménagement de notre meute. C'est ici que je suis née et que j'ai grandi. C'était étrange de penser que je ne verrais plus cette forêt. Où irions-nous ? Serions-nous capables de trouver un nouvel endroit où vivre sans avoir à nous battre contre une autre meute ? Les loups-garous étaient très territoriaux. J'espérais seulement que nous n'aurions pas à nous battre contre eux pour avoir passé sur leur territoire sans le savoir. Plus important encore, quel serait l'impact de notre départ en tant que gardiens du sceau d'Eurynomos ? C'est ce qui m'effrayait le plus. Je ne voulais pas que Matthew soit sacrifié. Je ne voulais plus que quiconque soit sacrifié. Et si le démon était libéré ? Quelle chance avions-nous contre un démon ? La bile me monta à la bouche à cette pensée.

Les textes anciens parlent d'une époque où Eurynomos régnait librement sur le monde des vivants, tuant et se nourrissant de ses victimes. Il aimait la chair et ne se souciait de personne. Il semait la terreur dans le monde entier, laissant des rivières de sang et de carnage partout où il passait. Cela a duré des siècles ; les gens gardaient leurs portes et leurs fenêtres fermées à clé. Les enfants se cachaient la nuit, car Eurynomos semblait aimer les ombres. Seule la déesse de la lune put l'arrêter et l'enfermer dans ce sépulcre. Je lui suis à jamais reconnaissante, et ma magie me rappelle chaque jour le don et la tâche qu'elle a confiée à mon peuple. Son don était en effet maudit. Notre mission s'accompagnait du fardeau de sacrifier quelqu'un. Je ne pouvais m'empêcher de me sentir coupable à l'idée de la trahir.

Mais la meute avait parlé. Je faisais partie de la meute, et je devais agir en conséquence. Je suivrais les ordres de l'Alpha. Ses ordres et ceux d'Esme. J'espérais seulement que nous ne nous condamnerions pas nous-mêmes.

Quand je suis arrivée chez Esme, une petite fille jouait dans son jardin. Elle ressemblait à une poupée avec sa peau blanche et ses deux longues queues de cheval de cheveux dorés. J'ai regardé un moment, hypnotisée par sa berceuse. Des papillons volaient autour de la fillette tandis qu'elle chantait dans le champ de fleurs.

« ... car la pluie a une petite rosée argentée et les arbres arborent tous les fruits. Toutes tes craintes disparaîtront. Oublie tes soucis et suis-moi. »

Ces paroles semblaient assez particulières, surtout pour une fillette de son âge. Elle a fini par me remarquer et s'est arrêtée de chanter.

Je lui ai souri. « C'était une belle chanson ! »

Elle sourit. « Merci ! Je la chantais pour la dame ».

J'ai regardé autour de moi, mais je n'ai vu personne.

« Quelle dame ? »

La jeune fille a pointé du doigt à côté d'elle.

« Elle était là, mais elle est partie maintenant. »

Je me suis demandé un instant si je n'avais pas été tellement concentré sur la petite fille que j'avais manqué quelqu'un qui se tenait à côté d'elle. À ce moment-là, Esme est sortie de chez elle.

« Serena! Je vois que tu as rencontré Molly. »

J'ai acquiescé. « Oui ! Je ne savais pas que tu avais une amie avec toi. »

« Eh bien, c'est plutôt celle de Matthew. »

J'ai froncé les sourcils.

« Matthew n'a pas d'enfant, n'est-ce pas ? »

Esme éclata de rire.

« Mon Dieu, non ! Mais il l'a trouvé et est parti à la recherche de ses parents disparus. »

Mes yeux se sont posés sur la petite fille qui jouait innocemment dans les fleurs. La disparition de ses parents devait être lourde. La pauvre enfant.

« Enchantée de te rencontrer, mademoiselle. »

Molly s'est levée et m'a serré dans ses bras.

« Je t'aime bien. »

Ses petits bras m'ont serré fort, et je ne pouvais rien faire d'autre que de la serrer à mon tour.

Esme demanda à l'enfant : « Veux-tu un biscuit pendant que je parle à Serena ? ».

Molly a acquiescé et a couru à l'intérieur de la maison d'Esme.

« Elle est très spéciale, n'est-ce pas ? » commenta Esme.

J'ai acquiescé. « J'ai remarqué. »

Esme poursuivit : « Je n'arrive pas à mettre le doigt dessus. Elle n'est ni une sorcière ni un loup-garou. Elle n'est pas tout à fait humaine non plus. Je sens quelque chose de pur en elle, mais je ne suis pas sûre de ce que c'est. »

« Oh, cela soulève beaucoup de questions ! »

« Oui, mais ne t'inquiète pas, ma chère. Je vais trouver. »

« Bien sûr ! Si quelqu'un peut comprendre, c'est bien toi ! »

J'avais confiance en Esme, c'était la plus âgée et la plus sage de la meute. Rien ne pouvait rester longtemps un mystère pour elle.

Nous sommes entrées dans la maison. Molly était déjà assise à la table, ses jambes se balançant joyeusement en l'air, attendant son biscuit. Esme a pris un biscuit dans le pot tout en parlant.

« Serena, j'ai besoin que tu vérifies le sceau du sépulcre. Nous devons savoir s'il a commencé à s'affaiblir. Nous devons partir avant que le sceau ne se brise. »

Ce moment redouté où le sceau vacille. Le moment où le sacrifice est nécessaire. Mon cœur s'est emballé pendant un instant.

« Que ferons-nous s'il est déjà affaibli ? »

Esme fronça les sourcils. « S'il te plaît, Serena. Ne nous inquiétons de cela que si cela se produit. Je pense que le sceau est toujours intact, mais j'ai besoin d'en être sûre. Et je ne peux pas aller vérifier moi-même. »

C'est vrai. Elle devait s'occuper de Molly et de… « Comment va Odilia ? »

« Elle va bien, mais elle est encore faible. Elle se repose. J'attends toujours des nouvelles de son mari. »

J'ai acquiescé. « Je suis contente de savoir qu'elle va bien. »

Esme se pinça les lèvres.

« Mais comme je t'ai dit, je soupçonne son mari d'être un loup-garou. Sa grossesse n'est pas celle d'une humaine normale, et il faudra que je finisse par lui en parler. »

J'ai acquiescé. Cette nouvelle allait la choquer, mais j'espérais qu'elle serait capable d'accepter cette nouvelle information aussi facilement qu'elle avait accepté notre meute lorsqu'elle est arrivée ici pour la première fois.

« S'il vous plaît. J'aimerais être là quand tu le lui diras. »

Esme acquiesça. « Oui, bien sûr. De toute façon, je dois être sûre que son mari est un loup-garou avant de lui en parler. Je ne peux pas me permettre de me tromper. Elle a accepté que je lui fasse une prise de sang. Je commençai à transvaser une potion de purification sur l'extrait de sang. Cela devrait prendre quelques heures, mais je devrais savoir si ma théorie est vraie rendu là. »

Une fois de plus, j'étais impressionée par les connaissances d'Esme.

« D'accord, alors je vais aller vérifier le sceau tout de suite. Je veux voir les résultats de cette potion à mon retour. »

Esme a acquiescé et m'a dit au revoir tandis que je prenais congé.

Chapitre 5 (Serena)

Le sceau

Le sépulcre d'Eurynomos se trouvait non loin à l'est de la meute, mais personne ne s'y aventurait. L'endroit était désolé, et un silence inquiétant emplissait l'air tandis que je montais les marches de granit. Chaque fois que je venais ici, je n'en revenais pas de la beauté de l'endroit. Décoré de motifs complexes et de sculptures suspendues au plafond, tout n'était que richesse et émerveillement. On aurait pu croire qu'une reine vivait ici, tant l'endroit respirait l'opulence et le détail. Il était dommage, vraiment, que cet endroit soit le lieu de détention d'un démon.

En arrivant en haut des escaliers, je regardais les nuages gris qui remplissaient le ciel, les rayons du soleil leur donnant une teinte orangée. Un brouillard permanent semblait entourer cet endroit, comme s'il le protégeait des rayons de lumière. Tout était comme la dernière fois que j'étais venu. Devant l'escalier se dressait une imposante statue de la déesse. Ses yeux, toujours attentifs, me fixaient. Je retins mon souffle, craignant qu'elle ne me voie à travers les yeux de la statue et ne sache que nous eussions l'intention de la trahir. Au-delà de la statue se dressait le bâtiment principal avec son imposant dôme, plus haut que tout le reste.

Je franchis les portes imposantes et me dirige vers l'intérieur. Une lumière tamisée filtrait à travers les fenêtres. Des grains de poussière flottaient dans l'air, comme s'ils étaient retenus par quelque magie. Le temps ne semblait pas s'écouler de la même façon à l'intérieur du sépulcre, et cela me donnait toujours une impression étrange. Plus vite j'en aurais fini ici, mieux je me sentirais.

Mes pas résonnaient autour de moi alors que je traversais le couloir. J'ai jeté un coup d'œil aux fissures du plafond. Un vestige des attaques passées. Une époque où des personnes zélées avaient tenté de s'introduire pour libérer le démon. Je ne savais pas qui, dans son esprit, pouvait vouloir libérer un démon de sa prison, mais mes ancêtres ont dû repousser les intrus, laissant des dommages permanents au plafond, rappelant qu'il était nécessaire d'avoir des gardiens dans cet endroit. Depuis l'attaque, le sceptre de cérémonie avait été conservé dans la maison de la meute. On a pensé qu'il serait préférable que le sceptre nécessaire pour libérer le sceau d'Eurynomos ne soit pas conservé à l'intérieur du sépulcre. Ainsi, si quelqu'un s'y introduisait, il n'aurait pas l'outil nécessaire pour ouvrir le sceau. Il va sans dire que le sceptre possédait un grand pouvoir. Entre de mauvaises mains, il pourrait semer le chaos dans ce monde.

J'arrivai enfin à la vaste salle ronde des sacrifices. Au centre de celle-ci se trouvait un autel. La bile me monta à la bouche à la vue du sol taché de sang autour de l'autel. Un sentiment de soulagement m'envahit, sachant qu'aucun sang innocent ne serait jamais plus versé en ce lieu. Je me dirigeai rapidement vers le sceau. Seules les sorcières pouvaient vérifier le sceau, car cela nécessitait un sort puissant.

En me concentrant, j'ai canalisé le sort nécessaire. La magie commença à se déverser en moi en traversant mon âme. Remplie de ce pouvoir, ma vision changea, des cordes d'énergie apparurent là où il n'y en avait pas quelques secondes auparavant. La lumière du soleil, aussi faible soit-elle, brillait dans l'obscurité, chaque rayon caressant le voile du vide, éloignant les esprits. Le sceau du démon devint visible, brillant intensément en bleu. Rassurée, je m'apprêtais à rompre le sort quand je remarquai quelque chose d'inhabituel. Le flux vert de la force vitale semblait plus faible que d'habitude. D'habitude, il se déversait comme un torrent puissant, mais là, il n'y avait qu'une petite rigole qui s'écoulait doucement. Je ne savais pas ce que cela signifiait, mais ce n'était pas bon signe. J'ai interrompu le sort et je me suis précipité vers la meute.

Tarriel chuchotait à Esme quand je suis arrivée chez elle. Ils se sont retournés pour me regarder quand je suis arrivée. Je pouvais entendre Odilia parler avec Molly dans une pièce plus loin.

Esme me regarda avec inquiétude. « Alors, comment va le sceau ? »

Je me suis rapproché d'eux pour pouvoir chuchoter.

« Le sceau est bon. Il ne s'est pas encore affaibli. »

Elle poussa un soupir de soulagement.

« Au moins, c'est une bonne nouvelle. »

Je me suis mordu la lèvre nerveusement.

« Eh bien… Il y a une chose, cependant. D'habitude, la force vitale circule fortement. Mais quand j'ai regardé, il n'y avait qu'un petit ruisseau qui coulait. »

Les yeux d'Esme se sont remplis de peur à mes mots.

« Par la grâce de la déesse de la lune ! Ça ne peut pas être bon. »

J'ai acquiescé. « Je sais, mais je n'ai aucune idée de ce que cela signifie. »

Elle prit une grande inspiration. « Espérons que nous découvrirons plus tôt que tard ce qui se passe. »

Tarriel est resté là, à nous écouter. Je lui ai demandé : « Des nouvelles de Gerald ? »

Il grimaça. « C'est ce dont je parlais avant que tu n'arrives. J'ai trouvé Gérald dans la forêt. Il marchait bizarrement, en boitant de la jambe. J'ai essayé de l'atteindre, mais j'ai vu beaucoup de gens avec lui aussi. »

Il s'arrêta, regardant fixement devant lui comme s'il voyait les images qu'il racontait.

« C'est alors que j'ai réalisé que certains d'entre eux avaient des entailles et des blessures profondes. On aurait dit qu'ils étaient morts. Mais d'une manière ou d'une autre, ils marchaient. J'ai entendu quelques-uns d'entre eux grogner, mais aucun n'avait l'air de pouvoir parler. Ce n'est pas normal. »

Un frisson me parcourut le dos tandis que j'écoutais avec effroi l'histoire de Tarriel. C'était inquiétant. Je n'avais jamais entendu parler de quelque chose de semblable dans le passé.

« Qu'essaies-tu de dire ? » demandai-je anxieusement.

Il s'est approché à quelques centimètres de mon visage, les mains fermement posées sur mes épaules. Il a prononcé chaque mot calmement, mais résolument : « Je te le dis, les morts marchent. »

Je me suis libérée de son emprise.

« Ce n'est pas possible ! »

« Serena! Je les ai vus de mes propres yeux ! Est-ce que je te mentirais ? »

Mon menton tremblait tandis que je le fixais, un engourdissement soudain m'envahissant. Je le connaissais depuis si longtemps que je savais qu'il disait la vérité. Ses yeux brun profond me transperçaient, attendant une réponse.

J'ai murmuré : « Non. Tu ne me mentirais pas. »

La douleur m'a traversé la poitrine à ce moment-là, et des larmes ont menacé de couler de mes yeux. C'était la chose la plus effrayante que j'avais jamais entendue, et j'avais peur pour ma vie et celle de tout le monde !

Les bras puissants de Tarriel m'enveloppèrent. Je l'ai laissé me bercer dans la chaleur de son corps et son parfum masculin jusqu'à ce que je me calme et que je puisse à nouveau penser correctement.

« Penses-tu que cela puisse être lié à la circulation de la force vitale ? » demandai-je faiblement.

Tarriel ne répondit rien, mais les yeux d'Esme s'écarquillèrent : « Peut-être… »

Un frisson m'a parcouru l'échine.

Esme dit à voix haute : « Les gens disparaissent et les morts se réveillent. Quelle magie noire est à l'origine de tout cela ? »

Tarriel haussa les épaules. Il parla doucement, sa voix profonde résonnant dans sa poitrine, « Je ne sais pas, mais je pense qu'il serait préférable de ne pas dire à Odilia que son mari est un mort-vivant. »

Je suis restée sans voix face à cette prise de conscience. Bien sûr, nous ne pouvions pas lui dire cela. Esme acquiesça, puis ajouta : « Oui, mais nous devons lui parler. Il faut qu'elle soit mordue par un loup-garou, et vite. »

J'ai soupiré, mon cœur s'est emballé.

« Cela signifie-t-il que tu as confirmé que… »

Esme sorti une fiole d'un récipient. Elle contenait un résidu blanc. J'ai écouté attentivement les explications d'Esme,

« Oui, » répondit Esme. « La poudre blanche a réagi aux gènes du loup. Le père du bébé d'Odilia était un loup-garou. »

Les yeux de Tarriel s'ouvrirent grand.

« J'ai toujours pensé que Gérald était un grand chasseur. Je suppose que c'était à cause de son loup. »

Cela soulevait de nombreuses questions. « Odilia ne saurait-elle pas qu'il est un loup-garou ? Elle aurait déjà rencontré son loup, non ? »

Tarriel réfléchit. « Peut-être qu'il n'arrive pas à prendre sa forme de loup ? »

Je me suis exclamée : « Ces cas sont très rares ! Il y a eu quelques cas dans le passé, mais… seules quelques personnes ont eu ce problème. »

« Mais cela pourrait expliquer pourquoi sa femme ignorait que son mari était un loup-garou », argumenta Tarriel.

Esme acquiesça. « De toute façon, le corps d'Odilia ne pourra pas s'adapter au rythme de croissance rapide du bébé. Il faut qu'elle soit mordue pour que son corps s'adapte. »

Tarriel s'exclama : « Par la déesse de la lune ! Ça fait beaucoup à assimiler pour elle. »

Je savais qu'il avait raison, mais je me demandais s'il y avait un moyen facile de l'annoncer à Odilia. La mort de son mari et le fait qu'il était un loup-garou. Et maintenant, elle avait besoin d'être mordue par un loup-garou pour survivre à sa grossesse. Sans parler du fait qu'être mordue par un loup-garou signifiait sceller son destin à un homme qu'elle ne connaissait pas.

Esme se pinça les lèvres. « Je crains que nous n'ayons pas beaucoup de temps. Elle s'affaiblit d'heure en heure. Il faut qu'elle soit forte. »

J'ai fermé les yeux et pris une grande inspiration.

« D'accord, je vais lui dire, alors ».

Ils me regardèrent tous les deux. J'ai continué : « C'est moi qui l'ai amenée ici. C'est moi qui lui ai parlé des loups-garous et de la magie. »

Ils acquiescèrent, mais Esme ajouta : « D'accord, mais je serai là si elle a besoin de soutien. »

Tarriel acquiesça également. « Moi aussi. »

J'ai pris un grand respire. « J'espère que le début de l'amitié que j'ai avec elle adoucira la nouvelle. »

Esme leva les mains vers le ciel. « Prions la déesse de la lune pour que tu aies raison. »

Nous nous sommes dirigés vers la chambre d'Odilia. Un nœud s'est formé dans mon estomac. Ce moment ne serait pas facile, mais il était nécessaire.

PDV de Matthew

Nous marchions vers le nord. Je marchais devant avec Gregory tandis que Kelly et Theo restaient derrière. Je ne voulais pas écouter aux portes, mais je les entendais parler, et cela me déchirait le cœur. Même si j'étais heureux pour Kelly. Je n'arrêtais pas de me rappeler que trouver son âme sœur était une bénédiction. J'aurais fait la même chose ! Je ne pouvais pas m'empêcher de ressentir un serrement dans ma poitrine. Je crois que j'étais vraiment tombé amoureux d'elle. De qui me moquais-je ? J'avais même prévu de lui demander de sceller le lien avec moi, pour l'amour de Dieu ! Bien sûr, j'étais tombé amoureux d'elle !

Pendant une seconde, j'avais oublié l'existence des compagnons destinés. Je pensais pouvoir vivre heureux avec elle. Pour la première fois de ma vie, je me suis laissé aller à rêver et à ouvrir mon cœur, pour le voir se briser. J'étais un imbécile. Mais je ne pouvais pas en vouloir à Kelly. J'aurais fait la même chose si j'avais rencontré la femme de ma vie. J'allais souffrir pendant un certain temps, mais je m'en remettrai.

Bien sûr, les voir tous les deux sourire et parler ne rendait pas les choses plus faciles. J'ai aspiré une bouffée d'air. J'étais plus fort que ça. J'étais le fils de l'Alpha, le prochain à diriger la meute. Né lors d'une nuit bénie, et maintenant libéré de ma malédiction. On m'avait donné une seconde chance dans la vie. Je ne perdrais pas mon temps à me morfondre éternellement.

« Merci de m'avoir emmené. »

Gregory souriait joyeusement. Je lui ai rendu son sourire.

« Bien sûr ! Toute aide est la bienvenue ! »

« Eh bien, tout le monde dans la meute ne pense pas que je peux aider. Je suis content de faire partie d'un groupe, pour une fois. »

Mon loup était de plus en plus agacé. Il en voulait aux membres de la meute de traiter Gregory de cette façon. En tant que futur Alpha, il voulait protéger tout le monde, et j'étais d'accord avec lui.

J'ai serré la mâchoire. « Personne ne devrait te traiter de cette façon. Tu es aussi important que tous les autres membres de la meute. »

Il sembla reconnaissant de mes paroles. « Merci, personne ne m'a jamais dit quelque chose comme ça. »

Il s'arrêta brièvement, fixant bizarrement le vide devant lui. Je l'ai interpellé : « Gregory ? » Mais il n'a pas réagi.

Kelly et Theo nous ont rattrapés.

« Qu'est-ce qui se passe ? » demanda Kelly.

J'ai haussé les épaules et j'ai montré Gregory du doigt. Nous l'avons tous regardé regarder le ciel et tourner la tête dans tous les sens. Je ne savais pas trop ce qui se passait. Je savais qu'il n'avait pas de loup, alors il ne pouvait pas renifler l'air. J'aurais senti l'odeur avant lui. Soudain, il s'est retourné vers nous, comme s'il se souvenait de quelque chose.

« Nous devons nous diriger vers le sud-ouest ! »

Nous l'avons tous regardé bizarrement.

« Es-tu sûr ? Nous avions décidé d'aller au nord tout à l'heure. »

Il parla avec passion : « Je sais ! Mais j'ai un pressentiment. Nous devons marcher vers le sud-ouest. »

J'avais des doutes. Nous avions décidé d'aller vers le nord, car la ville humaine où des gens avaient disparu se trouvait dans cette direction. Il semblait logique que ce qui faisait disparaître les gens devait se trouver quelque part entre notre meute et leurs villes.

Il a poursuivi : « S'il vous plaît ! Faites-moi confiance ! »

Il avait l'air si confiant et je savais qu'il voulait nous aider autant que possible. Je me suis dit qu'en fin de compte, il n'y avait pas de mal à essayer la suggestion de Gregory. Nous pourrions toujours faire demi-tour s'il n'y avait rien, et ce serait bien pour Gregory de sentir qu'il dirigeait.

Je lui ai souri. « D'accord, on va suivre ton intuition. »

Kelly a eu l'air surprise, mais je savais qu'elle ne remettrait pas en cause ma décision. Théo haussa les épaules ; il suivrait Kelly partout où elle irait. Il avait beau être humain, mais le lien d'âme sœur avait son effet sur lui quand même. Gregory sourit lorsque nous commençâmes à marcher vers le sud-ouest.

Nous avons marché pendant un certain temps, descendant plus au sud que je ne l'avais jamais fait. La forêt était magnifique, et j'ai laissé Gregory mener la marche. Je sentais émaner de lui un nouveau sentiment d'appartenance. J'étais heureux pour lui. Après tout, n'était-ce pas ce que nous voulions tous ? Faire partie de quelque chose de plus grand, avoir un lien et aider ?

Plus nous marchions, plus mon loup s'agitait. Je sentais dans l'air un léger parfum sur lequel je n'arrivais pas à mettre le doigt. Cela ressemblait à des fleurs de lilas, mais je savais qu'il n'y en avait pas dans le coin et qu'elles ne fleurissaient pas à cette période de l'année. D'une certaine façon, je me sentais attiré par cette odeur. Plus il était fort, plus mon loup luttait pour le contrôle.

Une faible voix est parvenue à mes oreilles : « À l'aide ! À l'aide, s'il vous plaît ! »

L'enfer s'est déchaîné. Il n'y avait plus moyen de le retenir, mais je n'en avais pas envie. J'ai accepté le changement et j'ai commencé à courir aussi vite que possible pour m'approcher de l'endroit d'où venait l'odeur. J'entendais Kelly m'appeler, mais je m'en fichais. Elle avait besoin d'aide. Elle avait besoin de moi. Deux mots résonnaient dans mon esprit alors que je courais de toutes mes forces : « Âme sœur ».

Chapitre 6 (Elisen)

Nymphe des âmes

Mes paupières étaient lourdes et je luttais pour les ouvrir. Combien de fois avais-je perdu connaissance ? J'avais perdu le compte. Quel jour étions-nous ? Si je ne mourais pas sous les coups de ces voyous, je mourrais sûrement de soif et de faim. Les cordes qui m'attachaient au grand arbre étaient la seule chose qui me tenait debout, car je n'avais pas la force de me tenir debout toute seule. Je sentais à peine mes doigts, car ils étaient attachés au-dessus de ma tête depuis si longtemps que je me demandais si du sang y coulait encore.

Ils étaient là, à discuter de la façon dont ils allaient me torturer ensuite. J'ai essayé de leur dire tant de fois que je n'étais pas responsable des disparitions. Mais ils ne m'ont pas cru. Ils voulaient blâmer quelqu'un, et j'étais sur leur chemin. Soudain, l'un d'entre eux a regardé dans ma direction et a ricané en voyant que j'étais réveillée.

Respirer me faisait mal et je tremblais de peur. Je ne voulais pas savoir ce qu'ils avaient l'intention de me faire ensuite. Rassemblant le peu de force qu'il me restait, j'essayai encore une fois de crier le plus fort possible, espérant que cette fois-ci quelqu'un m'entendrait.

« À l'aide ! À l'aide, s'il vous plaît ! »

Ma voix n'était pas aussi forte que je l'aurais souhaité. L'homme que j'ai appris à connaître sous le nom de Fred avait un sourire diabolique sur le visage.

« Combien de fois te l'ai-je dit salope ? Ça ne sert à rien de crier à l'aide. Personne ne viendra pour toi. »

J'ai dégluti de peur lorsqu'il s'est approché de moi. Une étincelle de plaisir remplissait ses yeux à l'idée de ce qu'il allait me faire. Je fermai les yeux, me préparant à la douleur. Le contact de son poing sur ma mâchoire me fit tourner la tête vers la gauche, du sang chaud coulant de ma bouche. La bile me monta à la bouche, mais je l'avalai, ne voulant pas vomir.

« Allez, salope ! Ouvre les yeux. C'est plus drôle comme ça. »

Je gardais les yeux fermés, trop faible pour les ouvrir. Fred grogna et les autres hommes le rejoignirent.

« Tu sais ce qui t'arrivera si tu ne les ouvres pas ».

Un frisson me parcourut le dos. Rassemblant les forces qui me restaient, j'ouvris les yeux. Le sourire diabolique de Fred me glaça le sang. Dieu seul savait quel mal il avait prévu de me faire ensuite.

Un grognement soudain emplit l'air.

« Qu'est-ce que c'est que ce bordel ? » demanda Fred.

Tous les hommes ont tourné la tête pour regarder quelque chose derrière moi, mais je ne pouvais pas regarder, car j'étais attachée. L'un des hommes a commencé à courir, mais les autres sont restés, préparant leurs couteaux.

Soudain, un énorme loup brun se jeta sur l'un des hommes. Le loup a rapidement mordu le cou de l'homme, lui arrachant la chair, le sang jaillissant sur le sol, le son des cris de l'homme emplissant l'air. Je fronçai le nez à l'odeur métallique du sang, mais je ne pouvais rien faire de plus. Je ne savais pas d'où venait le loup, mais j'étais contente qu'il soit là. Fred s'élança vers le loup, enfonçant son couteau dans son dos, mais le loup n'était pas impressionné. Le loup tourna la tête vers moi, me fixant pendant une fraction de seconde. Ses yeux brillaient de quelque chose que je ne pouvais pas comprendre et semblaient fixer mon âme. Il reporta son attention sur Fred, me laissant me demander si j'avais imaginé tout cela.

D'une seule bouchée, il fit lâcher le couteau à Fred. Les autres hommes poussèrent des jurons et l'un d'eux cria : « C'est quoi ce bordel ? Je ne reste pas ici ! »

Il se mit à courir, mais les autres l'observèrent avec circonspection, ne sachant pas s'ils devaient attaquer. Se hissant sur ses pattes, le loup était presque aussi grand que Fred. Appuyant de tout son poids ses pattes avant sur l'homme, le loup poussa Fred au sol. Ce dernier poussa un juron lorsque les dents du loup s'approchèrent dangereusement de son visage.

« Qu'est-ce que vous attendez, bande d'enfoirés ? Attaquez cette foutue bête ! »

Le loup grogna contre eux et deux autres hommes s'enfuirent. Je me réjouis de voir mes agresseurs s'enfuir, me demandant comment me détacher une fois qu'ils auront été éliminés. Les cris de Fred me sortirent de mes pensées. Le loup le griffait et le mordait. Il y avait du sang partout, et je ne pouvais déjà plus distinguer la majeure partie de son visage. Les autres hommes étaient introuvables. Je suppose qu'ils avaient fui quand je ne regardais pas.

Je fixai le loup qui donnait à Fred ce qu'il méritait. J'ai pensé un instant que j'aurais peut-être dû avoir peur de ce que le loup ferait une fois qu'il en aurait fini avec lui, mais d'une certaine manière, je savais qu'il ne me ferait pas de mal.

« Matt! », cria une voix de femme derrière moi.

Bientôt, une femme et deux hommes sont arrivés en courant derrière moi et ont encerclé le loup.

« Matt! Qu'est-ce que tu fais ? » demanda le premier homme.

« Tu n'aurais pas dû courir comme ça ! Tu aurais dû nous attendre ! » gronda la femme.

Parlaient-ils au loup ? Fred ne bougeait plus, et le loup cessa d'attaquer, satisfait. Il me regarda fixement, sa fourrure tachée de sang. Ils se sont tous retournés et m'ont remarqué pour la première fois.

La femme s'est exclamée en se couvrant la bouche avec sa main.

Je n'avais aucune idée de qui ils étaient, mais ils étaient certainement avec le loup, alors je me suis dit qu'ils n'étaient pas une menace. Ce n'est pas comme si j'avais pu me défendre de toute façon.

« Il faut la détacher », dit l'autre homme.

Mes bras sont tombés lorsqu'il a coupé les cordes qui les retenaient. J'avais la tête qui tournait et je sentais une chaleur soudaine m'envahir. Des points noirs ont brouillé ma vision avant que l'obscurité ne m'engloutisse.

J'étais transportée, tout était encore noir.

« Attention, » dit une voix d'homme.

La tête me tournait et je retombais sans connaissance.

Je voulais tellement ouvrir les yeux, mais je n'y arrivais pas. Le monde bougeait encore autour de moi.

« Il faut la réchauffer », dit une femme.

« Pose-la là », suggéra un homme.

« Je la garde dans mes bras », grogna un autre homme.

« Mais Matt ! », a interrompu la femme.

Je suis retombée dans l'obscurité.

Lorsque je me suis réveillée la fois suivante, on ne me déplaçait plus. J'ai gardé les yeux fermés, écoutant les sons qui m'entouraient, prenant conscience de ce qui m'entourait. J'entendais le crépitement d'un feu. Je sentais des bras forts qui me tenaient, j'étais allongée sur les genoux de quelqu'un, la chaleur de son corps m'enveloppait. Une odeur alléchante d'épices émanait de lui, emplissant mon esprit. Tout ce à quoi je pensais, c'était que j'aimerais me noyer dans ses bras.

Je n'osais pas encore regarder. Je me prélassais dans sa chaleur, écoutant.

« Vous pensez qu'elle va se réveiller ? » murmura la femme.

« Je ne sais pas ce que je ferai si elle ne se réveille pas », dit la voix grave de l'homme qui me tenait, résonnant dans sa poitrine jusqu'à mon cœur. Elle était remplie d'inquiétude, et il me serra tout en parlant.

« Je suis sûre qu'elle va se réveiller », dit la femme.

« Oui, ne perds pas espoir », dit un homme.

L'homme qui me tenait soupira.

« Allez, mange », dit un autre homme.

« Seulement si je peux manger en la tenant. »

L'homme qui me tenait a doucement déplacé l'un de ses bras pour attraper quelque chose à manger. Il m'a tout de même serré contre lui avec son autre bras. Je pouvais entendre les autres hommes et la femme parler un peu plus loin.

L'idée de manger me rendait folle autant que la curiosité de regarder l'homme qui me tenait. Je me sentais attirée par lui sans l'avoir rencontré. Je n'avais jamais ressenti quelque chose de semblable auparavant. C'était irrationnel. Restant silencieuse, j'ai ouvert les yeux.

Ses cheveux étaient bruns et son torse, ou du moins ce que j'en voyais, semblait large et musclé. Un bol était posé sur le sol à côté de lui. Il mangeait en prenant soin de ne pas me déranger. La façon dont il s'occupait de moi me donnait l'impression d'être spéciale. Je me demandais pourquoi il était si gentil avec moi. Ressentait-il la même chose que moi à son égard ? Ses yeux bleus se posèrent sur moi et il sourit.

« Tu es réveillée », murmura-t-il avec soulagement.

Tout le monde s'est arrêté de parler. Le poids de leur regard m'a rendu timide. J'ai hoché la tête.

Il a demandé doucement : « Peux-tu parler ? »

« Oui », ai-je répondu, ma voix étant plus rauque que je ne l'aurais voulu.

« Allons te chercher de l'eau. Ça devrait t'aider. »

Je me sentais encore faible. Il me semblait que cela faisait une éternité que je n'avais pas bu d'eau. Mes lèvres étaient gercées, et cela soulagerait sûrement ma gorge irritée. Doucement, il m'aida à m'asseoir, son bras m'entourant. J'ai appuyé mon dos contre son torse, m'asseyant sur ses genoux. J'avais encore la tête qui tournait. De sa main libre, il m'apporta une tasse d'eau et me fit boire. Chaque gorgée me revigorait, mon corps en ayant été privé pendant si longtemps que je me sentais revivre. Sa main forte recouvrit la mienne et il redressa lentement la tasse.

« Ralentis. Tu ne peux pas boire trop vite, ou tu seras malade. »

Je savais qu'il avait raison et je n'ai pu qu'acquiescer.

« Comment te sens-tu ? » demanda-t-il doucement.

J'ai pris un moment pour y réfléchir. Étrangement, mes blessures ne semblaient pas me faire mal, et je me demandais comment c'était possible. Avec la façon dont ces voyous m'avaient traité, je m'attendais à souffrir.

« Faible, mais bien, en fait. Je n'ai pas mal », répondis-je, toujours perplexe.

Il sourit en répondant : « Je suis content de voir que ça a marché ».

« Qu'est-ce qui a marché ? »

« Je t'ai donné quelques gouttes de mon sang », expliqua-t-il.

Je l'ai regardé avec stupeur. « Tu as fait quoi ? »

La peur a brillé dans ses yeux pendant un instant. « S'il te plaît, ne sois pas fâchée. Tu étais en train de mourir. Je devais te sauver. »

« Comment le fait de me donner des gouttes de ton sang m'a-t-il sauvé ? »

« Tu ne sais pas ce que je suis ? »

Je me suis noyée dans ses yeux bleus. Je ne pouvais m'empêcher de me demander ce qu'il voulait dire.

« Tu es humain, n'est-ce pas ? »

Ses lèvres se retroussent de la façon la plus sexy qui soit.

« Je suis un loup-garou. Mon sang a un pouvoir de guérison. »

Ses paroles m'ont choquée. Je n'avais jamais entendu parler des loups-garous. Mais maintenant que j'y pensais, le loup qui m'a sauvé, c'était lui. Un petit ronronnement s'échappa de sa poitrine. C'était inattendu, mais réconfortant à la fois.

J'ai hésité, mais je devais savoir. « Vais-je… devenir comme toi ? »

Il a gloussé à ma question.

« Parce que tu as bu mon sang ? »

J'ai acquiescé lentement.

Il secoue la tête. « Non, ça ne marche pas comme ça. Il faut naître en étant loup-garou. » Il marqua une pause, puis ajouta : « Tu n'as pas trop peur, n'est-ce pas ? »

J'ai secoué la tête. Je connaissais déjà la réponse, mais j'ai quand même demandé : « C'est toi qui m'as sauvé ? »

Il a acquiescé, et j'ai souri, faisant monter une chaleur sur mes joues. « Merci de m'avoir sauvé ! »

« J'ai entendu ton appel à l'aide », expliqua-t-il.

Un raclement de gorge se fit entendre.

« Veux-tu nous présenter ta petite amie ? », dit la femme en plaisantant.

Un doux grognement s'échappa de la poitrine de l'homme.

« Ne dis pas de bêtises. Elle vient de se réveiller. »

J'ai regardé la femme. Elle m'a tendu la main, avec un sourire amical.

« Bonjour, je suis Kelly. Enchantée de te rencontrer ! »

Je lui ai pris la main faiblement.

« Merci de m'avoir sauvé. Vous tous. Je suis Elisen. »

« Elisen », répondit l'homme qui me tenait d'une voix profonde et rauque. Entendre mon nom sur ses lèvres sonnait juste, comme s'il était destiné à être prononcé par lui.

« Je m'appelle Matthew », a-t-il ajouté. Son nom a résonné jusqu'à mon âme. D'une certaine manière, c'est comme si je le connaissais depuis des vies entières.

L'un des hommes a dit : « Je suis Gregory ».

L'autre a ajouté : « Et moi, je suis Théo ».

En regardant le groupe qui m'avait sauvée, je ne pouvais m'empêcher d'être reconnaissante. S'ils n'avaient pas croisé mon chemin et si Matthew n'avait pas entendu mon appel à l'aide, je serais sûrement morte.

« Enchanté de vous rencontrer. »

« J'ai tant de choses à te demander », murmura Matthew, l'air chaud de son souffle roulant sur ma peau, me donnant des frissons.

« Oui, nous avons tous des questions, » a ajouté Kelly.

« Je veux aussi apprendre à vous connaître. Mais pensez-vous que je puisse manger quelque chose d'abord ? »

Je ne voulais pas interrompre cette conversation, mais mon besoin de manger devenait trop pressant. Mon estomac me faisait mal à cause de la faim.

« Bien sûr », s'exclama Kelly, qui s'empressa d'aller me chercher un bol de ragoût. « Depuis combien de temps n'as-tu pas mangé ? »

Honnêtement, je n'avais aucune idée du temps écoulé. Ma mémoire des derniers jours était trop floue.

« Je ne sais pas. J'ai été attaché et torturé par ces voyous pendant quelques jours. »

Un grognement s'échappa de la poitrine de Matt et il resserra son emprise sur moi pour me protéger. Ses paroles étaient douces : « Pas étonnant que tu te sois évanouie. Mange, on en reparlera après. »

J'ai attrapé le bol, mais il me semblait lourd et mes bras tremblaient. Matthew me regardait fixement, attendant que je mange. J'avais l'impression que mes bras allaient lâcher. Je me sentais gênée d'être dans un tel état.

Il m'a pris le bol en murmurant : « Laisse-moi t'aider. »

J'étais reconnaissante que sa voix ne porte pas de juge-ment. Il a pris les morceaux de nourriture et m'a fait manger une cuillerée à la fois. Même si c'était bizarre d'être nourrie par quelqu'un, je devais admettre que mon corps n'était pas encore complètement guéri.

J'ai murmuré : « Tu n'as pas besoin de faire ça. »

Il secoua la tête. « Je dois le faire. Tu es trop faible pour manger toute seule. »

Ses yeux contenaient des mots indicibles. J'ai murmuré : « Mais tu me connais à peine. »

Il a secoué la tête une fois de plus : « C'est absurde ! Tu es mon âme sœur. »

J'ai froncé les sourcils. « Ton âme sœur ? »

Il acquiesça. « La déesse de la lune nous bénit en nous don-nant une âme sœur. Quelqu'un à aimer et à chérir pour toujours. Parfait pour nous à tous points de vue. Fait spécialement pour nous, comme nous sommes faits pour lui. Ne le sens-tu pas ? »

Ses paroles n'avaient aucun sens, mais mon cœur savait qu'elles étaient vraies, même si je le connaissais à peine. L'idée d'avoir quelqu'un de prédestiné à aimer était magnifique, et je voulais croire que c'était vrai. J'ai acquiescé. « Je le sens. »

Son visage s'est illuminé du plus beau des sourires, faisant fondre mon cœur. Ses doigts effleurèrent doucement ma joue et il ajouta : « C'est normal que je prenne soin de toi. C'est ce que font les âmes sœurs. »

Il continuait à me nourrir tandis que je me posais des ques-tions. J'étais prête à accepter l'idée d'un compagnon prédestiné, mais j'étais également confuse. Il a dû le sentir puisqu'il m'a demandé : « Qu'est-ce qu'il y a ? »

Tout le monde nous regardait, mais il n'y avait aucune raison de leur cacher cela.

« Savez-vous ce que je suis ? »

Ils secouèrent tous la tête. Kelly dit doucement : « Nous nous posions la question, mais nous n'osions pas le demander ».

Matthew prit la parole d'une voix rauque : « Ta peau légèrement violacée brille sous les étoiles de la plus belle des manières. Tu n'as pas les oreilles pointues des elfes. Tes yeux émeraude brillent d'une force inconnue, et tes cheveux violet foncé s'enroulent de telle façon que j'ai envie d'y perdre mes doigts. »

Ses mots m'ont coupé le souffle. Jamais personne ne m'avait dit une chose pareille. Les gens que je rencontrais habituellement ne se souciaient pas de mes sentiments et étaient soit impolis, soit me fixaient jusqu'à ce que je me sente mal à l'aise. J'ai souri à leurs paroles.

« Je suis une nymphe des âmes. »

Ils m'ont tous regardé avec étonnement, incertains de ce que cela signifiait.

« Une nymphe des âmes ? » demanda Matthew en me caressant doucement le bras.

« Je ne suis pas surprise que vous n'ayez pas entendu parler de nous. Voyez-vous, nous guidons les âmes défuntes vers l'au-delà. Nous exécutons le jugement des dieux sur les défunts. Les bons sont dirigés vers les plaines élyséennes, et les mauvais vers les enfers. Les nymphes des âmes se tiennent généralement à l'écart des vivants. »

Matthew parla doucement : « Je suis heureux que tu te sois aventuré ici, sinon je ne t'aurais jamais rencontré. Mais je sens que quelque chose te tracasse. Qu'est-ce que c'est ? »

J'ai laissé échapper une longue respiration et je me suis retournée pour fixer ses magnifiques yeux bleus. Ils étaient aussi profonds que la mer et me tenaient en haleine.

« Les nymphes des âmes n'ont généralement pas de sentiments. Nous sommes une race pure dévouée aux dieux. L'amour est un concept qui m'est étranger, même si j'en ai entendu parler. Les nymphes des âmes ne se reproduisent pas ; nous naissons du royaume des âmes selon la volonté des Dieux. »

Les yeux de Matthew se sont remplis d'inquiétude et, pendant un instant, j'ai craint qu'il ne s'effondre. J'ai rapidement ajouté : « J'ai des sentiments pour toi. Je ressens cette attirance. Je ne peux pas nier que cette histoire d'âme sœur semble en être la source. » J'ai réfléchi un moment, ne trouvant pas les mots justes. « C'est tellement nouveau pour moi. »

Matthew a poussé un soupir de soulagement et a souri.

« Alors, laisse-moi t'apprendre tout ce qu'il y a à savoir sur l'amour. Laisse-moi te montrer tout ce que l'amour est. »

Ses lèvres se sont écrasées sur les miennes l'instant d'après, mon rythme cardiaque s'est accéléré et mon cœur s'est rempli de cette sensation chaude et agréable. Je fermai les yeux, profitant de ce moment délicieux, tandis que les doigts de Matthew se perdaient dans mes cheveux, sa langue virevoltant avec la mienne. Entourée de son odeur et de sa chaleur, je comprenais enfin pourquoi les gens accordaient autant d'importance à l'amour.

J'ai ouvert les yeux quand Matthew a reculé.

Il sourit. « Alors, qu'en penses-tu ? »

J'ai également souri, mes yeux se fixant dans les siens, partageant un lien secret que seules nos âmes pouvaient comprendre.

La seule chose que j'ai pu répondre, c'est « stupéfiant ».

Matthew a souri, et j'ai su alors que je ne pourrais plus jamais vivre sans lui. J'étais impatiente d'apprendre tout ce que je pouvais sur l'amour, et je le laisserais être mon professeur.

Kelly demanda : « Tu as dit que les gens de ton espèce ne s'approchaient pas de nous. Alors, que faisais-tu ici ? »

J'ai acquiescé. « Quelque chose perturbe le flux des âmes. »

Ils m'ont tous regardé d'un air interrogateur.

« Mon clan m'a envoyé pour découvrir ce qui empêche les âmes d'aller dans l'au-delà. Mais en marchant, je me suis fait attraper par ces voyous. Ils m'ont pris mes épées, m'ont ligoté et torturé, et, enfin, c'est vous qui m'avez trouvé. »

Theo fouilla dans son sac à dos.

« Ce sont tes épées ? »

Il a sorti mes deux épées de son sac.

« Oui ! »

Il me les a tendues.

« Nous les avons trouvées après avoir tué les voyous. J'ai trouvé qu'elles étaient belles. Je n'avais jamais vu un tel métal, et j'ai décidé de les prendre avec moi. »

« Oui, elles sont faites d'un métal destructeur d'âme, forgé par les demi-dieux. »

« Pourquoi aurais-tu besoin d'épées coupeuses d'âmes ? » demanda Théo.

Je ricanai. « Tu serais surpris de voir ce qu'une âme damnée est prête à faire pour éviter d'aller aux Enfers. »

Matthew sourit. « C'est une bonne chose que tu aies les épées, alors ».

Kelly ajouta : « Finissons de manger et installons un campement pour la nuit. »

Chapitre 7 (Serena)

Soyez prêts

Nous avons marché jusqu'à la chambre d'Odilia. Molly racontait une histoire de fées et de fleurs. La petite fille s'est arrêtée de parler lorsque nous sommes entrés dans la chambre, ses grands yeux gris nous regardant fixement. Je n'avais jamais vu de si beaux yeux. Ils étaient obsédants, comme s'ils renfermaient les mystères les plus sombres. Pourtant, l'innocence transparaissait, la pureté d'une enfant.

« Il ne t'aime pas », a déclaré Molly lorsque nous sommes entrées dans la pièce.

J'ai demandé à la fille : « Qui ne m'aime pas ? »

Elle secoua la tête en désignant Esme. « Pas toi, elle ».

Esme fronça les sourcils. « De qui parles-tu ? »

La petite fille répondit naturellement : « L'homme dans le mur. Il dit que tu mets ton nez là où il ne faut pas. Il a dit qu'il allait le libérer, que tu le veuilles ou non. »

Alors que je restais là, à me demander de qui Molly parlait, Esme serra la mâchoire.

« Je me fiche de ce que pense cet homme dans le mur. Je mets mon nez là où c'est nécessaire. »

La petite fille s'est levée et m'a serré dans ses bras avant de serrer Esme.

« Je me fiche de ce qu'il pense. Je vous aime toutes les deux. »

J'ai caressé la tête de la petite fille avec amour. Nous avions besoin de parler avec Odilia seul à seul. J'ai suggéré : « Pourquoi n'irais-tu pas jouer dans les fleurs dehors ? »

Le visage de Molly s'éclaira.

« Une fée peut-elle se joindre à moi ? »

J'ai regardé Esme, qui a expliqué : « J'ai appelé des fées pour lui tenir compagnie l'autre jour. Je crois qu'elle a apprécié. »

Molly sourit. « Oui ! Elles sont si belles et si gentilles ! »

J'ai souri et j'ai appelé deux fées pour qu'elles nous rejoignent. L'une d'elles a atterri dans la main de la petite fille, et elle a doucement passé son doigt sur les cheveux de la fée, la poussière s'éparpillant dans sa main. La petite fille sourit largement.

« Voilà, maintenant va jouer avec tes petites amies ».

La petite fille a crié « Merci ! » avant de partir en courant jouer avec les fées.

« Cette enfant est spéciale », marmonna Esme en croisant les bras. Je compris ce qu'Esme voulait dire par là. C'était la deuxième fois que j'entendais la jeune fille parler de l'homme dans le mur. Je n'avais aucune idée de qui elle parlait, mais cela me mettait mal à l'aise.

Nous avons attendu que Molly soit loin avant de parler à Odilia. Quand nous avons enfin été seuls avec elle, elle nous a regardés, brisant le silence, « Je suppose que pour vous trois d'être ici, ce n'est probablement pas une bonne nouvelle. »

Elle était calme et avait un ton compréhensif, mais ses yeux étaient pleins d'inquiétude. J'ai pris une grande inspiration.

J'ai parlé calmement : « Nous avons trouvé Gerald. »

Odilia attendait avec impatience que je finisse de parler, mais je ne savais pas comment lui dire. J'avais la bouche sèche et je n'ai réussi qu'à murmurer : « Je suis désolée, Odilia. »

Des larmes commencèrent à couler sur ses joues. Elle murmura, les lèvres tremblantes : « Ce n'est pas grave. Je me suis dit que quand il ne rentrait pas à la maison, c'est que quelque chose n'allait pas. »

Je l'ai entourée de mes bras, attendant que ses cris se calment. Je me sentais sans défense face à ce torrent de tristesse. Je ne pouvais rien faire pour réparer son cœur brisé. Lorsqu'elle s'est enfin calmée, j'ai essuyé les larmes de son visage.

Ma poitrine s'est contractée et une boule a envahi ma gorge. Je savais que ce que je devais lui dire ne ferait que la blesser davantage.

J'ai parlé calmement : « Nous avons trouvé quelque chose d'autre. »

Les yeux verts d'Odilia se sont fixés profondément dans les miens.

« Est-ce une bonne ou une mauvaise chose ? »

Je me suis mordu la lèvre.

« Gerald était un loup-garou ».

Ses yeux s'écarquillèrent et elle s'exclama : « Quoi ? Tu es sûre ? Il n'en a jamais parlé. »

J'ai acquiescé. « Nous le sommes. »

Odilia fronça les sourcils. « Je n'aurais pas dû le voir se transformer en loup ? Comment peux-tu en être sûre ? »

« Tu te souviens quand j'ai fait des analyses de sang ? » demanda Esme.

Odilia acquiesça. Esme continua: « Nous avons découvert que ton bébé est un loup-garou. Comme tu es humaine, cela signifie que le père était un loup-garou. »

J'ai vu le choc de la nouvelle la frapper comme un typhon, détruisant tout ce qu'elle savait de l'homme qu'elle aimait.

Alors que son monde s'écroulait, Odilia mit une main sur sa bouche, ses mains tremblantes. « Oh mon Dieu ! Gérald ne me l'a jamais dit. »

Tarriel parla calmement : « Nous pensons que Gérald ne pouvait peut-être pas se transformer en loup. »

Odilia s'étonna : « Est-ce possible ? ».

Tarriel acquiesça. « Peut-être qu'il ne le savait pas lui-même. Cela peut arriver dans de rares cas. Il est possible que ses parents ne lui aient jamais dit. A-t-il été élevé dans une ville humaine ? »

La voix d'Odilia trembla : « Il a grandi à l'orphelinat. Il n'a jamais connu ses parents. C'est pourquoi il était si désireux de devenir père. »

Sa voix s'est brisée et elle a laissé échapper des sanglots silencieux.

Esme poursuivit aussi gentiment qu'elle le pouvait : « Tu es malade parce que le bébé est un loup-garou ».

Odilia demanda : « Les humains et les loups-garous ne sont-ils pas compatibles ? Je croyais que votre meute était composée de loups-garous et d'humains ? »

Esme acquiesça. « Oui, mais ils forment un lien avant d'avoir un bébé. Tu vois, quand le loup-garou mord son amoureuse, il scelle un lien entre eux, mais il modifie aussi les gènes de l'humaine pour la rendre compatible avec lui. »

« Il les modifie génétiquement ? Ils se transforment en loup-garou ? »

Esme rit. « Non, rien de tel ! Il ne fait qu'ajuster leur corps pour qu'ils puissent se reproduire. »

Le silence s'est installé dans la pièce pendant que nous attendions qu'Odilia assimile ce que nous lui avions dit. C'était beaucoup d'un coup, et j'aurais aimé lui donner plus de temps pour tout assimiler. Mais le temps jouait contre nous. Je savais qu'Odilia était forte ; elle prenait déjà cela plus facilement que je ne l'aurais pensé. J'étais optimiste quant à sa capacité à faire face à cette situation. Et si ce n'était pas le cas, nous étions là pour elle.

Odilia réfléchit un moment avant de demander : « Que va-t-il m'arriver ? Mon bébé est un loup-garou, mais je ne me suis pas liée à Gerald. »

Il n'y avait pas de moyen facile de le dire, alors j'ai tout simplement dit : « Si tu ne te lies pas très vite à un loup-garou, tu mourras. Ton corps ne pourra pas faire face à la croissance du bébé. »

La nouvelle l'a frappée comme un coup de poignard dans le cœur. J'ai craint un instant qu'elle ne s'en sorte pas. Cette femme venait de voir sa vie bouleversée. Les émotions pouvaient avoir des effets pervers sur l'esprit. J'ai regardé Odilia s'effondrer à nouveau en larmes. Elle s'accrocha à son ventre, c'était la seule chose qui lui restait. Cette même chose qui pourrait la tuer si elle ne se liait pas rapidement à un loup-garou, source de joie et d'espoir, mais aussi de mortalité.

Je n'ai rien pu faire d'autre que de la serrer dans mes bras et d'attendre qu'elle se calme. Cela m'a semblé une éternité, mais lorsqu'elle a enfin cessé de pleurer, elle a demandé, d'une voix à peine audible : « Qu'est-ce que je vais faire ? Je ne veux pas mourir ! Y a-t-il quelqu'un qui peut se lier à moi ? »

Juste à temps, Tarriel fit un pas en avant.

« Je le ferai. J'étais l'ami de Gerald. Ce serait un honneur de prendre soin de sa femme. »

La façon dont il l'a dit pouvait sembler bizarre, mais je savais qu'il le pensait d'une manière amicale. Cela signifiait aussi qu'il renonçait à trouver sa compagne. C'était un grand sacrifice. Tarriel était un homme bon, un guerrier puissant et un bon chasseur. Je savais qu'il prendrait bien soin d'Odilia.

À ce moment-là, on entendit un grognement provenant de la fenêtre. Un homme entra en trombe dans la pièce en criant : « Mienne ! ».

Odilia a crié et a attrapé le bras de Tarriel. C'était exactement le contraire de ce qu'il fallait faire pour calmer l'homme. Je savais, d'après sa réaction, qu'Odilia était sa compagne, qu'elle le sache ou non.

Tarriel cria à l'homme, « Calme-toi ! Je ne savais pas qu'elle était à toi ! »

Mais l'homme était rempli de rage. Il enleva son t-shirt, montrant sa large poitrine musclée, et attacha ses cheveux blonds en chignon.

« Enlève tes sales pattes de ma compagne ! »

Tarriel s'est éloigné d'Odilia. L'homme était encore troublé, mais il se calma lorsqu'il vit que Tarriel était loin d'Odilia. C'était une réaction naturelle pour un loup-garou ; réclamer ce qui lui revenait de droit, donné par la déesse de la lune.

« Garry, s'il te plaît, calme-toi. Tu ne veux pas effrayer ta compagne ! » ordonna Esme.

Garry s'arrêta immédiatement à ces mots et fixa Odilia, la tendresse et la passion transparaissant dans ses yeux. La dernière chose qu'il voulait faire était d'effrayer Odilia. Je savais qu'il s'était probablement laissé emporter par l'idée qu'un autre loup puisse marquer sa compagne.

« Désolé », a-t-il chuchoté.

Odilia regardait Garry en tremblant. Elle ignorait que le loup-garou était son âme sœur, celui que la déesse de la lune avait créé spécialement pour elle. Elle ne savait pas que sa rage était due au fait de voir un autre homme près d'elle. C'était la routine pour nous dans la meute. Mais pour quelqu'un d'extérieur à la meute, cela devait être très effrayant, compte tenu de tout ce qu'elle venait de vivre.

Je me suis approché d'Odilia, la rassurant. De l'autre côté du lit, Garry m'étudiait, tout en restant près de sa compagne. Il surveillait Tarriel de loin, s'assurant qu'il ne s'approchait pas trop, et je savais que la rage de Garry reviendrait si Tarriel s'approchait d'Odilia. Mais Tarriel avait été élevé dans la meute ; il savait qu'il ne fallait pas essayer de voler la compagne d'un autre.

J'ai parlé doucement : « Odilia, c'est correct. Il ne te veut aucun mal. »

« En es-tu certaine ? », demanda-t-elle, encore tremblante.

Garry a eu un regard triste lorsqu'il a réalisé qu'il l'avait effrayée. Je lui ai fait un signe de tête.

« Les loups-garous peuvent être très possessifs envers leurs compagnes. Surtout si un autre mâle dit qu'il va se lier à elle. »

Odilia regarda vers Garry. Tout l'amour qu'il lui portait transparaissait dans ses yeux. Elle s'est retournée vers moi.

« Qu'est-ce qu'un compagnon ? »

Ce n'est qu'à ce moment-là que Garry s'est rendu compte qu'Odilia ne savait pas grand-chose de notre meute. Je lui avais raconté certaines choses l'autre jour, mais je n'ai pas eu le temps d'entrer dans les détails.

Voyant qu'on n'avait plus besoin de lui, Tarriel prit tranquillement congé. La tension dans la pièce disparut. Esme s'assit sur une chaise et moi sur le lit d'Odilia. Je lui ai tout expliqué, depuis les compagnons destinés que nous a donnés la déesse de la lune jusqu'au lien qui se forme entre eux. Quand j'ai eu fini, Garry avait déjà remis son t-shirt. Il caressait doucement la main d'Odilia. Elle le jaugeait encore. Je ne pouvais même pas imaginer tout ce qui se passait dans sa tête.

Odilia m'a regardé, bouleversée.

« Eh bien, c'est beaucoup de choses à assimiler en une seule fois ! »

Garry parla doucement : « J'ai appris la mort de ton mari. Je suis désolé pour ta perte. »

Odilia se contenta de hocher la tête, des tremblements de tristesse trahissant encore sa voix, « Garry. Je ne sais pas si je suis prête à aimer à nouveau. Tout va si vite ! Ce matin encore, j'espérais que Gérald reviendrait, et j'ai tout juste appris qu'il est mort. »

Garry acquiesça. « Je comprends. »

Elle poursuivit avec peine et résignation, « Je ne suis pas sûre de comprendre toute cette histoire de compagnon. Mais on m'a dit que je mourrais si je ne me liais pas avec un loup-garou parce que le père de mon bébé en était un aussi. »

Garry s'est agenouillé devant elle.

« Je ne te laisserai jamais mourir. S'il te plaît, laisse-moi me lier à toi. »

Les mots étaient si sincères qu'Odilia mit la main sur son cœur.

Je lui ai dit : « Tu dois savoir que le lien de couple est éternel. Une fois que le lien est scellé, il ne peut être défait. Mais sache aussi que ton compagnon t'aimera pour toujours. »

Odilia sourit faiblement malgré tout ce qui lui était arrivé aujourd'hui. « Mon cœur est brisé, je suis remplie de chagrin et ma vie a été brisée. Je ne suis pas sûre qu'il y ait grand-chose à faire de moi. Il s'est passé beaucoup de choses et j'ai besoin de temps pour m'adapter. Je porte même un enfant qui n'est pas le tien. Je ne vois pas pourquoi tu perdrais ton temps avec moi. »

Garry parla avec passion : « Ne dis pas ça ! Quel que soit le temps dont tu as besoin, je serai patient. Cet enfant que tu portes, je l'élèverai comme le mien. Laisse-moi juste te prouver que je suis un compagnon digne de toi. Je t'en prie. »

Odilia lui a souri, et il lui a souri en retour. Ils étaient liés d'une manière qu'Odilia ne pouvait pas encore comprendre, et ils allaient devoir apprendre à se connaître, mais dans ce sourire, j'ai vu l'espoir de jours meilleurs.

« Je ne comprends pas d'où cela vient, mais je suis prête à vivre et à voir où cette nouvelle vie me mènera. Je sens que quelque chose m'attire vers toi, même si je ne le comprends pas. Comment pouvons-nous nous lier ? »

Garry a souri à sa question. Je connaissais la réponse, mais ce n'était pas à moi de la donner.

Esme se leva. « Serena et moi allons vous laisser ensemble. Garry t'expliquera tout. »

Odilia avait un regard interrogateur, mais Garry avait un regard complice. Je savais que tout irait bien quand je quittai la pièce.

PDV de DeMörder

J'étais assis sur mon trône. Je m'étais réveillé il y a une heure dans la forêt et je ne me souvenais plus comment j'étais arrivé là. Il faisait déjà nuit et j'avais un mal de tête insupportable. Désorienté, j'ai erré dans les bois. J'avais l'impression de me voir marcher, c'était une sensation étrange. Qui pouvait dire ce qui était réel et ce qui ne l'était pas ? À un moment donné, je suis tombé sur Marcus et Judah. En les voyant, quelque chose s'est enclenché dans mon esprit, me sortant de cet état de confusion et me ramenant à la normale. Je les ai accompagnés dans mes appartements, j'ai pris un bain et depuis, j'étais assis sur mon trône.

Mes fidèles étaient réunis devant moi, quelques braseros émettaient une lumière jaune. Le nombre d'adorateurs n'avait cessé de croître et je me réjouissais à l'idée que nous serions bientôt assez nombreux pour assouvir ma vengeance. Ils ont commencé à psalmodier une prière qu'ils avaient créée pour moi. J'ai fermé les yeux en écoutant leurs louanges.

J'ai repensé à ce qui s'était passé il y a quelques semaines : je me suis souvenu de mon impuissance. Le souvenir était faible, un peu flou. Je ne me souvenais pas de ce qui s'était passé avant ce moment, mais j'étais triste, brisé, seul et faible. J'étais perdu et le désespoir emplissait mon âme. Blessé une fois de plus par ceux qui osaient se prétendre ma famille. Je me suis réfugié dans cette grotte obscure. J'ai traversé quelques lacs souterrains sombres, l'air devenant plus froid. Finalement, il était là : deux ailes de plumes noires, une peau de charbon et des yeux d'un rouge féroce. Il était grand et fort, et je pouvais sentir une puissance obscure émaner de lui. Je l'ai immédiatement envié. Il n'avait pas besoin de craindre les autres comme moi, il ne laissait pas les gens lui faire du mal. Il pouvait écraser n'importe qui. J'ai su alors que c'était ce que je voulais être.

Comme s'il lisait dans mes pensées, le démon me sourit méchamment.

« Alors, tu veux être comme moi, mortel ? »

Je lui ai fait un signe de tête, les mots s'échappant à peine de ma bouche alors que mon cœur s'emballait : « Oui, s'il vous plaît ».

Le démon ricana.

« Je peux te donner un pouvoir… plus fort que tu ne pourrais jamais l'imaginer. Tu seras capable d'écraser tous ceux que tu veux. »

Des perles de sueur se sont formées sur mon front et j'ai dégluti sous l'effet du respect, de la peur, et de l'émerveillement. Je savais que les démons n'offraient pas leur pouvoir gratuitement.

« Que voulez-vous en échange ? »

Les yeux du démon brillaient dans l'obscurité.

« Que tu tues le plus de gens possible et que tu les ranimes pour qu'ils se battent à tes côtés. »

« Les ranimer ? » demandai-je, perplexe.

La voix grave du démon résonna sur les murs de la grotte lorsqu'il répondit. « Je ferai de toi un nécromancien. Je te donnerai une force incroyable et le pouvoir de ressusciter les morts. Tu seras capable de lever une armée pour accomplir tout ce que ton cœur désire. Craint et respecté par tous. »

Les nécromanciens étaient puissants et redoutés. L'histoire ne mentionnait que deux cas de nécromanciens. Personne ne savait comment ils étaient apparus, mais un pacte avec un démon était sûrement la source de leur existence. Les deux fois, ils ont semé la peur, le respect, et la destruction dans le monde. D'innombrables personnes sont mortes en essayant de les arrêter. Aujourd'hui encore, les légendes parlent de leurs actions. Si j'avais ce pouvoir, personne ne pourrait me faire de mal.

Mais je me méfiais toujours du démon.

« Qu'est-ce que ça vous rapporte si je tue des gens et que je les ressuscite ? J'ai l'impression d'avoir la meilleure part du marché. »

« Tu es intelligent, mortel, mais ne crains rien. C'est exactement ce dont j'ai besoin. En tuant des gens et en les faisant revivre dans ton armée de morts-vivants, tu empêcheras les âmes d'aller dans l'au-delà. Perturber le flux des âmes, c'est exactement ce dont j'ai besoin. »

Son offre était intéressante, le pouvoir était grand et je n'avais pas besoin de donner grand-chose en échange. Il n'y avait pas beaucoup de réflexions à faire.

« Très bien, démon. Comment sceller cette entente ? »

Le démon sourit largement, montrant ses dents.

« Tu n'as qu'à prononcer mon nom. »

Alors que je m'apprêtais à lui demander son nom, celui-ci m'est venu à l'esprit avec force et vivacité, comme si je l'avais toujours su.

Le sol a tremblé quand j'ai crié son nom, « Erebus ».

Une douleur aiguë résonna dans mon crâne et des voix résonnèrent dans mon esprit. Le son de mes cris se mêlait au rire diabolique du démon. La douleur s'estompa un instant et je me vis me recroquevillé sur le sol, me prenant la tête à deux mains. Mon corps me faisait souffrir, mais je ne le sentais plus. Je n'étais qu'un spectateur de la scène qui se déroulait devant moi. Cela n'a duré qu'une fraction de seconde avant que je ne sois ramené dans mon corps, la douleur brûlant jusque dans chacun de mes os.

Je me suis allongé sur le sol, couvert de sueur, incapable de bouger attendant que la douleur ne s'estompe. Comme un nouveau-né, j'observais le monde autour de moi. Tout avait l'air si différent. Je sentais le pouvoir du démon pulser dans mes veines. Si sombre, si fort, si méchant. Je me suis tourné vers le démon, mais il n'était plus là. Je n'avais plus qu'une idée en tête. *J'avais hâte d'essayer ce nouveau pouvoir.*

« Maître, vos disciples vous attendent. »

J'ai ouvert les yeux à la voix de Judah. Mes disciples étaient agenouillés, attendant mes ordres. Un épais brouillard recouvrait le sol ce soir. Un corbeau solitaire passa au-dessus de ma tête, son croassement résonnant dans le silence du moment. Le vent s'est levé, apportant à mon nez l'odeur des arbres en décomposition avant de se dissiper aussi vite qu'il était venu. C'était peut-être encore l'été, mais on se serait cru en automne avec tous ces arbres morts. Je marchais de long en large sur le plateau de pierre, mes pas se répercutant sur les rochers.

« Soyez prêts ! Ce soir marque le début d'une nouvelle ère ! »

J'ai marché sur le plateau entre les rangées d'adorateurs tout en parlant. Les zombies fixaient le vide devant eux. Leurs esprits vides me faisaient me sentir seul dans cette foule de gens. Les vivants n'osaient pas me regarder lorsque j'approchais. Un sentiment de puissance m'envahit à la vue du respect que me témoignaient mes adorateurs. Je les récompenserai le moment venu.

J'ai gardé la tête haute et j'ai parlé fort : « Maintenant, soyez attentifs ! Il est venu l'ère d'un nouveau roi ! Un roi incontesté, respecté et salué comme le dieu vivant que je suis. C'est la chance de votre vie. »

« Je te suivrai », dit Juda avec fierté et conviction.

« Moi aussi », ajouta Marcus, une main sur la poitrine.

J'ai souri lorsque d'autres disciples ont confirmé leur allégeance à mon égard. J'ai poursuivi : « Bien sûr, en revanche j'ose espérer que vous exécutiez mes ordres. Mais vous serez récompensés lorsque je recevrai mon dû. Après des décennies d'injustice et de déni, mon heure est enfin venue ! Soyez prêts ! »

« Je donnerai ma vie pour toi », murmura une femme.

Mes adorateurs se sont mis à scander en chœur : « Soyez prêts ».

Tout autour de moi, mes disciples ont commencé à chanter et à me vénérer. J'ai souri, on me donnait enfin le respect qui m'était dû. Bientôt, tout le monde le fera.

PDV de Matthew

J'étais assis près du feu avec Elisen. Je regardais la lumière du feu se refléter sur sa peau violacée. La lumière des étoiles faisait scintiller sa peau. Ses yeux brillaient de passion tandis qu'elle m'expliquait tout sur les nymphes des âmes. Elle s'était lavée dans une rivière voisine et avait tressé ses cheveux. Elle avait l'air si exotique que je n'arrivais pas à la quitter des yeux. Je la vénérerais à jamais, en prenant soin d'elle comme il se doit.

Je n'arrivais toujours pas à croire qu'elle était si faible quand je l'ai trouvée. Penser que si je ne l'avais pas entendue… un nœud se forma dans mon estomac à cette pensée. Mon loup se sentait également mal à cette idée. Maintenant que je l'avais trouvée mon loup ne voulait pas la quitter, et moi non plus. Je l'ai serrée contre moi pendant qu'elle parlait. Son odeur de lilas me rendait fou, et je devais me retenir d'enfouir mon nez dans le creux de son cou.

« Alors, quand quelqu'un meurt, il va dans le royaume des nymphes des âmes ? » demanda Kelly.

« Ce n'est pas vraiment un royaume en soi. C'est plutôt un domaine enchanté où les mortels ne peuvent pas entrer. Seuls les âmes et mon peuple peuvent franchir ses frontières. »

« Les gens ne sont-ils pas curieux ? » demanda Théo.

Elisen secoua la tête, ses longs cheveux se balançant.

« Notre domaine est invisible pour les vivants. De la même façon qu'on ne voit pas l'âme quitter le corps quand quelqu'un meurt. »

Apprendre à connaître les nymphes des âmes était fascinant. Je voulais tout savoir sur ma compagne. Je voulais la comprendre et connaître ses ancêtres.

« Comment savez-vous quelles âmes peuvent se rendre dans les plaines élyséennes ? » demandai-je.

Elle se tourna vers moi, ses lèvres effleurant ma joue. Un doux ronronnement s'échappa de ma poitrine à ce contact, la faisant rougir. Elle se tourna à nouveau vers les autres, expliquant : « Lorsque les âmes entrent dans notre domaine, elles y restent un moment. Juste assez longtemps pour que les trois juges décident de leur sort. »

« Trois juges ? » demanda Kelly.

Elisen acquiesça. « Les demi-dieux Rhadamanthe, Minos et Eaque, fils de Zeus. Ils étaient autrefois des mortels, mais leur position de juges leur a été accordée en récompense pour leur vie sur terre. »

« Que se passe-t-il ensuite ? » demanda Kelly.

Elisen s'esclaffa devant l'enthousiasme de Kelly. Son rire était une musique à mes oreilles et je voulais l'entendre tous les jours.

« Eh bien, l'un des membres de mon clan apporte l'âme aux plaines élyséennes ou aux enfers, selon ce que les juges ont décidé. Nous emmenons parfois les jeunes nymphes en formation pour qu'elles apprennent comment cela doit se faire. »

Kelly s'exclama : « Oh ! Les plaines élyséennes doivent être si belles ! Vous ne voulez probablement jamais en revenir. »

Elisen secoua la tête avec véhémence. « Mon Dieu, non ! Nous ne nous rendons jamais nous-mêmes dans les plaines élyséennes ou les enfers. Nous amenons les âmes à l'entrée et nous nous assurons qu'elles franchissent la porte. Seule une âme défunte peut franchir la barrière qui sépare ce monde de l'au-delà. Il y a eu quelques exceptions au cours de l'histoire, mais ce sont des anomalies. »

J'ai déposé un doux baiser près de son oreille et j'ai murmuré : « Je suis content que tu ne voyages pas dans l'au-delà. Je ne voudrais pas risquer de te perdre. »

Elisen se retourna et me fixa dans les yeux, souriante, avant de poser ses douces lèvres sur les miennes, allumant un feu en moi. Mon loup ronronna au même moment.

« D'où vient ce bruit ? »

Je souris. « C'est mon loup. Il adore quand tu t'approches de lui comme ça. »

La main d'Elisen effleura ma poitrine, provoquant des étincelles sur ma peau.

« Il est à l'intérieur de toi, n'est-ce pas ? »

J'ai secoué la tête. « Plus ou moins. Je suis lui, et il est moi. Mon loup fait partie de moi, nous ne faisons qu'un ».

« Est-ce que je le rencontrerai un jour ? »

Mon loup remuait la queue et je devais lutter pour garder le contrôle. Il voulait la rencontrer, mais je n'étais pas sûre qu'elle soit prête.

« Quand tu seras prête, bien sûr, tu le rencontreras. Je veux que tu saches tout sur moi. »

Kelly interrompu : « Avez-vous vu Gregory ? Je ne le trouve nulle part. »

J'ai regardé aux alentours. Je ne le voyais pas non plus. J'ai haussé les épaules. « Il est probablement parti explorer. Je suis sûr qu'il reviendra bientôt. »

Kelly était toujours inquiète. « Et s'il disparaît ? »

Théo lui prit la main. « Détends-toi. Je suis sûr que ce n'est rien. On peut faire un petit tour et voir si on peut le trouver si tu veux. »

Kelly a acquiescé en souriant et je les ai regardées marcher main dans la main. Je souris. Theo apprécierait ce temps seul avec sa compagne autant que j'apprécierais ce temps seul avec Elisen.

Chapitre 8 (Matthew)

Profane

J'avais de plus en plus de mal à contenir mes sentiments, car j'étais maintenant seul avec Elisen. Sachant qu'elle ne connaissait pas l'amour, j'avais plus que jamais peur de lui faire part de mes sentiments.

« Elisen, je… je dois te dire quelque chose. »

Elle m'a fixé de ses yeux verts, et j'ai senti mon cœur battre encore plus vite.

« Qu'est-ce qu'il y a ? »

Je n'avais jamais eu aussi peur de toute ma vie.

« Je ne sais pas trop comment le dire. Je ne suis même pas sûr de la façon dont tu le percevras, étant donné que tu es une nymphe des âmes. Mais j'ai besoin de m'exprimer. La vérité, c'est que je t'aime, Elisen. Je t'aime plus que je ne l'aurais cru possible. »

Les yeux d'Elisen s'écarquillèrent et elle murmura « L'amour ».

J'ai attendu nerveusement qu'elle ajoute quelque chose. Elle avait dit qu'elle avait ressenti quelque chose pour moi tout à l'heure, mais je n'étais pas sûr qu'elle sache ce qu'était l'amour.

Elle a poursuivi : « Je pense que c'est ce que je ressens pour toi. Ce *besoin* d'être près de toi. Cette attirance qui fait battre mon cœur plus vite. Une émotion intense et profonde, comme si je voulais toujours être là pour toi. Cette chaleur à l'intérieur de moi qui ne brille que pour toi. »

Je me suis immédiatement détendu à ses mots, soulagé. J'ai pris sa joue dans ma main.

« Oui, Elisen. C'est ce qu'on appelle l'amour. »

Ses yeux émeraude se sont illuminés un instant. Je pouvais y voir mon reflet et la promesse d'un avenir ensemble.

« Alors je t'aime aussi, Matthew ».

Mon loup ronronna à ces mots. Elle demanda : « Tu as dit que j'étais ta compagne, créée par la déesse de la lune, spécialement pour toi ».

J'ai acquiescé, mon nez touchant le sien si près que j'étais d'elle. Mon cœur battait la chamade dans ma poitrine, et tout ce à quoi je pouvais penser, c'était à quel point j'avais voulu réduire la distance entre nous et m'emparer de ses lèvres alléchantes.

« Oui. Un lien sacré donné par la déesse de la lune. Une attirance indéniable. Une fois que le lien est scellé, il le reste pour toujours. »

Je l'ai regardé dans les yeux, incapable de me retenir plus longtemps. J'ai embrassé ses lèvres pulpeuses. Elle était délicieuse, je ne pouvais pas me passer d'elle. La façon dont elle gémissait à notre contact me donnait envie de l'embrasser pour toujours.

Elle m'a regardé profondément dans les yeux lorsque nous avons rompu le baiser. Ses mots étaient pleins de passion : « Apprends-moi tout sur l'amour. »

Un grognement de besoin s'échappa de ma poitrine à ces mots. « Es-tu certaine ? »

Elle acquiesça. Mon loup se battait si fort que je ne pouvais plus le contenir. C'était tout l'encouragement dont j'avais besoin.

J'ai chuchoté : « Es-tu prête à rencontrer mon loup ? Parce qu'il meurt d'envie de te rencontrer ».

Elle acquiesça et sourit. « Je l'ai vu tout à l'heure. Il m'a sauvée de ces voyous. Eh bien, vous l'avez fait tous les deux. »

Je souris. « C'est vrai. Et maintenant, il veut te voir. »

J'ai reculé d'un pas et j'ai commencé à me déshabiller lentement. Le regard d'Elisen était fixé sur moi, la chaleur lui montant aux joues. Son regard était lourd de désir alors qu'elle fixait ma peau nue. Je me suis dit que c'était peut-être la première fois qu'elle voyait un homme nu, mais je ne pouvais pas reculer maintenant. Mon loup contenait difficilement son impatience, griffant les murs, luttant pour le contrôle. Lorsque j'ai été entièrement nu, j'ai finalement accueilli le changement. Cela n'a duré que quelques secondes, pendant lesquelles j'ai pu voir l'émerveillement dans les yeux d'Elisen.

Ma vision changea lorsque je la fixai sous ma forme de loup. Elle était encore plus belle ainsi, une énergie pure émanait d'elle. Son parfum de lilas se mêlait à son odeur d'excitation, et cela m'enivrait. Je me suis approché d'elle et j'ai frotté mon museau contre elle. La façon dont elle glissait ses doigts dans ma fourrure était parfaite. Elle m'a gratté derrière les oreilles, ce qui m'a fait ronronner de plaisir.

Elle sourit. « Hm, tu aimes ça, n'est-ce pas ? »

Je fermai les yeux, appréciant son contact. J'avais hâte que nous nous rapprochions, que notre lien se forme et que je puisse lui parler à travers son esprit, même sous ma forme de loup. Pour l'instant, je ne pouvais pas communiquer avec elle.

Elle a ajouté : « Ta fourrure est si douce ! Je ne veux jamais m'arrêter de passer mes doigts dedans ».

Et je ne veux jamais que tu t'arrêtes, me suis-je dit.

Elle déposa un baiser sur ma tête, allumant un feu en moi. Maintenant que mon loup l'avait rencontrée, j'avais besoin d'elle comme seul un homme pouvait le faire. J'ai laissé mon loup la câliner une fois de plus, puis je me suis éloigné. Mon loup mourrait d'envie de la ravir et me rendit volontiers le contrôle.

Alors que je reprenais ma forme humaine, Elisen a suggéré : « Nous devrions peut-être aller dans notre tente. »

J'étais si profondément séduit par elle que j'avais complètement oublié que nous étions à découvert.

Je souris. « Tu as raison, juste au cas où Kelly et Theo reviendraient ».

Je l'ai posée délicatement sur un matelas dans notre tente. J'étais déjà dur pour elle. Alors que je l'embrassais, une question me vint à l'esprit.

J'ai chuchoté tout en caressant doucement son corps, « Tu as dit tout à l'heure que ta race ne se reproduisait pas… ».

Je ne savais pas trop comment formuler ma question. Elisen rougit, devinant ce que j'allais demander. Ses lèvres mordirent doucement les miennes pendant un moment avant qu'elle ne réponde : « Je ne peux pas me reproduire de la même manière que toi. Mais j'ai des organes reproducteurs, si c'est ce que tu veux savoir. »

Je l'ai regardée, déconcerté par sa déclaration. « Oui, c'est ce que je me demandais, mais… je ne comprends pas. »

Elle gloussa, traçant ses doigts sur ma poitrine, ses ongles faisant lever la chair de poule sur leur passage. Ses mots étaient chauds sur ma peau lorsqu'elle m'expliqua : « Nous partageons un ancêtre commun avec d'autres nymphes et fées qui sont très fertiles. Le fait que nous travaillions étroitement avec le royaume des âmes a changé notre façon de nous reproduire, mais nous avons toujours les organes. »

J'ai gémi quand elle a léché mon cou avant de l'embrasser. Je l'ai embrassée à nouveau, ma langue dansant avec la sienne.

« Est-ce qu'ils fonctionnent encore ? »

Elle avait un sourire aguicheur. « Je ne sais pas, je n'ai jamais essayé. Les nymphes des âmes ne sont généralement pas intéressées par l'amour et le plaisir. »

« Et toi ? » demandai-je. Je voulais m'assurer qu'elle en avait envie, même si son corps semblait indiquer que oui.

J'ai gémi lorsqu'elle a saisi ma bite, ses yeux brillants de désir. Elle a murmuré : « Je ne sais pas si c'est à cause du lien. Je n'ai jamais ressenti cela auparavant, mais… j'ai besoin de toi comme si c'était la dernière chose dont j'aurais besoin. »

J'ai sucé son cou, la faisant gémir, laissant une légère trace de mon amour sur sa peau.

Ma voix était rauque quand j'ai répondu : « Alors, pourquoi ne pas découvrir si tes organes fonctionnent encore ? ».

Elle a acquiescé, puis j'ai ajouté : « Ne t'inquiète pas, j'irai doucement avec toi. Dis-moi simplement si tu as besoin que je m'arrête à n'importe quel moment ».

J'ai enlevé ses vêtements, embrassant chaque centimètre de sa peau. Je voulais qu'elle se sente aimée et désirée. Je voulais que sa première fois soit tout ce qu'elle avait toujours imaginé, et même plus. Sa beauté m'a époustouflé lorsque j'ai posé les yeux sur son corps pour la première fois. Elle était parfaite à tous points de vue.

Sa voix était timide : « Tu aimes ce que tu vois ? »

Je l'ai regardée dans les yeux. Était-elle gênée ?

« Elisen », ai-je commencé en me relevant pour embrasser ses lèvres et jouer avec ses cheveux. « Je t'en prie, ne te sens pas timide. Tu es la femme la plus merveilleuse, la plus belle, la plus parfaite que je puisse désirer. Ton corps est mon temple et je te vénérerai comme la déesse que tu es ».

« Tu regardais fixement. »

Je lui ai caressé doucement la joue. « Parce que je n'en reviens pas de la chance que j'ai de t'avoir. »

Elle a souri à ces mots et je l'ai sentie se détendre.

J'ai recommencé à embrasser chaque partie d'elle. J'ai souri quand j'ai réalisé qu'elle était déjà mouillée pour moi. J'ai effleuré de mes doigts ses lèvres en forme de fleur, ce qui l'a fait sursauter doucement. Heureux de l'effet que j'avais sur elle, j'ai fait glisser mes doigts sur son clito.

« Oh, oui ! » gémit-elle de plaisir.

La voir s'adonner au plaisir de mon contact ne faisait qu'accroître mon désir d'elle. Tout en continuant à la satisfaire, j'ai doucement inséré un doigt dans son ouverture, ce qui l'a fait haleter. Comme la première floraison d'une fleur, elle a étalé sa beauté pour que je l'admire.

« Aimes-tu ça ? »

Elle s'est cambrée et a laissé échapper un gémissement de plaisir en guise de réponse. J'ai commencé à bouger mon doigt en elle tout en jouant avec son clito gonflé. Elle a gémi fort lorsqu'elle a atteint son point culminant, ses parois pulsant autour de mon doigt.

Sa voix était lascive lorsqu'elle s'est exclamée : « Oh, Matt! C'est si bon ! »

Je souris. « J'ai tellement envie de toi maintenant ! »

« Alors, prends-moi ! »

Je l'ai embrassée, le bout de ma bite touchant son entrée. « Je ne peux pas. Tu es vierge. Je veux m'assurer que tu savoures ce moment. »

« Je suis sûre que je vais adorer ! »

« Patience, mon amour ».

J'ai inséré un deuxième doigt tout en jouant avec son clito, écoutant ses doux gémissements. Putain, je bandais tellement pour elle. J'avais tellement envie d'elle, c'était une douce torture. Elle a sursauté lorsque j'ai inséré un troisième doigt et que j'ai commencé à la pénétrer. L'odeur de son excitation me rendait fou.

Je ne pouvais plus me retenir. Je me suis dit que trois doigts suffiraient. J'ai embrassé les lèvres douces d'Elisen, alignant ma bite avec son ouverture, la regardant pour une dernière confirmation. « Es-tu prête ? »

Elle acquiesça. « S'il te plaît, Matthew. »

Un grognement de besoin s'échappa de ma poitrine. J'avais envie de m'enfoncer complètement en elle, mais je ne voulais pas lui faire mal. J'ai inséré le bout de ma bite en elle, lui donnant le temps de s'habituer à cette sensation d'étirement. Elle a haleté au contact, enfonçant ses ongles dans mon dos. Une douce torture de douleur et d'amour tourbillonnant dans une valse lente. Je l'ai embrassée, étouffant ses gémissements. Lentement, centimètre par centimètre, j'ai continué, jaugeant ses réactions, m'assurant qu'elle appréciait chaque instant.

J'ai fait une pause lorsque j'étais entièrement en elle.

« Tu vas bien ? »

Son souffle était chaud sur mon cou, sa voix pleine d'envie alors que ses mots roulaient sur ma peau dans un long désir passionné : « Ouiii ».

J'ai sifflé lorsqu'elle a poussé ses hanches, testant son pouvoir sur moi.

« Putain, Elisen ! Tu es si serrée ! »

Le sourire qu'elle m'a adressé m'a montré à quel point elle aimait cela. Je me suis enfoncé lentement en elle, son souffle s'est accéléré et ses mamelons durs m'ont frôlé. Je me sentais plus proche d'elle que je ne l'avais jamais été. Mon loup désirait ardemment la marquer comme mienne, mais je ne voulais pas encore le faire. Nous n'en avions pas encore parlé. Cela pouvait attendre un autre jour.

J'ai léché son cou et mordillé le lobe de son oreille, me perdant dans cette mer de plaisir, vague après vague me submergeant. Elle ferma les yeux, criant d'extase, ses murs palpitant autour de moi alors qu'elle atteignait l'orgasme, une démonstration délicieuse de beauté et d'amour ; la sensation me poussa à bout, je gémis à mon tour alors que la libération m'envahissait.

J'ai posé mon front contre le sien, épuisé. Jamais je ne m'étais senti aussi lié à une femme autant qu'à cet instant. Dans son sourire, je voyais son amour. Dans ses yeux, je voyais mon salut. Dans son âme, je voyais mon avenir.

Entouré de son parfum de lilas, ma vie était enfin parfaite. Sa voix résonna dans mon esprit *: « Je n'arrive pas à croire à quel point je t'aime ! »*

J'ai souri, heureux de voir qu'un lien se formait entre nous. J'ai fait passer mes sentiments pour elle dans son esprit, ses yeux se sont fermés et ses lèvres se sont courbées lorsqu'elle l'a senti.

Je lui ai fait comprendre *: « Je te protégerai toujours, je subviendrai à tes besoins, je prendrai soin de toi. Je t'aimerai de tout mon être, pour toujours. »*

Elle m'a regardé avec stupéfaction et a murmuré : « Je t'entends. »

J'ai acquiescé. « Oui, parce que tu es mon âme sœur. Notre lien ne fera que se renforcer. »

« Ce sentiment est merveilleux. Il n'y a pas de mots pour le décrire. »

J'ai embrassé à nouveau ses douces lèvres. « Je sais, je le sens aussi. »

Je m'allongeai à côté d'Elisen, passant mes bras autour d'elle, la serrant contre moi. Elle s'est blottie contre moi et j'ai enfoui mon nez dans le creux de son cou en murmurant : « Dors bien, mon amour ».

Je me suis réveillé le matin, surpris par des cris.

C'était la voix de Gregory : « Tout le monde ! Levez-vous vite ! »

Mon esprit s'est emballé, avions-nous été attaqués ? Il devait se passer quelque chose pour qu'il crie comme ça. Elisen et moi nous sommes levées aussi vite que possible et nous nous sommes habillés. Kelly et Theo étaient déjà dehors avec Gregory lorsque nous sommes sortis de notre tente.

« Gregory ! On t'a cherché partout ! » hurla Kelly.

Les vêtements de Gregory étaient sales. Son visage était couvert de terre. Il avait l'air débraillé et je douterais sérieusement de sa santé mentale si je ne le connaissais pas. Ses yeux brillaient lorsqu'il parlait.

« Oh mon Dieu ! Vous ne savez pas ce que j'ai vu hier soir ! »

Elisen m'a pris la main et nous étions tous suspendus aux lèvres de Gregory, impatients d'entendre son histoire.

« Je marchais plus au sud-ouest, scrutant la zone, quand j'ai entendu un bruit. Je me suis accroupi et j'ai vu un mort marcher ! Je vous le jure ! Des cadavres désassemblés traînant leurs membres comme vous et moi marchons ! »

« Quoi ? » interrompu Kelly, incrédule.

« C'est impossible ! » ajouta Théo.

« C'est profane… », murmura Elisen.

« Je vous jure que je les ai vus de mes propres yeux ! Aussi bien que je vous vois ! » jura Gregory, la passion emplissant sa voix. « Mais ce n'est pas tout… »

« Qu'est-ce qu'il y a de plus ? » a demandé Kelly.

Gregory prit un long respire et nous nous sommes rapprochés de lui alors qu'il murmura : « Je les ai suivis. Caché dans les buissons… C'est alors que je l'ai vu ! Un nécromancien ! C'est lui qui est responsable des disparitions ! »

Kelly a sursauté à ses paroles. Elisen m'a serré le bras, effrayée.

« C'est absurde ! », s'écrie Théo.

« Il n'y a eu que quelques cas de nécromanciens à travers les âges », dis-je calmement. « Es-tu sûr de ce que tu dis ? »

Gregory acquiesça. « Oui, je vais vous montrer ! Pour que vous puissiez voir par vous-mêmes. »

Je lui ai fait un signe de tête. Ce serait le meilleur moyen pour que tout le monde le croie. Cela impliquait une telle puissance et une telle noirceur qu'il valait mieux voir par nous-mêmes.

Nous avons rapidement pris notre déjeuner et préparé nos affaires. Nous avons suivi Gregory, qui semblait se souvenir de l'endroit où il était allé hier soir. Après avoir marché un moment, j'ai remarqué que l'écorce des arbres était noire. Il n'y avait plus de feuilles, plus de chants d'oiseaux, seulement des arbres sombres, de la terre et des racines nues qui sortaient du sol. Un silence étrange s'est installé entre nous ; nous étions tous absorbés par nos pensées.

Lorsque nous sommes arrivés à une falaise, Gregory nous a fait signe de nous cacher dans un buisson. Mon cœur battait la chamade alors que nous attendions en silence. Soudain, un grognement sourd se fit entendre, et bientôt nous aperçurent des morts marcher un peu plus loin que les buissons dans lesquels nous nous cachions. Mon cœur s'est emballé et j'ai senti l'inquiétude d'Elisen à travers notre lien. Je n'arrivais pas à y croire, mais je le voyais de mes propres yeux. Les morts marchaient.

« Je vous l'avais dit, » murmura Gregory.

« Putain ! », maugréa Kelly.

« Qu'est-ce qu'on fait ? » demanda Théo avant d'ajouter : « On pourrait peut-être les affronter ».

Gregory secoua la tête.

« Je les ai vus hier soir. Ils sont des centaines. Nous ne pouvons pas les tuer tous seuls. »

« Nous retournons à la meute. Nous devons faire un rapport à l'Alpha », ai-je ordonné. Ils m'ont tous fait un signe de tête.

Nous avons commencé à reculer en silence, en essayant de ne pas déranger les zombies. Alors que nous pensions être à une distance raisonnable d'eux, une grande zombie blonde s'est dressée devant nous. Le sang a figé dans mes veines lorsque j'ai vu la cicatrice sur le visage de la femme. La forme en « L » de la cicatrice m'a fait comprendre qu'il s'agissait de la mère de Molly. Les pensées se bousculèrent dans mon esprit. *Qu'allait-il arriver à Molly ? Nous ne pouvions pas lui dire que sa mère était un zombie. Il fallait trouver une solution.*

Mais d'abord, nous devions nous occuper de Theresa. Elle était furieuse contre nous et n'avait pas l'intention de nous laisser retourner à la meute. Heureusement, nous étions assez loin des autres zombies pour ne pas être repérés. S'ils nous voyaient tous, nous serions dans le pétrin. Elle a commencé à frapper Théo avec ses poings.

« Ils sont censés être lents, n'est-ce pas ? » demanda Kelly. « Semons-la ! »

C'était une bonne idée. À quelle vitesse un cadavre réanimé pouvait-il courir ? Nous avons commencé à sprinter vers la meute, mais Theresa était juste derrière nous.

Elisen poussa un cri lorsque le zombie lui attrapa la main. Un grognement menaçant s'échappa de ma poitrine et je laissai mon loup prendre le contrôle. Il était hors de question que je laisse un zombie s'en prendre à ma compagne.

J'ai sauté sur Theresa et je lui ai mordu le bras avec force. Cela ne l'a pas dérangée. Elle tenait toujours fermement la main d'Elisen.

Kelly et Theo nous ont rejoints et ont attaqué Theresa, mais elle n'a fait que grogner en réponse et a essayé de les griffer et de les mordre. Elisen saisit l'une de ses épées de sa main libre et poignarda le zombie à l'épaule, mais malgré le fait que l'épée soit faite d'un métal destructeur d'âme, Theresa ne sembla pas s'en émouvoir. Je me suis demandé si elle avait encore une âme, mais je n'ai pas eu le temps d'y réfléchir.

« Comment tuer ce qui est déjà mort ? » demanda Théo.

La rage m'envahit ; je voulais que ma compagne soit libérée du zombie. Mon instinct animal s'empara de moi. Cette chose devait mourir. Je bloquai mes dents dans le bras du zombie et le secouai violemment de toutes mes forces. Le bras se détacha du corps de Theresa, sa main lâchant enfin Elisen. J'ai laissé tomber le bras sur le sol, mais le zombie ne semblait pas s'en préoccuper. Elle était déjà morte ; perdre un bras n'était pas gênant pour elle.

J'ai parlé dans l'esprit d'Elisen : « *Tu vas bien ?* » Elle était ma principale préoccupation, et mon loup ne me laisserait pas me concentrer sur la bataille si je n'étais pas sûr qu'elle allait bien.

« *Oui, merci, Matt* », répondit-elle.

Ce n'est qu'à ce moment-là que je me suis retourné vers le cadavre vivant qui se trouvait devant nous.

« Le nécromancien ne va-t-il pas la ranimer si nous la tuons ? » demanda Gregory.

Théo a juré : « Je crois que tu as raison ! »

« Non ! » s'écria Elisen. « Le nécromancien doit être à portée de sort pour la ranimer. »

« D'accord, mais comment la tuer ? Elle a l'air d'aller bien même sans bras », fit remarquer Kelly.

Théo ricana : « J'aimerais la voir essayer de se battre sans tête. »

J'ai ricané à sa remarque, c'était le meilleur plan que nous avions. Kelly se changea en loup tandis que Théo saisit son épée longue. Elisen avait ses deux épées, et Gregory se battait du mieux qu'il pouvait avec ses poings. Kelly et moi avons foncé sur le zombie avec nos griffes, déchirant la chair du mort-vivant. Elle était puissante malgré le fait qu'elle soit morte-vivante et qu'il lui manquait un bras. Théo a finalement brandi son épée avec ses deux bras, ce qui lui a donné de l'élan, et a réussi à couper la tête du zombie.

Nous nous sommes tous arrêtés de bouger, regardant le corps tomber sur le sol maintenant que sa tête était coupée. Gregory tremblait, en état de choc. Je me méfiais, m'attendant à ce que le corps revienne à la vie. Un sentiment de chagrin m'a envahi lorsque quelques secondes se sont écoulées et qu'il était toujours mort. C'était la mère de Molly. Elle était désormais officiellement orpheline, ayant perdu ses deux parents. Je ne savais pas comment lui annoncer la nouvelle. Devrais-je même le lui dire ? Je n'avais pas tenu la promesse que je lui avais faite. J'étais censé ramener sa mère, pas la tuer. Même si elle était déjà morte quand je l'ai trouvée, était-il juste de la tuer une deuxième fois ?

« *Qui est Molly ?* » demanda Elisen à travers notre lien.

Les mots me sont venus à l'esprit sans réfléchir : « *Ma fille adoptive* ».

Je ne sais pas pourquoi j'ai dit ça. Ce n'était pas tout à fait vrai, et Molly ne le savait pas encore. Mais quand je l'ai rencontrée, j'ai su que je voulais être là pour cette enfant. Et maintenant que ses deux parents étaient partis, je savais au plus profond de mon âme que je serais son nouveau père.

« *Tu es plein de surprises* », s'exclama Elisen dans mon esprit.

Je l'ai regardée en reprenant ma forme humaine. Elisen souriait.

« Je me surprends moi-même parfois », ai-je répondu.

Elle a mis ses mains derrière mon cou et a embrassé mes lèvres.

« Il me faudra du temps pour m'adapter à cette nouvelle. »

J'ai saisi ses hanches, la rapprochant de moi.

« Est-ce que tu veux encore de moi ? Sachant que je dois m'occuper de cet enfant ? »

Elle s'esclaffa. « Bien sûr ! Pourquoi cela changerait-il quoi que ce soit à ce que je ressens pour toi ? »

Je ne savais pas quoi répondre. Bien sûr, je ne m'attendais pas à ce que cela change quoi que ce soit à ses sentiments, et Elisen était aussi ma compagne de destin. Mais s'occuper d'un enfant, c'était beaucoup de responsabilités. Et tout se passait si vite ! Même pour moi !

Elisen a effleuré mon cou de ses lèvres, me sortant de mes pensées.

« J'ai juste besoin d'un peu de temps pour m'y habituer. »

J'ai acquiescé. Les seuls mots que j'ai pu trouver étaient ceux de mon cœur : « Je t'aime, Elisen. »

Lorsque tout le monde fut prêt, nous avons commencé à marcher en direction de la meute. Nous devions prévenir tout le monde de la présence du nécromancien et des zombies.

Chapitre 9 (Serena)

Sceptre de cérémonie

L'état d'Odilia s'était rapidement amélioré depuis que Garry s'est lié à elle. Elle avait emménagé chez lui et pouvait vivre normalement. Garry était à l'extérieur de la maison en train de couper du bois quand je suis arrivé, ses longs cheveux blonds trempés, la sueur dégoulinant sur son front à cause de l'effort. Son t-shirt était collé à son torse par la sueur, montrant ses muscles. Je devais admettre que le compagnon d'Odilia était beau. Trouverais-je un jour le mien ?

Il a posé sa hache quand il m'a vue. « Bonjour, Serena ! »

Je l'ai salué. « Bonjour ! Odilia est à la maison ? »

Il essuya la sueur de son front avec le bas de son t-shirt, montrant ses abdominaux.

« Oui. Allez, fais comme chez toi. Elle sera heureuse de te voir. »

J'ai essayé de ne pas baver à la vue de ses abdominaux et j'ai souri. « Merci ! »

Garry et Odilia vivaient dans une petite maison en bois. La porte d'entrée s'ouvrait sur un espace ouvert contenant le salon et la salle à manger. Des canapés et une petite bibliothèque remplie de livres occupaient le salon. Une table occupait la salle à manger et, de là où je me trouvais, on pouvait voir les armoires en bois foncé de la cuisine. Tout cela contrastait avec les rideaux jaunes des fenêtres, ce qui donnait à la pièce une touche agréable et colorée.

Odilia était assise à la table lorsque je suis entrée dans la maison. Un bouquet de roses était posé sur la table, dont le parfum agréable flottait dans la maison. Juste à côté des roses se trouvait un ours en peluche. Un cadeau pour son futur enfant.

Odilia ne m'a pas entendu lorsque je suis entré dans la maison. Elle était trop concentrée sur le petit livre dans lequel elle écrivait.

« Je ne savais pas que tu étais une auteure », ai-je dit en entrant dans la maison.

Elle a levé les yeux et a souri en voyant que c'était moi.

« Ça ? Oh, ce n'est que mon journal de poésie. »

« Un journal de poésie ? » demandai-je en m'asseyant à ses côtés.

« Oui. Je le garde toujours avec moi. C'est la seule chose que j'ai emportée avec moi quand j'ai quitté ma maison. Il m'aide à gérer toutes ces émotions. »

« Ça me semble être un bon moyen de faire face à tout ce qui se passe. »

Elle acquiesça. « Un jour, je rêve de le publier ».

L'émerveillement emplissait ma voix alors que je parlais. « Le journal de poésie d'Odilia. C'est génial comme titre ! »

Elle s'esclaffa. « Merci. Peut-être que j'aurai le courage de le publier un jour. Ouvrir mes sentiments à tout le monde. C'est ma façon à moi de raconter mon histoire. »

« Si tu le fais un jour, dis-le-moi. J'aimerais en avoir une copie. »

Elle sourit. « Entendu ! »

« Je suis venu voir comment tu allais », ai-je ajouté.

Elle se leva et mit la bouilloire sur le feu pour préparer le thé.

« Comme tu peux le constater, je vais mieux. Je peux à nouveau marcher et faire ce que je veux. Mon corps s'est adapté au bébé ».

La curiosité a pris le dessus. « Comment était-ce ? De se lier avec Garry ? » En prononçant ces mots, je me suis demandé si elle était à l'aise pour en parler. J'ai ajouté rapidement : « Si ce n'est pas trop personnel ».

Elle rit. « Ce n'est pas grave. Ça ne me dérange pas. »

Elle prit un moment de réflexion avant de répondre.

« Au début, j'ai eu peur quand Garry m'a dit qu'il avait besoin de me mordre. Il m'a dit que les couples le faisaient généralement dans un moment intime, mais qu'il comprenait que nous nous connaissions à peine, ce qui m'a soulagée ! Je n'étais pas prête pour cela ! »

L'eau a bouilli et Odilia s'est arrêtée pour préparer notre thé. Son ventre commençait à paraître et elle rayonnait d'un éclat que toutes les futures mères semblaient partager.

Elle s'est assise à mes côtés pour poursuivre son récit. « Garry était doux et délicat. Il m'entourait de baisers et de tendresse, apaisant ma tristesse. Il m'a même prévenue avant de mordre. La douleur n'a pas duré longtemps, et un sentiment irrésistible m'a envahie avant même que je puisse y penser. Un amour inconditionnel, du plaisir, et le sentiment d'être à ma place avec lui. Juste comme ça, comme si je l'avais toujours connu. »

« Ça semble merveilleux », ai-je commenté.

Elle acquiesça. « Au début, je me suis sentie désorientée. Je venais d'apprendre la mort de mon mari et le fait qu'il était un loup-garou. Je connaissais à peine Garry. Je ne comprenais pas comment je pouvais me sentir comme ça ou me sentir si paisible. Mais Garry m'a expliqué que c'était parce que j'étais sa compagne. Il a ensuite fermé les yeux, et mon esprit a été inondé d'images : la déesse de la lune, les origines de ta meute, les loups-garous, la magie, les âmes sœurs et le démon. En un instant, j'ai compris la force de ce lien et j'ai accepté que mon avenir soit avec Garry. »

J'ai souri à ses paroles. « Je suis heureuse de savoir que tu te sens en paix. »

Odilia prit une gorgée de son thé. « Cela ne veut pas dire que je ne pense pas à Gérald de temps en temps. J'aimerais quand même que le père de mon enfant soit là, et cela me fait encore de la peine. Mais je sais que Garry sera là pour l'enfant et pour moi. Je sais qu'il sera un père merveilleux. J'en apprends chaque jour un peu plus sur lui et je tombe un peu plus amoureuse de lui à chaque heure qui passe ».

Au moment où elle parlait, Garry entra dans la maison. Il a regardé Odilia comme si elle était le joyau le plus précieux du monde. Il l'embrassa et la serra dans ses bras en arrivant à la table, puis prit la parole : « Serena. Esme te cherche. Elle a envoyé des fées pour te chercher. »

Je me suis exclamée : « Oh ! je vais aller chez elle tout de suite ! »

Garry secoua la tête. « Elle est à la maison de la meute. J'y vais aussi. Il semblerait que Matthew et Kelly soient de retour et qu'ils aient découvert quelque chose. »

« Vraiment ? » demanda Odilia. « Alors je veux y aller aussi. Je fais partie de la meute maintenant. »

Garry acquiesça. « Allons-y tous ensemble, alors. »

J'ai avalé le reste de mon thé et nous sommes tous partis pour la maison de la meute.

Alpha David et Esme discutaient avec Kelly, Matthew, Theo, Gregory et une femme que je n'avais jamais vue lorsque nous sommes arrivés à la maison de la meute. Ils avaient l'air agités. Molly tenait la main de Matthew pendant qu'il parlait avec l'Alpha.

« Je te le dis ! Je les ai vus de mes propres yeux. Les morts marchent », s'exclama Matthew à son père.

Un nœud s'est formé dans mon estomac à ces mots, et Odilia s'est réfugiée dans les bras de Garry.

« Nous avons même affronté l'un d'entre eux », ajoute Kelly, mal à l'aise.

David et Esme avaient l'air stupéfiés.

Gregory ajouta : « Il y a un nécromancien. C'est lui le responsable. Je l'ai vu ! »

Molly s'est pris la tête à deux mains en criant : « Arrête ! ».

Tout le monde regarda la petite fille. Des larmes coulaient sur ses joues.

Matthew s'agenouilla à sa hauteur. « Qu'est-ce qu'il y a, chérie ? »

L'enfant renifla. « L'homme dans le mur. Il n'arrête pas de dire qu'il vous tuera tous. Il dit que vous perturbez son serviteur et leur plan. »

Nous étions tous choqués. Matthew a pris la petite fille dans ses bras, la protégeant avec amour.

Il lui demanda : « L'homme dans le mur est-il responsable des morts-vivants ? »

La petite fille secoua la tête.

« Non, l'homme dans le mur est son maître. »

Je me couvris la bouche à cette phrase, et les larmes me montèrent aux yeux. Cela confirmait ce que Tarriel avait dit à propos des morts-vivants. Mais je me demandais qui était l'homme dans le mur. Un nécromancien était déjà assez puissant. Qui pouvait bien être son maître ?

Matthew chuchota à Molly, mais le silence de la pièce nous permit d'entendre : « Personne ne nous tuera. Nous resterons avec toi. »

Kelly s'apprêtait à ajouter quelque chose quand Alpha David fait un geste.

« C'est bon. Je vous crois. »

Le silence a envahi la pièce pendant un moment. Nous attendions l'ordre de l'alpha, mais il ne parlait pas. Esme prit la parole avec sagesse : « Je pense que nous devrions tous nous réunir dans la salle de planification de guerre et déterminer nos prochaines actions. »

L'alpha la salua d'un signe de tête et tout le monde se mit en marche vers la salle de réunion.

Alors que je commençais à les suivre, Molly a tiré sur la main de Matthew et s'est dirigée vers moi. Ses yeux étaient maintenant secs, mais on pouvait voir qu'elle avait pleuré.

« Serena! »

Je lui ai souri.

« Bonjour, Molly ! »

Elle a lâché la main de Matthew pour me serrer dans ses bras. Je l'ai serrée dans mes bras avant de saluer Matthew.

« Bonjour, Matthew. C'est un plaisir de te voir. »

« Le plaisir est partagé, » répondit-il avant d'ajouter : « Je te présente Elisen, ma compagne. »

J'ai souri à ces mots. Cela signifiait que cette femme serait ma future Luna lorsque Matthew remplacerait son père en tant qu'alpha. Je m'inclinai légèrement. « C'est un honneur de te rencontrer. »

Elisen semblait mal à l'aise face à ma réaction. « S'il vous plaît, je ne suis pas une reine. Je ne suis qu'une simple nymphe des âmes. »

Je n'avais jamais entendu parler des nymphes des âmes, mais j'étais plus que jamais curieuse d'en apprendre davantage à leur sujet. J'espérais avoir l'occasion d'interroger Elisen sur son peuple.

Matthew secoua la tête. « C'est absurde. En tant que ma compagne, tu es la prochaine Luna de la meute. Il est normal que les gens te témoignent du respect. Je n'en attends pas moins d'eux. » Puis il me fit un geste. « Serena est l'une des meilleures sorcières de la meute. »

L'honneur m'envahit à ces mots. Recevoir la reconnaissance de mon futur alpha, c'était énorme !

Elisen acquiesça. « Enchantée, Serena ».

Molly tira sur la main de Matthew. « L'homme dans le mur dit que vous avez trouvé ma mère. »

Les visages d'Elisen et de Matthew changèrent à ces mots. Molly demanda : « Avez-vous trouvé ma mère ? »

Matthew s'agenouilla sur le sol et regarda la petite fille dans les yeux. « Je suis désolé, Molly. Nous avons vu ta mère, mais… » Il prit un moment pour essayer de trouver ses mots. « Elle ne reviendra pas te voir. Je suis désolé. »

La petite fille renifla et dit d'une voix aiguë : « Est-elle morte ? »

Matthew chuchota : « Oui, Molly. Elle l'est. »

La petite fille s'est mise à pleurer, trouvant du réconfort dans les bras de Matthew. En le voyant ainsi, je n'ai pas pu m'empêcher de penser qu'il ferait un bon père et un bon alpha.

Molly se mit à chanter doucement, « ... *car la pluie a une petite rosée argentée et les arbres arborent tous les fruits. Toutes tes craintes disparaîtront. Oublie tes soucis et suis-moi.* »

Elisen, interloquée, s'agenouilla à ses côtés.

« Molly, où as-tu entendu cette chanson ? » demanda-t-elle avec surprise.

La petite fille répondit : « C'est une chanson que maman me chantait ».

« C'est… impossible ! » s'exclama Elisen.

« Qu'est-ce qu'il y a ? » demandai-je.

« C'est la chanson que nous chantons pour guider les âmes vers les plaines élyséennes. Il est transmis d'une génération de nymphes à l'autre. »

J'ai répondu : « Alors la mère de Molly devait être une nymphe des âmes, tout comme toi. »

Elisen secoua la tête. « C'est impossible ! Nous ne nous reproduisons pas. »

Matthew sourit, ses mots remplis de tendresse.
« Peut-être que tu peux, mais tu ne le savais pas. »

Elisen a pointé du doigt l'un des murs des couloirs.

« Molly, dis-moi. Qu'est-ce que tu vois ? »

La petite fille a regardé là où Elisen pointait du doigt. J'ai regardé, mais je ne voyais rien d'autre qu'un mur ordinaire.

Mais Molly a répondu : « Une lumière, blanche et brillante, qui coule comme de l'eau. Elle commence près du plafond et s'enfonce plus loin dans le mur. »

Sans le visage choqué d'Elisen, j'aurais cru qu'il s'agissait de l'imagination de la jeune fille.

Elle murmura : « Elle peut voir le flux des âmes… Il n'y a pas d'erreur possible. L'un de ses parents était forcément une nymphe des âmes. »

Matthew a souri et a pris Molly dans ses bras, la serrant contre lui. Elle enfouit son nez dans le creux de son cou et murmura : « Je t'aime. »

Matthew embrassa la joue de la petite fille, puis s'adressa à Elisen : « Tu sais ce que ça veut dire, n'est-ce pas ? »

Encore stupéfaite, elle le regarda. « Je n'ai jamais osé penser que c'était possible. »

Il se rapprocha, Molly toujours dans ses bras. « Eh bien, je suis heureux que ce soit possible. »

Elisen répondit : « Mais je ne connais aucun homme dans le mur. »

Molly fronça les sourcils. « Arrête de rire, espèce de méchant ! »

Elisen la regarda. « Tu parles à l'homme dans le mur ? »

L'enfant acquiesça.

« Peux-tu me dire qui il est ? Peux-tu me le décrire ? »

Molly a répondu : « Il est très sombre et méchant. Ses yeux sont rouges, mais je ne le vois pas très bien. Il me suit. Il dit que je suis spéciale. »

Elisen me regarda, puis regarda Matthew avec des yeux inquiets. Matthew dit à l'enfant : « Ne t'inquiète pas. Nous ne le laisserons pas t'atteindre. »

David entra dans la pièce. « Je pensais que vous seriez déjà dans la salle de planification de guerre. Nous attendons que vous arriviez. »

Matthew s'est excusé : « Désolé, papa. C'est ma faute. Nous venons. »

Nous avons tous acquiescé et suivi l'alpha dans la salle de réunion.

Le carrelage de la salle de planification était usé et poussiéreux. Les rideaux étaient noués sur le côté pour laisser entrer la lumière tiède du soleil. Cette pièce n'avait aucune décoration ; elle était faite pour la stratégie et la prise de décision. C'était la deuxième fois que je venais ici, car elle était habituellement réservée à l'alpha et aux généraux. Mais en tant que sorcière talentueuse, j'avais été invitée ici la dernière fois qu'une guerre avait eu lieu avec une meute de loups-garous qui avait voulu s'emparer de notre territoire. La carte de la région était accrochée au mur, et quelques endroits cruciaux y étaient marqués. Sur la grande table en bois se trouvaient quelques drapeaux, des dagues et tout ce qu'il fallait pour écrire. Un pichet rempli d'eau se trouvait au centre de la table. L'Alpha avait déjà un verre à la main.

David montra la carte. « Où as-tu vu ce nécromancien ? » demanda-t-il à Gregory.

Gregory se leva et pointa du doigt le sud-ouest. « C'est là que je l'ai vu. »

David épingla un petit drapeau à l'endroit indiqué sur la carte. C'était plus loin que le territoire de la meute.

Il prit une grande inspiration. « La meute va bientôt partir, mais nous ne sommes pas encore prêts. Nous devons faire face à cette menace, ou elle nous empêchera d'aller de l'avant. »

Matthew se leva. « Je vais y aller, mon père. En tant que futur alpha, il est de mon devoir de protéger la meute. »

David acquiesça. « Je n'en attendais pas moins de toi, mon fils ».

J'étais aux côtés de Kelly, Theo, Elisen et Gregory.

J'ai pris la parole : « Ce serait un honneur de me joindre à vous. »

Esme secoua la tête. « Je suis désolée, Serena. J'ai besoin que tu fasses quelque chose de plus important. »

« Qu'est-ce qui pourrait être plus important que de faire face à cette menace ? » ai-je demandé.

« Tu dois sécuriser le sceptre de cérémonie. »

J'ai figé à ces mots et je n'ai pas discuté. Je savais qu'elle avait raison. Le sceptre de cérémonie était puissant, et nous devions nous assurer qu'il ne tomberait pas entre de mauvaises mains.

Esme ajouta : « Mais n'ayez crainte, je vais envoyer quatre de nos lanceurs de sorts pour aider Matthew dans sa tâche ».

Je me suis assise, déçue de ne pas pouvoir aider Matthew, mais heureuse de savoir que des lanceurs de sorts feraient partie du voyage.

Gregory s'est empressé de crier. « Je veux y aller aussi ! »

David parla avec autorité : « Je suis désolé, Gregory. Tu ne peux pas aller avec eux. Ce sera très dangereux. Je vais envoyer quelques-uns de nos meilleurs combattants loups-garous pour cela. »

Gregory bredouilla : « Mais… mais… je peux encore aider ! ».

Mais l'alpha a refusé sa demande : « C'est pour ton bien. »

Gregory s'est assis, vaincu.

Esme me fit signe de la suivre. Voyant Gregory triste, je posai une main sur son épaule.

« Allez, ne sois pas triste. Je n'y vais pas non plus. »

Il me regarda. « Mais au moins, tu as une tâche à accomplir. Tu es utile. »

Je me suis mordu la lèvre inférieure. Je comprenais ce que ressentait Gregory.

« Pourquoi ne viendrais-tu pas avec Esme et moi ? Tu pourras peut-être nous aider avec le sceptre ? »

L'humeur de Gregory s'est éclaircie. « Tu le penses vraiment ? »

La vérité, c'est que la magie devait intervenir pour sécuriser le sceptre. Mais si je pouvais faire en sorte qu'il se sente utile, je serais heureuse de l'avoir à mes côtés.

J'ai souri et j'ai acquiescé. « Oui, je suis sûre que tu m'aideras beaucoup ! »

Esme a été surprise de voir Gregory avec moi, mais n'a rien dit. Nous l'avons suivie jusqu'à une pièce à l'arrière de la maison de la meute. Là, elle a ouvert un coffre fermé à clé.

J'ai sursauté à la vue du sceptre de cérémonie. La poignée était en or sculpté. Le pommeau était allongé et fait de verre, entouré de feuilles d'or complexes. À l'intérieur se trouvait un cristal magique bleu. Le sommet du pommeau était également entouré de feuilles d'or. Il avait la forme d'un diamant, laissant la lueur bleue du cristal briller à travers chaque facette du verre. Je pouvais sentir son pouvoir sans même le toucher.

Un sentiment de panique m'envahit lorsque Gregory s'élança vers l'avant pour l'attraper. Il était trop rapide et je n'ai pas pu l'arrêter. Une seconde plus tard, il était projeté en arrière par l'énergie du sceptre.

« Qu'est-ce que c'est ? » demanda-t-il en atterrissant sur le sol.

Esme le gronda : « Tu ne peux pas toucher le sceptre de cérémonie. Sa magie est puissante ».

« Comment peut-on le voler, alors ? » demanda Gregory.

Esme l'aida à se relever.

« Les gens qui connaissent le sceptre ont le pouvoir nécessaire pour le voler. » Puis elle s'est tournée vers moi. « Serena, dissimule-le. »

J'ai pris une profonde inspiration. Il me fallait beaucoup de concentration pour dissimuler un objet aussi puissant. Le sceptre ne voulait pas être caché, il voulait être trouvé. Je devais lutter contre sa magie pour réussir.

Je fermai les yeux et me concentrai sur le sort : « *Occultare, abscondo, celo, concelo....* » Alors que la magie m'envahissait, je sentais celle du sceptre se battre contre moi, comme un vent violent qui essayait de me pousser. Je gardais les mains droites, repoussant le vent. J'ai progressivement modelé une coquille de magie de dissimulation, la construisant pièce par pièce. Au fur et à mesure que la coquille se formait autour du sceptre, sa magie se concentrait, le rendant plus difficile à combattre. Tout comme les fluides qui s'écoulant dans un espace plus étroit s'accélèrent, il en allait de même pour la magie du sceptre. J'ai dû pousser avec mes deux mains, mes cheveux flottant dans l'air, pour refermer le dernier trou, complétant ainsi la coque autour du sceptre.

J'ai ouvert les yeux, essoufflée. Gregory avait des yeux interrogateurs, mais Esme savait.

« Qu'est-ce qui vient de se passer ? Je ne vois rien de différent. »

Je souris. « C'est parce que tu ne peux pas le voir avec tes yeux ».

Esme me fit un geste. Je m'avançai et saisis le sceptre ; sa magie ne pouvait rien contre moi puisqu'il était entouré d'une enveloppe magique. Gregory me regarda avec étonnement.

« Wow ! C'est incroyable, Serena ! »

Je souris. « Merci. »

Esme nous a dit : « Maintenant, vous devriez aller à la chapelle ».

« La chapelle ? » Je répétai. « Pourquoi ? »

« Parce que c'est là que vous enfermerez le sceptre. »

« Pourquoi ne le gardons-nous plus dans la maison de la meute ? » demanda Gregory.

Esme répondit : « Il y a beaucoup de monde dans la maison de la meute pendant que nous nous préparons à déménager. Il sera plus sûr de la garder dans la chapelle. Il y a moins de monde là-bas. »

« Mais ne sera-t-elle pas exposée ? » rétorquai-je.

Esme secoua la tête. « Nous posterons des gardes à la chapelle et nous garderons l'emplacement du sceptre secret. Tout le monde pensera qu'il se trouve encore dans la maison de la meute. Cela devrait éloigner les regards indiscrets. Et puis… » Elle marqua une pause et me regarda. « Tu sais où le mettre. »

J'ai acquiescé. Je savais exactement de quoi elle parlait. Gregory écoutait attentivement.

Esme ajouta : « Bien sûr, Serena va jeter un sort de verrouillage sur le sceptre. »

Je lui ai fait un signe de tête. C'était un bon plan. Je n'osai pas demander ce que nous ferions quand la meute déménagerait, mais cette question pouvait attendre.

J'ai marché jusqu'à la chapelle avec Gregory. Je portais le sceptre caché dans une couverture pour ne pas attirer l'attention. Le soleil était déjà bas sur l'horizon. La chapelle n'était pas très grande en soi. De l'extérieur, elle ressemblait à une maison un peu plus grande que les autres. La principale différence était la tour située à sa droite.

Gregory demanda : « Alors, comment allons-nous cacher le sceptre ? »

Je l'ai fait taire : « N'en parle pas. Nous devons garder le secret ! »

J'ai regardé autour de nous, et heureusement, il n'y avait personne.

« D'accord », murmura Gregory. « Qu'est-ce que tu veux que je fasse ? »

Je savais qu'il voulait seulement aider, mais il n'y avait rien à faire pour lui, vraiment. Je le laissais juste m'accompagner pour qu'il se sente utile. J'ai remarqué qu'il n'y avait pas encore de gardes devant la chapelle.

« Tu dois garder l'entrée de la chapelle pendant que je le cache. »

« Quoi ? », demanda-t-il. « En quoi cela peut-il être utile ? Je croyais qu'on était une équipe ! »

« Mais nous sommes une équipe ! » m'exclamai-je. « Il est vital que personne ne soit au courant. Ton travail est donc très important. »

Gregory réfléchit un instant. « Oh, je vois ! D'accord, c'est un bon plan. »

Soulagée, je suis entrée seule dans la chapelle tandis que Gregory se tenait à l'entrée.

L'intérieur de la chapelle était magnifique et j'étais toujours étonnée lorsque j'y entrais. Ce que l'on croyait être deux étages de l'extérieur était en fait un seul étage avec un plafond à cathédrale. Des colonnes sculptées ornaient les murs, et le sol était gravé de prières à la déesse de la lune. Au fond de la pièce se trouvait un autel magique. Il reposait sur un piédestal rond en argent. L'autel avait été sculpté dans l'argent et l'or, moulé par la magie. Trois pieds en forme de feuilles le maintenaient en place. La base de l'autel était en argent, puis en or. Le sommet de l'autel avait la forme d'une fleur d'oiseau de paradis. Les pétales étaient en or. Au centre, un plus grand pétale était fait de cristal bleu, que la lumière du soleil traversait pour le faire briller. L'ensemble était magnifique, et le cœur de la fleur était l'endroit idéal pour cacher le sceptre. Il pouvait être scellé par magie, et personne ne le remarquerait.

J'ai marché jusqu'au piédestal et j'ai prononcé les mots sacrés enseignés par la déesse de la lune, transmis de sorcière en sorcière à travers les âges. Les pétales du piédestal ont bougé, révélant un espace creux au centre.

Je sortis le sceptre de la couverture et le plaçai au centre. Je me concentrai et enlevai la coquille que j'avais lancée plus tôt.

Cela pouvait sembler contre-intuitif, mais nous voulions que la magie du sceptre soit activée. Ainsi, si quelqu'un essayait de s'emparer du sceptre sans avoir les pouvoirs nécessaires, il serait repoussé, tout comme Gregory l'avait été. Lorsque ce fut fait, je lançai enfin un sort de verrouillage sur le sceptre, rendant son vol encore plus difficile.

J'ai recommencé à psalmodier les mots sacrés. Les pétales reprirent leur position initiale, cachant la relique qu'ils contenaient. Trois adolescents firent irruption dans la pièce pendant que je prononçais ces mots, suivis par Gregory.

« Arrêtez ! Vous ne pouvez pas entrer ! » hurla Gregory.

« Comme si tu pouvais faire quoi que ce soit pour nous arrêter ! » taquina l'un des adolescents.

Un autre s'est écrié : « Gregory l'inutile ! »

Le troisième rit méchamment.

Pendant un instant, je me suis demandé s'ils m'avaient vu ou s'ils avaient entendu les paroles sacrées. Que faire s'ils m'avaient vu ? Tout cela devait rester dans le plus grand secret. Comment pouvions-nous nous assurer que cela resterait secret ? Esme aurait-elle besoin de moi pour les tuer ? J'espérais bien que ce ne serait pas le cas !

J'ai crié, imprégnant ma voix de magie pour la rendre plus impressionnante.

« Que faites-vous ici ? »

Les trois adolescents s'arrêtèrent net. Gregory les rattrapa.

« Je suis désolé, Serena. J'ai essayé de les arrêter, mais je n'ai pas pu. »

Je les ai regardés d'un air sévère et ils ont reculé d'un pas. Je n'étais pas aussi forte que l'alpha ou Esme, mais ma réputation de sorcière me précédait. Les plus jeunes membres de la meute me respectaient.

« Vous devez partir tous les trois maintenant ! Et si vous parlez de ce que vous avez vu ici ce soir, je devrai vous dénoncer à l'alpha et à la grande sorcière. Je ne pense pas que vous aimeriez cela, n'est-ce pas ? »

Le premier balbutia : « Non. Ce ne sera pas nécessaire. »

Le second a ajouté : « Désolé de vous avoir interrompu. »

Le troisième n'a rien dit. Ils sont tous sortis de la chapelle en courant. J'espérais seulement que cela les effrayait suffisamment pour qu'ils se taisent.

Je me suis approchée de Gregory, qui regardait toujours le piédestal.

« Je suis vraiment désolé de ne pas avoir pu les éloigner », dit-il tristement.

« C'est bon, Gregory. Ne t'inquiète pas pour ça. Tu as travaillé dur. Rentre chez toi et repose-toi. Je vais faire mon rapport à Esme et me reposer aussi. »

Il m'a regardé avec inquiétude. « Tu n'en parleras pas à Esme, n'est-ce pas ? »

Je lui ai souri. « Tant que ces trois-là se taisent, ce sera notre petit secret. »

Gregory a souri, soulagé. Je savais qu'il faisait de son mieux. Je ne dévoilerais pas son échec à Esme si je n'y étais pas obligée.

J'ai été heureuse de constater que deux gardes avaient pris leur poste à l'entrée lorsque nous sommes sortis de la chapelle.

Chapitre 10 (Matthew)

Volé

Mon père prit la parole d'une voix forte : « Alors, c'est réglé. Vous partirez demain matin pour combattre ce nécromancien. Une équipe de combattants vous attendra. »

Je me suis levé, mais une petite main a tiré sur la mienne.

« Tu t'en vas ? » demanda Molly d'une petite voix.

J'ai acquiescé. « Oui. »

Elle a attrapé ma jambe, la serrant aussi fort qu'elle le pouvait.

« Ne t'en va pas ! Je ne veux pas te perdre aussi. J'ai peur. »

Je me suis agenouillé et j'ai pris l'enfant dans mes bras. Mon père nous a rejoints.

« Je te promets que tu ne me perdras pas, ma chérie. »

Mon père avait un air amusé. Elisen se tenait à mes côtés.

« Papa, je veux te présenter Elisen, ma compagne. »

Il sourit fièrement : « C'est un plaisir de rencontrer ma belle-fille. »

Elisen rougit, ne sachant que répondre. Je suppose qu'il n'y avait pas ce genre d'ordre hiérarchique dans son peuple.

Elle a répondu à travers mon esprit : *« Nous n'avons que la Reine qui commande. »*

Je lui ai répondu mentalement *: « Ne t'inquiète pas. Mon père est un homme gentil. »*

Elle s'est détendue à mes mots et a répondu timidement : « Tout le plaisir est pour moi ».

Mon père a acquiescé et j'ai ajouté : « Et voici Molly. Ses parents sont morts, mais je ne la laisserai pas seule. »

La petite fille demanda timidement : « Veux-tu être mon papa ? ».

J'ai acquiescé. « Oui, Molly. Je serai ton papa. Et Elisen sera ta maman. »

L'enfant m'a serré dans ses bras, un baiser humide se déposant sur ma joue. Mon cœur s'est réchauffé au sentiment d'amour pur émanant de l'enfant.

Mon père a déclaré : « Je suis heureux de savoir que j'ai un petit-enfant ».

La petite fille n'a tourné la tête que pour regarder mon père. Elle est restée blottie dans mes bras, comme si elle craignait que je disparaisse si elle me lâchait.

J'ai chuchoté à Molly : « Demain, je dois partir. Mais mon père veillera sur toi. Je reviendrai, c'est promis. »

L'enfant se contenta de hocher la tête.

Mon père a souri. « Eh bien, il semble que ta vie ait changé rapidement. »

Je me suis esclaffé. « Oui, mais je ne pourrais pas être plus heureux. »

Je me suis adressé à Molly : « Viens, ma petite chérie. Trouvons une chambre pour toi. Quand la meute déménagera, je te promets que nous aurons notre propre maison. »

Elle m'a embrassé sur la joue en murmurant : « Je t'aime, papa ».

Je la serrai fort dans mes bras tandis que mon loup ronronnait d'amour. J'avais rencontré Elisen et Molly par hasard. Pourtant, je ne pouvais plus m'imaginer vivre sans elles. Ma vie était complète, et je ferais tout pour les protéger. J'avais hâte d'en finir avec le nécromancien et de commencer un avenir avec elles.

Elisen et moi avons installé Molly dans une chambre d'amis vide. Sa chambre était à côté de la mienne, elle ne serait donc pas trop loin. Mon loup se méfiait de plus en plus de « l'homme dans le mur » dont elle n'arrêtait pas de parler. Je n'aimais pas qu'il pense qu'elle était spéciale.

Voir Elisen s'occuper de Molly m'a donné envie d'avoir mon propre enfant. Le fait de savoir que la mère de Molly était probablement une nymphe des âmes me donnait l'espoir que cela pourrait devenir vrai. Mais Molly garderait toujours sa place dans mon cœur, même si je n'étais pas son père biologique. Le hasard n'existe pas, c'est le destin qui me l'a apportée.

Elisen poussa un soupir de fatigue en se laissant tomber sur le lit à côté de moi.

« Il s'est passé tant de choses aujourd'hui ! »

J'ai roulé sur le côté et j'ai pris sa joue dans ma main. « C'est vrai, mais avec toi à mes côtés, je peux tout accomplir ».

« Je n'aurais jamais imaginé être mère un jour », souffla-t-elle.

« Es-tu heureuse de l'être ? M'en veux-tu de t'avoir entraînée dans cette aventure ? »

« Oh mon Dieu, non ! Je ne t'en veux pas. Je suis ravie de vous avoir rencontrés, Molly et toi. Je n'aurais jamais cru que c'était possible ! »

Un ronronnement de satisfaction s'est échappé de ma poitrine à ces mots, et Elisen a souri.

« Alors je suis le loup le plus chanceux du monde. »

Ses douces lèvres se sont écartées lorsque je l'ai embrassée. Elle frémit à mon contact, ses doigts griffant mon dos, allumant un feu en moi. Son souffle était chaud dans mon cou. Mon loup voulait la faire nôtre.

Ma voix était lourde de désir quand j'ai parlé, « Elisen. Je peux à peine le retenir. »

Elle a posé sa main sur ma poitrine, sentant mes muscles. J'ai pensé à sa main glissant plus bas, un frisson de désir s'emparant de moi. Elle devait déjà sentir mon excitation.

« Ton loup ? » demanda-t-elle en déposant des baisers sur ma peau, ce qui me rendit fou.

Luttant pour garder le contrôle de mon corps, j'ai acquiescé. « Oui. Il veut que je fasse de toi la nôtre. Je veux sceller le lien avec toi, Elisen. Pour que nous passions l'éternité ensemble. »

Elle se mordit la lèvre inférieure alors que le désir brillait dans ses yeux.

« Hm… » commença-t-elle, en poussant ses hanches vers moi de manière séduisante. J'ai grogné sous l'effet du contact. Tout ce que je voulais, c'était lui arracher ses vêtements.

« Et que faudrait-il faire pour sceller le lien ? »

J'ai léché son cou tout en lui murmurant à l'oreille. J'ai poussé ma bite vers son ouverture à travers nos vêtements. Un doux gémissement s'est échappé des lèvres.

« D'abord, je te donnerai des frissons et du plaisir jusqu'à ce que tu cries mon nom. Ensuite, je te mordrai à l'endroit où le cou rencontre l'épaule. C'est là que se trouvera la marque. Une marque qui dira à jamais que tu es à moi, scellant le lien entre nous. »

Les gémissements qui sortaient de sa bouche m'ont fait perdre le peu de contrôle qu'il me restait. J'ai laissé des baisers sur sa peau et j'ai enlevé sa culotte. L'odeur de son excitation était séduisante. Elle était déjà mouillée pour moi, mais j'avais besoin d'une réponse de sa part.

J'ai embrassé sa chatte en murmurant : « J'ai besoin de savoir si tu es d'accord avec ça, Elisen. Mon loup me rend fou ».

Elle s'est cambrée, poussant sa chatte vers ma bouche, suppliant : « Hm… S'il te plaît. »

J'ai continué à embrasser sa chatte, sans jamais toucher les parties où elle en avait besoin, attisant son désir. « Pas avant que tu ne me répondes, mon amour. J'ai besoin que tu le dises. Dis que tu seras à moi. Me laisseras-tu te marquer ? »

Sa respiration s'est accélérée tandis que je continuais à la taquiner de la manière la plus délicieuse qui soit, sans jamais lui donner ce qu'elle voulait.

Elle gémit : « Oui ! Matthew, prends-moi. Fais-moi tienne. Je le veux ! »

Je souris et me léchai les lèvres à sa réponse. Mon loup voulait que je la prenne déjà, mais je voulais prendre mon temps. C'était une bonne fille, et j'avais l'intention de lui donner la libération qu'elle attendait.

J'ai sucé et léché son clito, ce qui l'a fait gémir. La voir se tordre de plaisir me donnait encore plus envie d'elle. Sa respiration s'accélérait et je sentais qu'elle était proche de l'extase. J'ai inséré un doigt dans son ouverture tout en suçant et en léchant son clito. Ma bite était dure comme la pierre et j'avais hâte d'enlever mon pantalon. Elle haletait et gémissait pendant que je continuais mes efforts jusqu'à ce qu'elle jouisse enfin, ses jambes tremblantes, ses lèvres appelant mon nom.

Je ne pouvais plus attendre. J'avais besoin d'elle maintenant. J'ai enlevé ma chemise. Au moment où j'allais enlever mon pantalon, un grand coup a été donné à la porte.

« Matthew ! »

Elisen a tiré les draps vers le haut, sursautant à cause du bruit soudain. Je voulais l'ignorer, ma bite étant encore dure de désir. Les coups ont continué, et la voix a de nouveau appelé : « Ouvre, Matthew ! »

C'est alors que j'ai réalisé qu'il s'agissait de mon père. Je savais que je ne pouvais pas l'ignorer. Un grognement de colère s'échappa de ma poitrine, mais je devais aller ouvrir la porte.

Repoussant mon loup et essayant de cacher mon érection, j'ai entrouvert la porte.

« Vite, Matthew ! Le sceptre de cérémonie a été volé. »

Cette nouvelle a suffi à me ramener à la réalité.

J'ai crié : « Quoi ? Comment est-ce possible ? »

« Ils ont attaqué la chapelle. Le nécromancien et les morts-vivants. Je ne sais pas exactement comment, mais ils ont réussi à obtenir la relique. »

« Je croyais que personne ne savait qu'elle était là ? »

Mon père a balancé son bras en l'air.

« Peu importe comment c'est arrivé. Tu dois le récupérer rapidement avant que le nécromancien n'apprenne à s'en servir. »

J'ai acquiescé. « D'accord. Donne-moi une minute, et nous serons en bas. »

J'ai fermé la porte et je me suis tourné vers Elisen. « Désolé, mon amour. Cela devra attendre. »

Elle avait un regard complice. « C'est bon, je comprends ».

Elle s'est rapidement habillée et nous sommes descendus. Mon père était là avec l'un de nos guetteurs.

« Ils sont allés dans la forêt, au sud-ouest, mon Alpha. »

« Très bien, Matthew. Je n'ai pas pu préparer les gens en si peu de temps, mais ils se réveillent en ce moment même. Ils recevront l'ordre de vous rejoindre en chemin. »

Je lui fis un signe de tête. « D'accord. Nous allons y aller maintenant. Occupe-toi de Molly si nous ne sommes pas rentrés à l'aube. »

Mon père a souri. « Bien sûr, je m'occuperai de ta fille, mon fils. »

J'ai couru avec Elisen. Je me souvenais clairement de l'endroit où nous avions rencontré les zombies plus tôt. C'était la nouvelle lune et la forêt était sombre. Seules quelques étoiles brillaient, comme si la nuit elle-même était consciente de la gravité de la situation. En avançant dans les bois, nous avons rapidement rencontré des zombies. Heureusement, ceux que nous avons rencontrés étaient faibles. Maintenant que nous savions que trancher leur tête était un moyen efficace de s'en débarrasser, nous pouvions les éliminer rapidement.

Nous avons essayé de les éviter autant que possible, car notre véritable objectif était de trouver le sceptre. Finalement, j'ai repéré un zombie à l'allure puissante en possession de la relique. Il était accompagné de quatre autres zombies. L'un d'entre eux avait le crâne ouvert, et son cerveau était visible. Il boitait et un pieu transperçant son dos. Je me suis demandé un instant comment un simple zombie pouvait détenir la relique. Je m'attendais à trouver le nécromancien. J'avais toujours entendu dire que le sceptre était protégé par une forte énergie. Seuls des lanceurs de sorts puissants pouvaient le tenir. Mais cela n'avait plus d'importance maintenant, et je repoussai ces pensées.

La voix d'Elisen résonna dans mon esprit *: « Nous devons les devancer, leur barrer la route. »*

La chaleur a irradié ma poitrine et j'ai souri. J'étais heureux que notre lien se forme et nous permette de nous parler.

« Allons-y ! »

Je me transformai en loup, sans même prendre le temps d'enlever mes vêtements. Se changer en courant était un exploit difficile, mais je l'avais maîtrisé après des années de pratique.

Beaucoup de loups-garous ne prenaient pas la peine de l'apprendre, mais c'était quelque chose qu'il me semblait important de faire, et ce soir, cela s'avérait utile.

Je ne pouvais me défaire du sentiment d'être observé, mais je n'avais pas le temps de vérifier. D'un grand bond, je me suis jeté devant le groupe. Les zombies se sont arrêtés, surpris. Alors qu'ils s'apprêtaient à faire demi-tour et à repartir dans l'autre sens, Elisen les a rattrapés. En embuscade, les zombies se sont mis en position de combat. Cinq contre deux, c'était risqué.

J'ai parlé mentalement à Elisen, *« Concentre-toi sur celui qui a le sceptre. S'il est capable de le tenir, tu devrais l'être aussi. Une fois que tu l'auras, nous courrons vers la meute. »*

Elle n'a pas répondu, mais je pouvais sentir qu'elle avait compris.

J'ai commencé à mordre et à attaquer les quatre zombies qui entouraient celui qui avait le sceptre. Je voulais attirer leur attention pour qu'Elisen puisse arracher la relique à l'autre. Je mordais et griffais les zombies. Ils étaient puissants, mais lents et maladroits. Quand l'un d'entre eux se tournait vers Elisen, je lui sautais dessus pour détourner son attention.

Elisen tailladait le zombie qui tenait le sceptre, mais cela ne semblait pas l'affecter. J'ai mordu le zombie avec le pieu dans le dos au niveau du cou, le faisant tomber au sol. Je l'ai secoué violemment et j'ai entendu son cou craquer. Le zombie est resté au sol, apparemment mort. Satisfait, j'ai sauté sur un autre zombie, le tailladant et le mordant, quand le zombie mort s'est soudain relevé. Cela ne pouvait que signifier que le nécromancien était tout près, et qu'il ranimait ses zombies. Lorsque j'ai essayé de scruter les bois pour trouver le nécromancien, Elisen m'a crié : « Je l'ai ! Cours ! »

Je me suis retourné et j'ai vu qu'elle avait tranché les bras du zombie qui tenait le sceptre et volé la relique avant qu'il ne puisse s'en emparer à nouveau. J'ai mordu les zombies, essayant de les ralentir, donnant de l'avance à Elisen, avant de courir moi-même. Lorsque nous fûmes loin et que nous ne pûmes plus les voir, nous reprîmes notre souffle et je repris ma forme humaine.

J'ai demandé à Elisen : « Comment est la relique ? Tu le tiens bien ? »

Elle acquiesça. « Oui, mais il est entouré d'une sorte d'énergie noire. J'aimerais m'en débarrasser au plus vite. »

Je l'ai étudié. Un fin linceul noir entourait le sceptre de cérémonie. Je supposais que c'était ce qui bloquait la magie de la relique et nous permettait de la tenir dans nos mains.

Une voix essoufflée nous a fait sursauter : « Hé ! Vous êtes là ! ».

Gregory se tenait devant nous, tout sale.

« Gregory ! Qu'est-ce que tu fais ici ? » demandai-je.

« Je suis venu vous aider », a-t-il répondu. « Je vous cherchais. Je voulais reprendre le sceptre à ceux qui l'avaient volé. »

J'étais surpris que Gregory nous ait rattrapés. Puis je me suis souvenu que mon père était censé envoyer des renforts pour nous aider, mais je ne les voyais nulle part.

« Les autres viennent-ils ? » demandai-je.

Gregory semblait perdu. « Je ne suis pas sûr. De qui parles-tu ? »

Sa réponse m'a semblé étrange. Je pensais que mon père avait envoyé Gregory pour mener les troupes par ici. Mais maintenant, je me demandais s'il avait décidé de venir seul.

« Peu importe », dis-je à Gregory. « Nous avons le sceptre. Retournons à la maison de la meute. »

« Génial ! » s'exclama-t-il. « Je peux le ramener ? »

Je l'ai regardé avec méfiance. Un sentiment de malaise s'est glissé en moi, mais je n'ai pas trouvé d'où il venait.

« Je préférerais que ce soit Elisen qui l'apporte. Elle s'est battue pour le récupérer. C'est normal que ce soit elle qui le donne à Esme. »

Gregory acquiesça en souriant. « Oh, oui, bien sûr ! Bien sûr ! »

J'ai fait un geste vers lui. « Viens ! Retournons à la meute. Peut-être rencontrerons-nous les combattants que mon père avait envoyés sur notre route. »

Gregory sembla perdu pendant une minute. Il hocha la tête distraitement. « Oui. Allez-y. Je vous rejoindrai. »

Elisen et moi avons commencé à courir en direction de la meute. Plus vite le sceptre serait en lieu sûr, mieux je me sentirais.

PDV de DeMörder

Je les ai regardés partir avec le sceptre, la rage m'envahissant. J'étais si proche de posséder ses pouvoirs. Avec ce pouvoir, j'aurais pu rivaliser avec les Dieux eux-mêmes. Et dire que seuls deux d'entre eux avaient pu battre cinq de mes zombies. Ces imbéciles incompétents ! Il fallait que je trouve un moyen de les rendre plus forts ou d'augmenter encore leur nombre. Ce ne serait pas notre dernière rencontre. J'y veillerai.

Je voulais les tuer depuis que j'avais trouvé les restes de cette femme zombie près de mon repaire. Un de ses bras et sa tête avaient été coupé. J'avais essayé de la ranimer, mais je n'y étais pas parvenu. Je pensais que mes pouvoirs étaient plus puissants que cela, mais je voyais maintenant qu'ils avaient une limite. C'est pourquoi j'avais cherché à obtenir le pouvoir du sceptre de cérémonie. J'en avais entendu beaucoup de bien et j'avais eu la chance d'apprendre où il était caché et comment l'obtenir.

La prochaine fois que je rencontrerai ces gens, je les tuerai. Mon corps tremblait de l'effort de la course précédente pour les rattraper. Je me suis appuyé sur un arbre. J'ai respiré profondément en émettant un sifflement. Les veines noires de mes bras étaient plus sombres que jamais, et ma peau était presque translucide. Ce pouvoir faisait des ravages sur mon corps, et je devais me renouveler plus souvent.

Je suis retourné dans mon repaire, où mes disciples m'attendaient. Heureusement, ils avaient enlevé deux nouvelles personnes. La première était un homme que je ne connaissais pas. J'ai bu son énergie pendant que mes esclaves le maintenaient en place. Mon énergie revint lentement tandis que je buvais la vie de cet homme, ma peau reprenant son aspect normal et ma respiration redevenant normale. Une fois l'homme mort, je me suis tourné vers l'autre homme.

J'ai éclaté de rire à la vue de la personne attachée devant moi. C'était l'homme avec lequel j'avais grandi. Il m'avait battu pendant toutes ces années, jurant contre moi, me disant que je ne devais pas vivre. Pendant toutes ces années, il m'avait détruit physiquement et mentalement.

Mon rire se répercuta sur les murs de la falaise qui m'entourait. Mes lèvres se transformèrent en un sourire diabolique tandis que je m'adressais avec autorité à l'homme au sol : « On se retrouve salaud ».

L'homme m'a regardé. Son visage était ensanglanté. Il avait été battu, mais ce n'était pas suffisant. Il méritait plus que cela. Il m'avait torturé pendant des années. Je serais le juge et je le condamnerais. Ensuite, j'exécuterais la sentence.

Il a écarquillé les yeux en me voyant. « Toi ! »

Je l'ai attrapé d'une main, en tirant sur sa chemise. Ses pieds ne touchaient pas le sol et il luttait pour respirer.

« Chut… Toi et moi avons beaucoup de choses à rattraper ce soir », dis-je en ricanant.

L'homme réussit à demander, tout en luttant pour respirer, « Comment… es-tu… devenu si fort ? ».

Je l'ai jeté par terre. Je ne voulais pas qu'il meure par manque d'oxygène. Cette mort était bien trop rapide. Il méritait quelque chose de bien plus douloureux et lent que ça.

Il tremblait de peur lorsque je me suis approché de lui. Le plaisir courait dans mes veines à l'idée de tout ce que j'allais lui faire. C'était exaltant, et je devais admettre que l'idée m'excitait.

« Oh, ne t'inquiète pas. Nous aurons tout le temps de discuter. Car tu vois, je ne te laisserai pas mourir avant que les rayons du soleil ne brillent. »

L'homme a essayé de s'enfuir, mais c'était inutile. Je lui ai donné un coup de pied dans l'estomac, ce qui l'a fait cracher du sang. Il était toujours attaché et ne pouvait pas se lever. J'ai attrapé ses cheveux et j'ai approché son oreille de ma bouche en murmurant : « N'est-ce pas drôle comme les tables tournent ? »

J'ai ordonné à mes esclaves : « J'aurai besoin d'un prisonnier au cas où je devrais puiser de la vie. J'aurai besoin de beaucoup d'énergie ce soir. »

« Oui, maître, » répondit Marcus.

« Oh, et Marcus ? »

« Oui, maître ?"

« J'ai besoin d'être seul avec lui. »

Il inclina la tête. « Bien sûr, maître ! J'amènerai un prisonnier, puis je vous laisserai seuls. »

L'homme que je tenais criait à tue-tête : « Non ! Ne me laissez pas seul ! Faites-moi sortir d'ici ! À l'aide ! Que quelqu'un m'aide ! »

Je lui ai répondu en ricanant : « Comme tu avais l'habitude de me dire : crie autant que tu veux, personne ne t'entendra ».

J'ai amené l'homme hurlant dans mes appartements. Je sentais déjà mon excitation grandir dans mon pantalon en pensant à l'extase que cette nuit allait me procurer.

Chapitre 11 (Elisen)

Embuscade

J'ai donné le sceptre de cérémonie à Esme dès notre retour à la meute. J'étais soulagée d'en être débarrassée. Elle fronça les sourcils en voyant la relique. Elle essaya d'écarter le linceul sombre qui la recouvrait, mais n'y parvint pas.

« Une magie noire corrompt le sceptre », commenta-t-elle.

Elle tenta de lancer une autre magie sur le sceptre, mais en vain.

Elle grogna de frustration, « Je ne sais pas qui a lancé cette force maléfique, mais elle doit provenir d'un être puissant. »

Soupirant, elle abandonna finalement la tâche, « Le mieux que je puisse faire est de l'envelopper dans de la magie sacrée. »

Matthew passa son bras autour de ma hanche, me rapprochant de lui. La proximité de son corps me fit frémir. Nous regardâmes avec admiration Esme jeter un cocon sacré sur le sceptre de cérémonie.

Lorsqu'elle eut terminé, elle le plaça dans un coffre fermé à clé. « Il semble que le sceptre était plus en sécurité dans la maison de la meute après tout. Au moins, nous saurons si quelqu'un essaie de le voler. »

Nous nous sommes retirés dans notre chambre. La nuit était déjà avancée et j'étais épuisée. Nos projets antérieurs devraient attendre une autre nuit.

« Je suis d'accord », dit la voix de Matthew dans ma tête.

Quand je me suis retournée, il était déjà au lit. Je me suis blottie contre lui, écoutant sa respiration en m'endormant.

Le matin est arrivé trop tôt, mais je n'ai pas pu rester endormie. Les yeux bleus de Matthew me fixaient, souriants, faisant palpiter mon cœur. Je n'arrivais toujours pas à croire la vitesse à laquelle j'étais tombée amoureuse de lui. Je ne savais pas ce qu'était l'amour il y a quelques jours, et maintenant, je ne pouvais pas imaginer ma vie sans lui.

« Bonjour ».

J'aimais le son de sa voix grave. J'ai passé ma main derrière sa nuque, attirant sa délicieuse bouche vers la mienne et lui volant un baiser. Matthew s'est installé par-dessus moi. J'aimais son corps musclé et je ne pouvais pas m'empêcher de penser qu'il était parfait. Ses lèvres ont d'abord embrassé les miennes avec douceur, puis elles les ont dévorées avec passion et besoin. J'ai réciproqué à son désir, ayant besoin de ce lien physique autant que lui.

On frappa légèrement à la porte et une petite voix se fit entendre : « Maman, papa. Vous êtes réveillés ? »

J'ai souri à ces mots que je n'aurais jamais cru entendre un jour. Matthew a soupiré et est débarqué de moi. Il a répondu gentiment : « Nous sommes réveillés, Molly. »

Elle a demandé : « Puis-je entrer ? »

J'ai répondu : « Oui, tu peux entrer ».

La petite fille a ouvert la porte et ses yeux ont brillé de joie lorsqu'elle nous a vus. Elle est entrée dans la chambre en courant et a sauté dans le lit pour nous serrer dans ses bras. Il me faudrait encore du temps pour m'habituer à être mère, mais j'adorais cela.

Nous avons serré Molly en retour. Elle s'est blottie dans nos bras en murmurant : « J'ai eu peur que vous ne soyez pas là. L'homme dans le mur a dit qu'il s'occuperait de vous. Il a dit que vous dérangiez trop son serviteur. »

Les paroles de la jeune fille m'ont fait peur. Je savais que le fait d'être une nymphe des âmes lui permettait de voir des choses que les autres ne voyaient pas. Mais ça n'expliquait pas tout. Je n'avais jamais entendu parler d'un homme dans le mur. Le fait qu'elle en voyait un m'effrayait au plus haut point. D'autant plus qu'il semblait déterminé à nous tuer.

Matthew s'empressa de hausser les épaules. « Ne t'inquiète pas. L'homme dans le mur ne peut pas nous faire de mal. Il essaie seulement de te faire peur. »

Les poils se dressèrent sur ma nuque. J'essayais d'avoir l'air confiante, mais je n'étais pas rassurée. J'avais un mauvais pressentiment sans savoir exactement pourquoi.

Nous avons continué à nous câliner, puis nous sommes descendus prendre notre déjeuner.

David était là, ainsi que Kelly et Theo. Nous avons discuté tout en prenant notre petit déjeuner. Apparemment, Gregory n'était pas rentré à la maison de la meute hier soir. J'espérais seulement qu'il ne lui était rien arrivé de terrible.

« J'ai réuni une équipe de dix de nos meilleurs combattants », a déclaré David.

« J'ai vu quatre sorciers se diriger vers nous », ajouta Kelly.

« Avec une équipe aussi nombreuse, nous devrions pouvoir combattre le nécromancien facilement », dit Matthew avec assurance.

Un frisson glacial me parcourut l'échine et, pendant un instant, je me demandai si nous ne devrions pas abandonner le combat. Les nécromanciens étaient des ennemis redoutables, et leur magie défiait la mort elle-même.

« *Je serai toujours là pour toi* », a chuchoté Matthew à travers notre lien, faisant palpiter mon cœur.

Une idée me vint à l'esprit : le nécromancien était sans aucun doute à l'origine de la perturbation du flux d'âmes. Je ne sais pas pourquoi je n'y ai pas pensé plus tôt, mais maintenant que j'y avais pensé, c'était tout à fait logique. Il faudrait que j'en fasse part à mon peuple une fois que nous en aurions fini avec lui.

« Mangeons rapidement et partons », dit Matthew. « Je veux en finir pour passer du temps avec Molly et Elisen. »

La voix de Matthew résonna à nouveau dans mon esprit *:* « *Ne t'inquiète pas, mon amour. Je ne laisserai rien t'arriver.* »

À travers notre lien, je pouvais ressentir une sensation de chaleur et d'apaisement, comme une étreinte qui m'enveloppait.

« Vous reviendrez, n'est-ce pas ? » demanda Molly.

Je lui ai souri, essayant de la réconforter, « Oui, Molly. Nous reviendrons. »

Matthew et moi nous sommes rapidement habillés pour le combat ; nous sommes partis avec Kelly, Theo et tous les combattants et sorciers.

Un silence pesant emplit l'air autour de nous tandis que nous marchons vers le sud-ouest. Chacun était perdu dans ses pensées. Les mains froides de la mort passaient tout près de nous, et un frisson me parcourut l'échine. J'ai parlé à Matthew à travers notre lien : « *Sois prudent, s'il te plaît.* »

Il a répliqué *:* « *Toi aussi. Je ne sais pas ce que je ferais s'il t'arrivait quelque chose.* »

Nous sommes bientôt arrivés dans la forêt morte. Les rayons du soleil n'étaient pas assez forts pour éclairer les ténèbres qui enveloppaient ces arbres. Une brume épaisse emplissait l'air jusqu'à la taille. La peur m'envahit, j'avais pensé que nous aurions déjà rencontré des zombies avant d'en arriver là. Le fait que nous n'en ayons pas rencontré un seul ne faisait que m'inquiéter davantage. Bientôt, une haute falaise est apparue. Il n'y avait qu'une étroite ouverture qui nous permettait de passer.

« Que tout le monde reste en alerte », ordonna Matthew en passant le premier, faisant signe à tout le monde de le suivre.

La moitié de notre groupe avait franchi l'ouverture lorsque des dizaines de zombies ont attaqué par-derrière.

J'ai crié : « Avancez ! Vite ! Nous sommes attaqués ! »

Kelly s'est retournée vers moi. « Il y en a des dizaines devant nous aussi ! C'est une embuscade ! »

La voix de Matthew résonna dans mon esprit *: « Ils sont trop nombreux. Sauve-toi ! »*

Mon sang se glaça. Il n'était pas question de le laisser ici. J'ai crié : « Tuez-les ! Et quand tout le monde sera de retour, courez ! »

Les combattants tranchaient les zombies, mais dès qu'ils étaient morts, ils se relevaient pour se battre. Le nécromancien devait être proche, mais je ne le voyais pas. Les lanceurs de sorts envoyaient des vagues de magie et de feu. Une fois carbonisés, les zombies ne semblaient pas revivre. Mais attendre qu'ils brûlent prenait trop de temps.

Kelly a crié : « Coupez-leur la tête ! ».

Et c'est ce que nous avons fait, autant que nous le pouvions, mais trois autres apparaissaient pour chaque zombie que nous tuions. Il semblait qu'il n'y avait pas de fin à leur nombre.

Matthew et les autres qui étaient passés nous ont finalement rattrapés. Nous étions ensemble, mais nous étions encerclés. Une nuée noire de zombies tout autour de nous. Des pics sortaient du sol.

J'ai fini par le repérer. Au sommet de la falaise, je ne voyais que le sommet d'une couronne. La colère monta dans ma poitrine. Le lâche, attaquant d'en haut, à l'abri du combat.

« Concentrons-nous sur sortir d'ici », s'écria Matthew.

Nous avons commencé à tuer des zombies et nous sommes lentement retournés dans la forêt. Une douleur soudaine et aiguë me transperça, et je dus m'arrêter, saisissant mes côtés avec mes mains. Je cherchais la blessure, mais je ne la trouvais pas. Un cri d'agonie résonna dans mon esprit, *« Elisen. »*

Quelque chose s'est brisé, et je l'ai su sans même regarder. Je me suis retournée et j'ai vu le corps de Matthew étendu sur le sol. Son corps était intact, il avait été touché par une magie puissante et tué sur le coup.

Je voyais son âme tenter de quitter son corps, mais le nécromancien tentait de l'aspirer vers lui, de l'empêcher d'atteindre le royaume où elle était censée aller, et de faire de lui son esclave. La colère remplaça la tristesse que je ressentais. Il était hors de question que je laisse le nécromancien s'emparer de l'âme de Matthew. Kelly et Theo étaient plus proches de son corps que moi.

Je leur ai crié : « Vite ! Attrapez le corps de Matthew et mettez-le hors de portée de la magie du nécromancien. Vite ! »

Ils ont acquiescé. J'ai commencé à tuer des zombies et les lanceurs de sorts ont creusé un chemin pour nous permettre de fuir. Je voyais l'âme de Matthew se faire aspirer lentement. Au moment où la dernière goutte était sur le point de partir, le lien avec le nécromancien s'est soudainement brisé et l'âme a regagné le corps de Matthew. J'ai poussé un soupir de soulagement.

Nous étions maintenant assez loin, hors de portée du nécromancien, plus loin que les zombies. Nous avons continué à courir aussi vite que possible. Lorsque nous eûmes dépassé la forêt morte et que nous fûmes revenus à la périphérie normale du territoire de la meute, nous nous arrêtâmes.

Kelly et Theo déposèrent le corps de Matthew sur le sol, reprenant leur souffle. Bien que je sois heureuse que le nécromancien n'ait pas volé son âme, une vague de tristesse m'a frappée, me déchirant de l'intérieur, me faisant souffrir comme jamais auparavant. Son âme quittait maintenant son corps comme il se doit, rejoignant doucement le flux d'âmes. Il faudrait la juger avant de décider où elle irait dans l'au-delà.

Des larmes chaudes roulaient sur mes joues tandis que je criais ma douleur. Rien de ce que je pouvais faire ne pouvait la faire disparaître. Ma vie était vide. J'avais perdu mon âme sœur et mon seul amour. Le visage de Molly m'est venu à l'esprit en pensant qu'elle avait maintenant perdu trois parents. Comment un enfant pouvait-il traverser cette épreuve et vivre normalement ? Quand je pense qu'il m'avait sauvée de ces voyous, qu'il m'avait soignée et qu'il m'avait appris à aimer. J'aurais aimé être là pour le sauver. Je l'avais laissé tomber.

Nous avons vérifié que tout le monde allait bien. Quatre guerriers étaient morts et deux lanceurs de sorts étaient blessés. Je pleurais en silence.

Kelly a posé sa main sur mon épaule, des larmes coulant également sur ses joues. « Je suis désolée, Elisen. C'était mon meilleur ami, mais c'était ton compagnon. »

Théo a passé ses bras autour de ses épaules, et je me suis sentie si seule à porter le poids de ma perte.

Kelly fait un geste. « Allez, ramenons-le à la meute. Il est trop tard maintenant. »

Ses mots ont résonné en moi : trop tard. Elle avait raison, il était mort. Mais… Il n'était pas forcément trop tard !

Je lui ai crié : « Allez, ramène son corps à la maison de la meute, mais ne l'enterre pas tout de suite ».

J'ai commencé à courir vers le nord. Kelly m'a demandé : « Qu'est-ce que tu fais ? »

« Je suis une nymphe des âmes. Je vais chercher son âme. Prends soin de son corps jusqu'à ce que je revienne. »

Je me suis retournée et j'ai couru. Le temps était compté. Je devais me dépêcher si je voulais arriver avant que son âme ne parte.

PDV de Serena

J'étais assise dans l'herbe à la lisière de la forêt, regardant l'obscurité engloutir la lumière à mesure que le soleil se couchait à l'horizon. J'aimais le magnifique spectacle de lumière qui se produisait la nuit ; les lucioles et les fées volaient dans l'herbe, créant un spectacle de lumière fantaisiste. Je passais parfois des heures à admirer leur beauté avant de retourner à la maison. C'était une distraction bienvenue par rapport à tout ce qui se passait. Entre les disparitions et le vol du sceptre de cérémonie, il était difficile de trouver la paix d'esprit. D'un geste du poignet, j'allumai une flamme dans ma main.

Je suis retourné vers la meute. Charles se tenait à côté du mur, gardant la maison de la meute.

Je lui ai souri. « Bonjour, Charles. »

Il s'est redressé au son de ma voix, me fixant de ses yeux verts.

« Bonjour, Serena. Tu es de retour après avoir profité du coucher de soleil ? »

« Tu me connais bien ».

Charles sourit et replaça une mèche de cheveux tombée derrière mon oreille, sa main effleurant légèrement ma joue.

« Tu sais que j'ai toujours aimé tes cheveux noir de jais ».

« Je sais. Tu as toujours dit que ça te rappelait la nuit. »

Il sourit. « Et tu sais que j'apprécie toujours la nuit. Et tes yeux bleus brillent comme des saphirs ».

Charles était un bon ami. C'était un loup-garou. Je savais qu'il avait le béguin pour moi, mais je ne l'ai toujours vu que comme un ami. J'ai essayé d'être gentille avec lui. Il ne m'a jamais demandé de sortir avec lui, et j'espérais qu'il ne le ferait jamais. Sinon, je n'aurais pas eu d'autre choix que de refuser, et je ne voulais pas le blesser. Alors, même si c'était évident, j'ai joué l'innocente et j'ai ignoré ses tentatives de flirt avec moi.

J'ai ri. « Oui, je sais. »

Au moment où j'allais partir, un grognement s'est fait entendre. À côté de nous se trouvait un cadavre en décomposition. La femme boitait gravement sur une jambe et je me demandais comment elle pouvait tenir debout.

« Recule ! », cria Charles d'un air protecteur.

J'ai souri. C'était un gardien extraordinaire.

« Laisse-moi t'aider ».

Charles m'a jeté un coup d'œil, puis a acquiescé. J'ai jeté du feu sur le zombie pendant qu'il l'attaquait à l'épée. La zombie ne semblait pas s'inquiéter des coups de couteau de Charles. Elle continuait à se relever et à le frapper, bien qu'elle ait été poignardée plusieurs fois. Agacé, j'ai invoqué un brasier sur le zombie. Son corps entier s'est enflammé, l'odeur de la peau grillée emplissant l'air. Nous l'avons regardé brûler lentement, le zombie se déplaçant de plus en plus irrégulièrement. Son cri s'est finalement arrêté, et son corps s'est effondré sur le sol. J'ai attendu, mais le zombie ne s'est pas relevé. Il était tout noir et carbonisé.

« Qu'est-ce qu'un zombie fait sur le territoire de la meute ? » demanda Charles, choqué.

Je secouai la tête. « Je ne sais pas, mais il faut vite trouver une solution à ce problème de zombies. »

Charles a acquiescé et j'ai pris congé.

En me rendant dans ma chambre, j'ai entendu des chuchotements en provenance de la chambre de l'Alpha. Avec l'arrivée du déménagement, les réunions stratégiques ne semblaient pas s'arrêter. David restait debout toute la nuit, discutant avec les conseillers et s'assurant que tout était prêt. Il ne restait plus que quelques jours. J'étais nerveuse à l'idée de quitter l'endroit où j'avais grandi.

Odilia et Garry jouaient encore avec Molly en l'absence de ses parents adoptifs. Odilia semblait s'amuser parfaitement avec la petite fille. Je me suis retenue de rire de Garry, qui peinait à tenir la petite tasse de thé que lui tendait l'enfant. Je souris en pensant aux bons parents qu'ils seraient à la naissance de l'enfant d'Odilia.

Au moment où je m'apprêtais à monter les escaliers, Kelly et Theo sont revenus, tenant Matthew dans leurs bras.

Ils ont crié : « Faites place ! »

Alpha David sortit en trombe de la pièce pour aller voir son fils.

« Est-il blessé ? » demanda-t-il.

Kelly était sur le point de répondre quelque chose, mais voyant que Molly la fixait, elle s'est ravisée : « Il ne fait que dormir, mon Alpha. »

David fronça les sourcils et vint prendre son pouls.

Molly a demandé d'une petite voix : « Je peux le serrer dans mes bras ? ».

Sentant que quelque chose n'allait pas, Odilia l'arrêta. « Laisse-le dormir, ma chérie. Tu le verras quand il se réveillera ».

La petite fille étudia le corps de Matthew et fronça les sourcils, mais ne dit rien. Puis elle demanda : « Où est maman ? ».

Kelly répondit : « Elle est partie dans les bois. Elle doit aller chercher quelque chose d'important. »

David fronça à nouveau les sourcils. « Odilia, Garry. Pourriez-vous mettre Molly au lit pendant que je parle à Kelly ? »

Ils acquiescèrent et Garry répondit, en inclinant légèrement la tête : « Bien sûr, Alpha. »

Odilia a pris Molly dans ses bras et les yeux gris de la petite fille m'ont fixé, pleins d'inquiétude, par-dessus l'épaule d'Odilia pendant qu'elle continuait à avancer dans le couloir.

Lorsqu'ils sont sortis de la pièce, David demanda avec colère : « Qu'est-il arrivé à mon fils ? »

Théo répondit : « Nous sommes tombés dans une embuscade, monsieur. Il est… »

Il n'a pas pu finir sa phrase, mais Kelly l'a prononcée pour lui : « mort ».

Ces mots m'ont brisé le cœur. Matthew était un bon ami et j'attendais avec impatience le jour où il deviendrait le prochain Alpha. Il était le fils de l'Alpha, pour l'amour de Dieu ! S'il ne pouvait pas vaincre le nécromancien, je ne voyais pas qui pourrait le faire.

David tomba à terre, accablé de chagrin.

Il grogna, tapant du poing sur le sol. « Comment est-ce possible ? Où est Elisen ? N'était-elle pas sa compagne ? Pourquoi mentir à Molly ? »

Kelly a expliqué : « Elle a dit qu'elle récupérait son âme, mon Alpha ».

« Je ne comprends pas », aboya David.

« Nous n'en sommes pas sûrs non plus, » répondit Théo. « Mais elle a dit que c'était un truc de nymphe des âmes et qu'il fallait s'occuper de son corps jusqu'à ce qu'elle revienne. Elle a dit qu'elle récupérerait son âme. »

David se releva et ordonna : « Mettez-le dans son lit. » Puis il murmura : « Espérons qu'elle réussisse. Je ne sais pas de quelle sorcellerie il s'agit, mais c'est mon seul espoir. »

J'ai aidé Kelly et Theo à mettre Matthew dans son lit. C'était déchirant de le voir si inerte et si froid. J'ai atteint ma chambre et je n'ai même pas pris la peine d'allumer la lumière. Épuisée et accablée, j'ai pleuré jusqu'à ce que le sommeil m'emporte.

Je me suis réveillée. Il faisait encore nuit. Étrangement, je ne me sentais plus fatigué. Je me suis levée et j'ai regardé l'heure. Huit heures. C'est étrange. Le soleil devrait être levé depuis longtemps. J'ai enfilé un jean et une chemise et je suis descendue.

Tout le monde était dans la cuisine, en train de parler. Odilia serrait Molly dans ses bras et Garry se tenait à leurs côtés. On sentait la tension dans l'air, les gens avaient peur.

« Qu'est-ce qui se passe ? »

« C'est impossible ! »

« Que dois-je dire aux enfants ? »

Personne n'avait de réponse. Chacun exprimait ses inquiétudes à voix haute, espérant que quelqu'un l'aiderait. L'alpha se tenait au milieu de tout le monde. Il avait l'air fatigué. Ses cheveux bruns étaient en désordre et on aurait dit qu'il ne s'était pas rasé depuis des jours, mais il se tenait droit, écoutant les inquiétudes de chacun. Avec les personnes disparues, le nécromancien, la mort de son fils, et maintenant ceci, je me demandais comment il pouvait encore tenir debout. Je suppose que c'était vrai ce qu'on disait : seuls les plus forts pouvaient assumer le rôle d'Alpha. Il ne s'agissait pas seulement de force physique, mais aussi de force émotionnelle et mentale.

Esme entra dans la pièce. Son dos était voûté par le poids des années, mais elle restait forte. Les gens la respectaient autant qu'ils respectaient l'Alpha.

La voix de l'Alpha était profonde et forte, imposant le respect, « Esme, as-tu la moindre idée de ce qui se passe ? ».

La salle devint silencieuse, attendant la réponse de la sorcière. Elle le fixa de ses mystérieux yeux gris.

« J'ai consulté tous les livres d'histoire. Rien de tel n'a jamais été vu dans l'histoire de notre peuple ».

La pièce devint silencieuse. Molly se dirigea lentement vers Esme. « Je crois que je sais pourquoi ».

J'ai retenu mon souffle à ces mots. Esme demanda doucement à l'enfant : « Vraiment ? Veux-tu me le dire ? »

L'enfant acquiesça timidement. « L'homme dans le mur riait. Il a dit qu'il avait enfin trouvé Hemera, mais je ne sais pas qui c'est. »

Les yeux d'Esme s'écarquillèrent. L'Alpha avait un regard sévère. Hemera était la déesse du jour, mais je ne me souvenais pas de tous mes cours d'histoire. Cela faisait tellement d'années que j'avais terminé l'école. J'avais maintenant vingt-six ans. Mais au moins, je connaissais le nom de mes dieux et déesses. Hemera jouait un rôle essentiel dans nos vies.

L'Alpha a répondu : « Oui, c'est logique ».

Il y a eu des murmures dans la salle. Les gens ont commencé à poser des questions.

« Qu'allons-nous faire ? »

« Qu'en est-il de nos récoltes ? »

L'une des sorcières a demandé s'il fallait créer un soleil artificiel.

« Pourquoi la déesse du jour ferait-elle cela ? » demanda un jeune loup-garou. « Les déesses ne sont-elles pas censées être gentilles ? »

« C'est ce que nous devons découvrir », répondit l'Alpha.

« Mais quel est le rapport avec le fait que le soleil soit encore là ? » a demandé un autre.

Esme se dirigea vers l'Alpha. Elle était si petite par rapport à lui.

« Tu ne te souviens pas ? Nyx, la déesse de la nuit, et Erebus, le démon des ténèbres, nous apportent la nuit chaque nuit. La brume sombre d'Erebus entoure le monde et remplit les creux profonds de la terre. Le soir, Nyx, sa femme, attire les ténèbres d'Erebus à travers le ciel, apportant la nuit. Au matin, leur fille, Hemera, la déesse du jour, émerge de son palais dans le monde souterrain et force Nyx et Erebus à revenir dans leur maison pour ramener le jour ».

« Quelque chose doit l'empêcher de nous rendre le jour », ai-je murmuré.

« Exactement ! » dit Esme en hochant la tête.

« Que devons-nous faire ? » demanda une sorcière.

« Nous enverrons quelqu'un pour enquêter », dit l'Alpha d'une voix ferme.

La salle est devenue silencieuse. L'Alpha m'a montré du doigt.

« Serena, tu vas y aller ! »

« Moi ? » ai-je demandé avec incrédulité.

David acquiesça.

« Tu es l'une de nos meilleures sorcières. Je suis sûr que tu pourras découvrir ce qui est arrivé à Hemera. »

« Qui vient avec moi ? » demandai-je.

« Je crains qu'avec nos problèmes actuels, nous ne puissions pas envoyer d'autres membres de la meute pour t'accompagner. »

J'ai sursauté à ses paroles. Je devais y aller seule ? Cela semblait dangereux. Et si je rencontrais des zombies sur mon chemin ?

« J'ai confiance en toi. Ce n'est qu'une mission de reconnaissance. Tu découvres ce qui s'est passé, puis tu reviens nous le dire, et nous agirons en meute. Tu seras plus discrète si tu y vas seul. »

J'ai acquiescé. Ce n'est pas comme si j'avais le choix non plus, l'Alpha avait donné son ordre. La furtivité était l'un de mes points forts. Je pouvais me dissimuler avec de la magie si nécessaire.

« Très bien. Quelqu'un a-t-il une idée par où je devrais commencer ? » ai-je demandé.

Esme acquiesça.

« Il y a un sanctuaire dédié à Hemera au sud-est. Je te le montrerai sur une carte. »

Elle m'a fait signe de la suivre. Avec l'Alpha, nous avons marché jusqu'à la salle de stratégie de guerre. La grande carte était toujours accrochée au mur. Elle pointa du doigt le sud, plus loin que le territoire de la meute.

« C'est là que se trouve le sanctuaire. »

J'avais une bonne idée du chemin pour y aller. Cela ne devrait pas être trop difficile. Cela ne prendrait probablement que quelques heures.

« D'accord, je suppose que je vais partir tout de suite, alors. »

L'Alpha a posé ses puissantes mains sur mes épaules.

« Merci, Serena. J'ai confiance en toi. Reviens dès que tu auras trouvé ce qui se passe. »

Je lui ai fait un signe de tête.

« Bien sûr, Alpha. »

Il m'a souri.

« Tu sais que tu peux m'appeler David ».

J'ai souri. Nous n'étions pas censés appeler l'Alpha par son prénom. Mais David était l'un des meilleurs amis de mes parents. J'ai grandi en l'appelant mon oncle, même si nous n'étions pas de la même famille. Je l'aimais comme un membre de la famille.

« Bien sûr, mais je m'assure toujours de présenter mes respects. »

« Crois-moi, mon loup sait que tu le respectes. Je t'aime comme si tu étais ma fille. »

J'ai souri à ses paroles. Il m'a serré dans ses bras avant d'ajouter : « Reviens bien, tournesol ».

Depuis mon enfance, il m'avait toujours appelée ainsi ; les tournesols étaient mes fleurs préférées. J'aimais l'histoire tragique de Clytie et d'Apollon. J'aimais la façon dont les tournesols suivaient le soleil, comme Clytie désirait l'amour d'Apollon. Ma mère m'avait acheté des graines de tournesol. Elle insistait sur le fait qu'elles apportaient chance et vitalité. J'avais créé mon propre petit champ de tournesols. J'y passais tout mon temps. Depuis, David m'avait donné ce surnom. En sortant de la maison de la meute, je fus attristée de voir les tournesols tournés vers l'est, attendant que les rayons du soleil les touchent. Ils attendraient toujours, tout comme Apollo n'a jamais rendu l'amour de Clytie avant qu'elle ne soit transformée en tournesol. Un sentiment de fierté m'envahit, car c'était maintenant mon travail de veiller à ce que le soleil revienne sur les fleurs.

J'ai pris la direction du sud-est. C'était bizarre de penser que c'était censé être le jour. J'aurais dû entendre les oiseaux chanter dans les arbres. Au lieu de cela, ce sont les grenouilles et les grillons qui chantaient. Une chaude brise d'été caressait ma peau. J'étais heureuse que ce soit l'été. La nuit était tout de même chaude. Je me suis frayé un chemin à travers les bois. Je ne connaissais pas cette partie de la forêt, car elle se trouvait au-delà du territoire de la meute. Mais j'avais l'habitude de suivre les étoiles. J'avais de la chance qu'il n'y ait pas de nuages dans le ciel.

Un bruit m'a fait sursauter à quelques mètres de moi. J'espérais ne pas tomber à nouveau sur des zombies. Les arbres étant denses à cet endroit, je ne pouvais pas voir clairement ce que c'était. Je distinguais à peine la forme d'un homme penché sur quelque chose, mais je ne voyais pas ce que c'était.

J'ai invoqué une petite flamme dans ma main pour mieux voir. J'ai retenu un cri lorsque j'ai réalisé que l'homme en face de moi se nourrissait d'un cerf mort. La bile me monta à la bouche, mais je la ravalai, ne voulant pas attirer inutilement l'attention. Il me fallut un moment pour réaliser que l'homme ne mangeait pas l'animal, mais qu'il buvait son sang : c'était un vampire. La panique m'envahit à ce moment-là. Les vampires étaient dangereux et sauvages. Je devais m'enfuir pendant qu'il ne m'avait pas remarqué, mais je n'étais pas sûre de savoir comment j'y parviendrais. Retenant mon souffle, j'éteignis la flamme dans ma main. Au même moment, le vampire tourna la tête dans ma direction, ses yeux jaunes luisant faiblement dans la nuit. Il était inutile de se cacher maintenant. Il m'avait vu. Les vampires étaient si rapides qu'il m'était inutile de fuir, mais je me mis tout de même à courir. J'entendis immédiatement une brindille craquer sous le poids du cadavre du cerf qui tombait sur le sol.

Je n'ai fait que quelques bonds avant qu'il ne me rattrape. Je poussai un cri quand ses bras me plaquèrent contre un arbre. Il était grand et fort. Je ne pouvais pas lui échapper. Il avait des cheveux bruns courts et une barbe bien taillée. Du sang coulait encore sur son menton tandis qu'il m'étudiait de ses yeux jaunâtres. Les larmes ont commencé à couler sur mes joues tant j'avais peur.

Le menton tremblant, j'ai demandé d'une petite voix : « S'il vous plaît, ne me tuez pas. »

Le vampire m'étudia. Je frissonnai lorsqu'il s'approcha de moi pour sentir mon odeur.

« Je peux sentir la magie. Tu es une sorcière. »

J'ai hoché la tête nerveusement.

« Es-tu responsable des ténèbres qui nous entourent ? »

Je secouai la tête. Il a ajouté de sa voix grave : « Comment puis-je savoir que tu ne mens pas ? »

Mes yeux se sont écarquillés. Je l'ai regardé fixement, ne sachant pas quoi répondre.

Il fronça les sourcils. « On t'a coupé la langue ? Tu ne peux pas parler ? »

J'ai bégayé, « Je… j'ai été envoyé par ma meute… pour enquêter sur la cause de l'obscurité. »

Il m'a étudié davantage. J'attendais avec anxiété, mon cœur battant la chamade. On aurait dit qu'il évaluait s'il pouvait me faire confiance ou non. Son visage s'est approché du mien, respirant mon odeur. J'ai poussé un léger cri de peur qu'il ne boive mon sang lorsque le bout de son nez a effleuré mon cou. Finalement, il s'est retiré, son visage s'est adouci et ses lèvres se sont retroussées. Il essuya le sang de son visage du revers de la main.

« Très bien. Nous pourrons peut-être enquêter ensemble. J'ai aussi été envoyé par le Seigneur vampire pour enquêter sur ce qui se passe. »

Il relâcha l'emprise qu'il avait sur moi et me tendit la main. Son changement d'attitude était soudain, mais je préférais cette attitude à celle qu'il avait tout à l'heure. Je fixai sa main, hésitant. Je me méfiais encore de lui.

« Viens », dit-il encore une fois. « Tu seras plus en sécurité avec moi que seule. »

De la façon dont il l'avait dit, c'était plus un ordre qu'un choix. Avec la force qu'il possédait, il aurait pu me tuer facilement. Je suppose qu'il n'en avait pas l'intention, sinon ce serait déjà fait.

Je ne savais pas ce qui m'attendait au sanctuaire. Ma magie ne suffirait pas si je devais combattre des créatures. Il faut croire que c'était vrai, j'étais plus en sécurité avec lui que seule. Je souris légèrement en attrapant sa main. Elle était froide au toucher. Je n'avais jamais été aussi proche d'un vampire auparavant.

Quelque chose a jailli en moi lorsqu'il a souri à nouveau. Cette fois, il avait l'air amical.

« Je m'appelle Jasper. Je suis garde au château du seigneur des vampires. »

J'ai levé les yeux vers les siens. Ils brillaient encore légèrement dans l'obscurité, mais je pouvais voir un peu de brun mélangé au jaune de son iris.

« Je m'appelle Serena. Je suis une sorcière de la meute de David. »

Nous avons marché ensemble vers le sud.

« Tu n'arrêtes pas de parler de meute, mais je ne sens aucun loup en toi ».

J'ai acquiescé.

« C'est vrai. Notre meute est composée de loups-garous et de sorcières. Je ne suis pas née avec un loup, mais certains le sont. »

Un léger grognement s'échappa de sa poitrine, me rappelant que les vampires et les loups-garous étaient des ennemis ancestraux. Je m'estimais chanceuse. Si j'avais été un loup-garou, il m'aurait probablement tué à vue. Même s'il n'aimait pas les loups-garous, il garda un visage impassible et le cacha pendant qu'il parlait.

« C'est intéressant. Je n'ai jamais entendu parler d'une meute de sorcières et de loups-garous. J'aimerais bien en savoir plus. Où allais-tu ? »

Je l'ai regardé. Je me méfiais encore de lui, mais je lui faisais suffisamment confiance pour lui dire où j'allais. D'une certaine manière, je savais qu'il ne me ferait pas de mal. Mon cœur battait toujours plus vite que d'habitude, mais je commençais à me détendre.

« Au sud-est, il y a un sanctuaire dédié à Hemera, la déesse du jour. »

Il acquiesça. « C'est une meilleure idée que ce que je faisais. »

J'ai demandé, curieuse, « Et que faisais-tu ? »

Il s'esclaffa. « Voler et courir sans but, en espérant trouver un indice sur ce qui se passe. »

J'ai ri à sa déclaration. « C'est une bonne chose que tu m'aies trouvée, alors ».

« Oui, tu étais la lumière que je cherchais. »

J'étais contente qu'il fasse nuit, pour qu'il ne puisse pas voir le rose qui me montait aux joues à son commentaire.

Chapitre 12 (DeMörder)

Une race pure

J e serrai les poings, mes mains tremblaient. L'adrénaline se répandait dans mes veines. Mes oreilles bourdonnaient tandis que je les regardais traîner le loup-garou mort hors de portée de mes pouvoirs. J'étais si près de prendre ma revanche sur lui ! Il était fort, j'étais certain qu'il aurait fait un bon zombie. Enfin, il était mort, une épine de moins dans mon pied.

Maintenant que mon repaire avait été trouvé, j'étais exposé. Je devais me préparer à une attaque. Au moins, ce matin, le soleil ne s'était pas levé. Cela signifiait seulement que le démon devenait plus fort. Cela signifiait aussi que je remplissais ma part du marché. Il m'avait demandé d'en tuer le plus possible, ce que j'avais fait. Je ne voulais pas subir sa colère. Et s'il était satisfait de mes actes, il pourrait m'accorder plus de pouvoir. Penser à ce que je pourrais faire si j'étais plus puissant me donnait envie d'en avoir plus.

Je suis retourné sur mon trône. Judah et Marcus étaient là, en attente, comme d'habitude. Je fixai les traits durs de Judah. Je me souvenais encore du jour où je l'ai rencontré pour la première fois.

J'avais pointé un couteau sur sa gorge. Il s'était bien battu, mais imprégné de magie noire, j'avais gagné. La sueur perlait sur mon front. Pourtant, il ne plaidait pas pour sa vie. Je me souviens qu'il m'avait craché dessus, les dents serrées. « Vas-y. Fais-le. »

Ses paroles étaient nouvelles et rafraîchissantes.

J'ai ricané : « Es-tu si impatient de mourir ? »

Il avait ricané d'une manière étrange. Ses yeux fixaient les miens, sans vie. C'est alors que j'ai compris qu'il était mort depuis longtemps et qu'il n'était plus qu'une coquille vide.

Il a répondu : « De toute façon, il n'y a rien pour moi ici ».

Un déclic s'est produit dans ma tête.

« Nous sommes semblables ».

L'homme répondit, agacé : « Si j'étais comme toi, je ne serais pas couché par terre. J'aurais du pouvoir, comme toi. »

J'ai figé. Je comprenais parfaitement ce qu'il ressentait, car j'avais ressenti la même chose le jour où j'avais rencontré le démon. Était-ce de la pitié ou un lien étrange que je ressentais avec cet homme ?

Néanmoins, je me suis senti obligé de lui faire une offre : « Alors, rejoins-moi. Meurs de ma main, ou vis pour me servir. Sois l'instrument de ma vengeance. Tue en mon nom. Lève mon armée. Tu auras le pouvoir que tu veux quand je serai roi. »

Un silence lourd s'est installé entre nous. Il finit par acquiescer. « Très bien, j'accepte. J'ai tué un nombre incalculable de fois. En tuer davantage ne me fait pas peur. »

Je me suis levé et l'ai aidé à se mettre debout. Dans ses yeux se lisait le désespoir d'un homme qui avait tout perdu. Un frisson me parcourut l'échine. Rien n'était plus mortel qu'un homme qui n'avait rien à perdre.

« Quel est ton nom ? » ai-je demandé.

L'homme a incliné la tête vers moi. « Judah. »

« Bienvenue dans mes rangs, Judah. Nous avons beaucoup à faire. »

Il me fixa dans les yeux, une étrange énergie s'en dégageant. « Vos paroles sont mes ordres, maître. »

Je me suis levé de mon trône.

« Judah, Marcus. Rassemblez tout le monde. J'ai une annonce à faire. »

Ils s'inclinèrent. « Oui, grand faucheur. »

J'ai attendu que les zombies et me serviteurs commencent à se rassembler devant moi. Ils tenaient à peine dans la zone. Ils étaient maintenant des milliers. La forêt était morte depuis longtemps, et ma force obscure se répandait encore plus. Il n'était plus temps de se cacher.

J'avais déjà pris ma revanche sur mon bourreau. C'était délicieusement méchant, et j'en avais apprécié chaque instant. Le simple fait d'y repenser faisait tressaillir ma bite. Le moment était venu de me venger des gens qui se disaient ma famille. Ceux qui s'étaient moqués de moi pendant des années tout en prétendant être gentils.

Je me suis levé de mon trône. Mes adorateurs étaient là, attendant mes ordres. Ils étaient si nombreux que je ne voyais pas le bout de la foule. Ils s'étendaient jusqu'à l'entrée de la falaise. Malgré leur nombre, le silence régnait. Je les guidais comme le messie que j'étais.

J'ai parlé fort, ma voix se répercutant sur les parois de la falaise : « Réjouissez-vous ! Aujourd'hui, nous marchons vers le nord-est. Nous tuons tous ceux qui s'opposent à nous et détruisons tout sur notre passage. Notre heure est venue ! »

Les zombies restèrent immobiles tandis que les adorateurs levaient les bras en l'air. « Tous les honneurs au Grand faucheur ! »

Judah s'est approché de moi. « Enfin. Je donnerai ma vie pour toi, grand faucheur. »

Je leur ai donné l'ordre d'avancer, Judah marchant à mes côtés comme mon général. Je me sentais plein d'énergie lorsque nous avons commencé à marcher dans les champs. Ce serait un grand jour, le jour où nous changerions l'histoire pour toujours.

PDV d'Elisen

Alors que je courais dans la forêt, j'ai aperçu Gregory. Il avait un regard bizarre et se dirigeait vers la meute. Il y avait beaucoup de bruit à proximité, mais je n'ai pas eu le temps de demander ce qui se passait. Je devais me dépêcher. Je voulais retrouver l'âme de Matthew avant qu'elle ne parte dans l'au-delà. Je suis bientôt tombée sur une petite ville humaine. C'était l'endroit où j'avais été attrapée par des voyous un peu plus tôt. Même si je savais que les humains n'étaient pas tous mauvais, je savais aussi qu'ils craignaient ce qu'ils ne comprenaient pas. J'ai donc fait un détour par l'est pour m'assurer de ne rencontrer personne.

Bientôt, j'aperçu les eaux du fleuve Saint-Laurent. Ses eaux étaient propres et fortes : une protection naturelle pour le domaine de mon peuple. Les eaux étaient suffisamment puissantes pour qu'on ne puisse pas les traverser à pied. L'éclat de cristal incrusté dans mon avant-bras brilla. Il résonnait avec les cristaux qui poussaient sur l'île de notre royaume. Nous ne savions pas exactement pourquoi, mais toutes les nymphes des âmes naissaient avec un cristal, comme si la magie des cristaux était liée à nous lorsque nous venions à l'existence depuis le royaume de l'âme. Pendant un instant, mes pensées se tournèrent vers Molly. Elle n'était pas née sur l'île, mais elle était née de la mère d'une nymphe des âmes. Avait-elle aussi un cristal ? Il faudra que je vérifie quand tout sera terminé. Et je l'amènerai ici, pour qu'elle apprenne à connaître son héritage et son peuple.

Lorsque je me suis concentré sur le cristal dans mon bras, il a commencé à émettre une lueur chaude. Les cristaux de l'île brillaient à la même fréquence, et ils ont commencé à grandir, à s'enchevêtrer jusqu'à former un pont de cristaux bleuâtres tissés. J'ai traversé la rivière pour rejoindre l'île. Une fois traversé, je me suis concentrée à nouveau sur le cristal et le pont s'est brisé, la poussière de cristal s'est répandue dans les eaux de la rivière, donnant au lit de la rivière une lueur malgré la nuit.

J'ai marché parmi les cristaux et les champignons lumineux. Une forêt luxuriante poussait sur l'île, mais c'était le seul endroit où j'avais jamais vu de tels cristaux et champignons. Le portail révélant le domaine de mon peuple s'est illuminé à mesure que je m'approchais, me laissant entrer.

Je me suis immédiatement sentie chez moi lorsque j'ai pénétré dans le royaume des nymphes des âmes. Mon amie Elysia s'est précipitée pour me voir ; ses cheveux mauve clair étaient joliment tressés sur le côté droit de son visage. Ses yeux bleus brillent de joie. Elle faisait partie des gardes-frontières. Elle était chargée de surveiller toutes les âmes qui franchissaient la frontière de notre royaume. Non pas que les humains puissent traverser, ni même les loups-garous, mais certaines créatures éthérées traversaient parfois et faisaient des ravages.

« Elisen ! » s'exclama-t-elle en me serrant dans ses bras. « J'ai cru que tu ne reviendrais jamais ! J'étais si inquiète ! »

Je l'ai serrée dans mes bras, la chaleur de son amitié irradiant ma poitrine.

« Elysia ! Je suis si heureuse de te voir ! »

Elle demanda avec impatience : « Que t'est-il arrivé ? Pourquoi es-tu parti si longtemps ? As-tu trouvé ce qui perturbe le flux des âmes ? Je me suis inquiétée pour toi quand j'ai vu que le soleil ne s'était pas levé ce matin. »

Toutes ces questions devaient trouver une réponse, mais le temps pressait.

« Oh, Elysia. Je n'ai aucune idée de la raison pour laquelle le soleil ne s'est pas levé, mais j'ai des choses plus urgentes à faire. D'abord, je dois voir Delijiah. Je lui dirai tout ce que je sais. »

Elle acquiesça. « C'est vrai ! Bien sûr ! Tu dois lui faire votre rapport. »

Ce n'était pas la seule raison pour laquelle j'avais besoin de voir la reine, mais j'ai décidé de ne pas le dire immédiatement à mon amie. Plus vite j'aurais le vaisseau de transport des âmes, plus vite je pourrais récupérer l'âme de Matthew.

Elysia a ajouté : « Je peux venir aussi ? ».

Je lui ai souri. « Bien sûr ! »

Alors que nous courions ensemble, j'ai souri en voyant que notre domaine n'avait pas changé depuis mon départ. Des nymphes se baignant dans les eaux lumineuses des rivières entourant les vallées. D'énormes saules dont les feuilles dansaient dans le vent. Au loin, je pouvais voir les âmes se déverser dans le bassin de brume. C'était la zone d'attente. Les juges étaient assis dans leur maison. De temps en temps, l'un d'entre eux sortait, pêchait une âme dans le bassin et l'amenait à l'intérieur de la maison. Ils regardaient la vie passée de l'âme et décidaient ensemble de son sort. C'était une tâche longue et ardue, et j'espérais seulement que l'âme de Matthew était encore là. Un nœud se forma dans mon estomac à l'idée que j'arrive trop tard. Comment pourrais-je envisager de vivre sans lui ?

Enfin, j'ai pu voir Delijiah de loin. Elle était debout dans sa longue robe rose. Ses cheveux blancs étaient relevés dans son habituel chignon. Elle donnait des ordres aux autres nymphes des âmes et instruisait les plus jeunes.

« Ma reine », ai-je dit solennellement.

Elle sourit. « Ah, Elisen. Tu es enfin de retour. »

« Oui, je suis venu faire mon rapport. »

Je lui racontai tout, tandis qu'Elysia écoutait attentivement. Elles ont tremblé de peur quand j'ai raconté comment j'avais été prise en otage par ces voyous, presque morte de soif et de faim. Puis je leur ai raconté comment une bande de loups-garous et d'humains m'ont libérée, comment ils m'ont soignée et remise sur pied. Puis je leur ai parlé du nécromancien et de l'armée de zombies.

« Un nécromancien ! » s'exclama Delijiah avec haine. « Ces êtres immondes sont les seuls capables de perturber à ce point le flux des âmes. Il faut l'arrêter ! »

Elle s'apprêtait à convoquer des gardes quand je l'ai interrompue : « Je sais comment l'arrêter, ma reine. »

Elle haussa un sourcil. « C'est vrai ? Comment ? »

J'ai pris une grande inspiration. « Je dois emprunter le vaisseau de transport d'âme. »

Delijah fronça les sourcils. « Pourquoi aurais-tu besoin du vaisseau de transport d'âme ? »

Je déglutis difficilement, mon cœur battant la chamade et mes mains tremblantes. « Je dois récupérer une âme.... » J'ai hésité, puis j'ai décidé qu'il valait mieux tout dire. « L'âme de mon compagnon de destin ».

Elysia sursauta à ces mots, puis mit une main sur sa bouche lorsque Delijah la fixa.

« Ton compagnon de destin » ? demanda froidement Delijah.

« Oui, ma reine. La déesse de la lune m'a donné un compagnon de destin. »

Elle se moqua de moi. « C'est scandaleux ! Les nymphes des âmes n'ont pas de compagnons prédestinés ! »

« Je sais, ma reine. Mais pourtant, je l'ai rencontré. Il m'a sauvé la vie. Et maintenant, je dois sauver son âme. »

Elle a serré ses lèvres l'une contre l'autre, me fixant sévèrement. « Est-ce que tu… l'aimes ? »

J'ai acquiescé et je me suis mordu la lèvre inférieure. « Oui, je l'aime. Et je ne peux pas imaginer vivre sans lui. »

Ses joues devinrent rouges. Ses mots étaient aussi froids que la glace, « Les nymphes des âmes n'aiment pas, Elisen. Nous sommes une race pure. Nous ne nous impliquons pas dans ces bassesses. Tu aurais dû le savoir. »

« Mais pourquoi ? » ai-je demandé. « Pourquoi est-ce mal d'aimer ? »

Elle s'approcha, son visage n'étant plus qu'à quelques centimètres du mien, crachant ses mots avec dédain : « Les nymphes des âmes sont une race pure, née du chaos du royaume de l'âme. Nous ne nous attardons pas sur des sentiments insignifiants comme l'amour. Pourtant, de temps à autre, il semble qu'une nymphe des âmes soit entachée de tels sentiments… Cela ne fait que jouer avec votre jugement. Manifestement, le tien a été lésé aussi. C'est vraiment dégoûtant. »

« S'il vous plaît, ma reine. Je dois le sauver. »

Elle s'est détournée de moi. Regardant Elysia, elle dit avec autorité : « Emmène-la. Elle a été souillée. C'est dommage. » Elle fit un geste de la main, la haine s'infiltrant dans sa voix, « Enferme-la dans la cellule des esprits. »

Elysia s'inclina devant la reine. « Oui, ma reine ».

Elysia me regarda avec un visage triste, attrapant mes bras et les bloquant avec des menottes magiques en chuchotant, « Je suis désolée. Je dois suivre les ordres. »

La panique s'est emparée de moi. Je ne pouvais pas aller dans la cellule des esprits. Ils l'utilisent pour les nymphes dissidentes qui ont enfreint les règles et commis des crimes, comme cette nymphe qui prenait les bonnes âmes et les envoyait aux Enfers pour s'amuser. Ou celles qui ont décidé de laisser entrer les pires âmes meurtrières dans les plaines élyséennes. Mais moi, je n'avais rien fait ! Je ne méritais pas d'y aller.

Ils ne vous immobilisaient pas physiquement, ils contrôlaient votre esprit. Le Rialtóir était chargé de contrôler l'esprit des prisonniers. C'était une créature géante à fourrure avec une tête noire comme un chat, deux ailes aux plumes dorées et des pattes comme un renard. La bête avait été créée par Psyché et Hypnos. Elle avait été donnée aux nymphes des âmes en récompense de leur dur labeur. La créature était amicale et les jeunes nymphes avaient l'habitude de se blottir dans sa fourrure. Enfant, je jouais tout le temps avec elle. Jamais je n'aurais imaginé craindre cette créature.

Je voyais déjà le Rialtóir avec des dizaines de nymphes debout, bouche bée, fixant le vide. Elles étaient sous son contrôle. Il n'était pas nécessaire de les retenir. Elles resteraient là, debout pour l'éternité, vivant dans un rêve à jamais. Personne ne savait ce qu'elles voyaient, et je ne voulais pas le découvrir.

« Elysia, s'il te plaît. Je suis ton amie. Ne fais pas ça. »

Elle se mordit la lèvre inférieure. « Est-ce que c'est vrai ce que tu as dit ? Es-tu vraiment tombée amoureuse de cet homme ? »

« C'est un loup-garou. Et oui, je suis tombée amoureuse de lui. »

« Mais les nymphes des âmes ne tombent pas amoureuses. Je n'ai jamais rien ressenti de tel. »

« Je sais. Mais je n'ai pas choisi ça ! »

Elle fronça les sourcils. « Comment as-tu pu ne pas choisir cela ? »

« On ne choisit pas d'aimer quelqu'un. Cela vient simplement du fond de ton cœur et de ton âme. »

Elysia a eu l'air pensif pendant un moment. Cela me paraissait tellement injuste d'être condamnée à la prison pour quelque chose qui n'était pas de ma faute.

« Qu'est-ce que ça fait ? » murmura Elysia.

« Quoi ? »

« Aimer quelqu'un. »

J'ai réfléchi un instant. Décrire l'amour était difficile, d'autant plus que c'était nouveau pour moi.

« C'est une sensation extraordinaire, Elysia. Prendre soin de quelqu'un comme on ne l'a jamais fait auparavant. C'est bien plus que de l'amitié. Vouloir être là pour lui, renoncer à tout. Comme s'il devenait la personne la plus importante pour toi. Et lorsqu'il t'aime en retour, ton cœur bat très fort. C'est comme le plus beau cadeau que l'on puisse te faire ».

Elysia a compris ce que j'ai dit et a souri. « Ça a l'air merveilleux ».

« C'est vrai ! Et ce n'est pas juste que je sois punie pour ce sentiment. »

Elle détourna le regard tandis que nous continuions à marcher. Je me rapprochais trop du Rialtóir à mon goût. Il fallait que je m'éloigne, et vite ! Soudain, Elysia s'arrêta. « Pourquoi as-tu besoin du vaisseau de transport d'âme ? »

Je l'ai regardée dans les yeux. « Matthew a été tué par le nécromancien. Nous nous battions avec lui. Je dois récupérer son âme et la rendre à son corps avant qu'il ne soit trop tard. »

Elle m'a regardé avec surprise. « Tu te battais contre le nécromancien ? »

J'ai acquiescé. « Oui ! »

Elle a regardé le Rialtóir, puis m'a regardé. « Je vais avoir de gros ennuis pour ça. »

Mon cœur s'est mis à battre la chamade dans ma poitrine à ses mots. « Dis que c'est de ma faute. Que je t'ai attaqué et que je me suis enfuie. »

Elle a hoché la tête, puis m'a enlevé les menottes en murmurant : « Cours ! Vite, mon ami. Ramène-le. »

Des larmes ont coulé sur mes joues. « Merci beaucoup, Elysia. »

Elle a souri et m'a fait signe tandis que je courais vers le palais aussi vite que possible.

Le palais de la reine fut bientôt visible. Il était situé au sommet d'une colline. Des escaliers massifs en pierre y menaient. À la base du château se trouvaient des piliers de cristal et d'or et des arcs massifs décorés de feuilles d'or. Le deuxième étage était plus massif que le premier, avec une terrasse sur le toit montée par des tours d'or à chaque coin. De nombreuses statues rondes d'un blanc perle, décorées de délicats motifs de fils d'or, étaient alignées près du château. Nous les appelions les larmes de la déesse. Personne ne savait vraiment de quoi elles étaient faites, mais elles représentaient la pureté et la tâche divine qui avait été confiée à notre race : transporter les âmes dans l'au-delà.

Je restais dans l'ombre autant que possible, essayant d'éviter d'être repérée par les gardes. Lorsque je fus assez proche du château, je me demandai comment me faufiler à l'intérieur. Des gardes étaient postés à chaque entrée, et il n'y avait aucun moyen d'entrer sans être vue. Je pouvais encore voir la reine dans les champs en train de donner des ordres. C'était parfait, car elle ne serait pas à l'intérieur du château. Je n'ai pas vu de panique ni de mouvement chez les gardes. Cela signifiait que la reine ignorait que je n'étais pas dans la cellule spirituelle. Je devais utiliser cela à mon avantage.

J'ai monté les escaliers par l'une des entrées secondaires du château. Celle qui se trouvait à l'extrême droite de celui-ci. L'un des gardes en service était Carleon. C'était l'un de mes bons amis et l'un des seuls mâles de notre race. Personne ne comprenait pourquoi, mais depuis que nous ne nous reproduisions plus, presque toutes les nymphes étaient des femmes. L'évolution de la race en avait décidé ainsi. Mais certains pensaient que pour qu'un mâle naisse, l'âme devait être soumise à différents niveaux de magie ou recevoir la magie d'un Dieu ou d'une Déesse différente avant de naître. D'autres pensaient simplement que le royaume des âmes avait changé au fil des siècles et que les conditions requises pour les nymphes mâles n'étaient plus réunies.

Je ne connaissais pas l'autre garde. Elle était grande et musclée, et j'espérais que Carleon me laisserait entrer. Je me dirigeai vers eux d'un pas nonchalant.

« Bonjour, Carleon ! Je suis ravie de te voir ! »

Il a souri à mon approche, ses yeux jaunes étant remplis de joie à ma vue.

« Elisen ! Je n'avais pas entendu parler de ton retour ! Comment s'est passée l'enquête ? »

Une idée m'est venue à l'esprit. « Ça s'est bien passé ! Et j'ai trouvé la source de la perturbation du flux de l'âme ! »

Ses yeux s'écarquillèrent. « Vraiment ? Qu'est-ce que c'est ? »

J'ai souri, inventant un mensonge qui me permettrait d'entrer dans le palais, « Oh, juste un très gros sielûnn qui bloque le flux de la rivière des âmes. »

Carleon fut surpris. « Vraiment ? D'habitude, ils ne sortent pas du royaume des âmes. »

Les sielûnns étaient des créatures éthérées qui dévoraient les âmes. Leur peau était grise et ils avaient des ailes. Ils se tenaient sur leurs pattes arrière et avaient une longue queue. Leurs yeux brillaient d'une couleur turquoise dans l'obscurité. Ils étaient en général relativement petits, ne mesurant pas plus d'un mètre cinquante. Carleon avait raison, ils ne sortaient généralement pas de notre royaume, car il était plus facile pour eux de se régaler d'âmes ici. Mais il fallait que mon mensonge soit crédible.

« Je sais ! J'ai été surprise moi aussi ! Mais celui-ci est bien plus grand que d'habitude ! Il a trouvé un endroit où la rivière des âmes coule en dehors de notre domaine. D'après ce que j'ai vu, il a mangé beaucoup plus que ce qu'il aurait dû. »

Les deux gardes gloussèrent à ma dernière phrase. J'ai continué, « Quoi qu'il en soit, j'ai besoin d'emprunter le vaisseau de transport d'âme. »

Carleon demanda : « Pourquoi ? »

« Comme il est trop gros pour que je le transporte comme nous le faisons d'habitude, je vais le récupérer dans le vaisseau de transport d'âmes et le remettre à sa place. »

Carleon fronça les sourcils et réfléchit un instant.

« Hum… C'est vrai que le vaisseau de transport d'âme peut aussi transporter des créatures éthérées. C'est une bonne idée. Penses-tu qu'il pourra y entrer ? »

J'ai acquiescé. « N'oublie pas que les créatures éthérées peuvent changer de forme et de taille lorsqu'elles sont aspirées par un appareil. »

Il sourit. « C'est vrai ! Je l'avais oublié. Vas-y, alors. »

Au moment où j'allais entrer dans le château, l'autre garde a demandé : « La reine est-elle au courant ? »

Mon cœur a battu la chamade. J'ai souri, essayant de cacher ma peur d'être exposée. « Bien sûr ! Elle m'a demandé d'aller la chercher elle-même. »

L'autre garde fronça les sourcils. « Alors où est son décret royal ? »

« Elle n'a pas eu le temps d'en faire un. C'est tellement urgent qu'elle m'a envoyé tout de suite ! »

J'espérais que mon excuse serait suffisante. La gardienne a plissé les yeux en me regardant, mais Carleon a hoché la tête et s'est adressé à elle : « Tu peux faire confiance à Elisen, je la connais depuis des années. »

L'autre garde nous a examinés, lui et moi, pendant ce qui m'a semblé être une éternité, avant de finalement acquiescer. Soulagée, je me précipitai à l'intérieur du château avant qu'ils ne changent d'avis.

J'ai marché dans le long couloir. Il y avait des rangées de colonnes de marbre de chaque côté. Elles étaient décorées de motifs dorés représentant des ailes de griffon au sommet, jusqu'à ce que les motifs rejoignent les arcs dorés du plafond. Je n'avais jamais remarqué avant aujourd'hui à quel point le château respirait l'opulence. Maintenant que je l'avais remarqué, cela me dégoûtait. Si notre race était censée être si pure, nous n'avions pas besoin d'autant de luxe. La reine ne cessait de le répéter.

Pendant une minute, je me suis demandé s'il y avait plus que ce que l'on voit chez elle. Tout le monde menait une vie simple. Elle était la seule à vivre dans un château aussi extravagant. Cachait-elle quelque chose ? D'où cela venait-il ? Pourquoi était-elle si désireuse de m'emprisonner parce que j'avais des sentiments pour quelqu'un ? Aimer quelqu'un rendait-il notre race moins pure ? Essayait-elle de taire quelque chose ?

Le trône était juste devant moi, mais je me tournai vers la chambre à ma gauche. Je savais que le transporteur d'âmes s'y trouvait, mais je ne m'y étais jamais aventurée. Seule la reine était autorisée à s'y rendre. Je l'avais vue aller le chercher une fois dans le passé.

J'ai été stupéfaite par ce que j'ai vu en ouvrant la porte. La pièce était remplie d'étagères contenant des trésors et des reliques. Je n'avais aucune idée de leur provenance, mais cette pièce contenait une fortune. C'était choquant. Pourquoi personne ne connaissait-il ces objets ? Je n'avais pas le temps de comprendre. Le temps était compté !

J'ai étudié attentivement les étagères quand j'ai enfin vu le transporteur d'âmes. Il avait la forme d'une boîte avec un couvercle arrondi. Des runes anciennes gravées en or ornaient le couvercle. De la poussière et des pétales magiques flottaient autour de la boîte, retenus par la magie du transporteur. Je l'ai prise et je suis sortie de la pièce.

En revenant dans le long couloir, j'ai entendu des pas. La reine était là avec Carleon et l'autre garde. Les yeux de la reine se sont agrandis et sa bouche s'est ouverte en me voyant.

Elle a crié : « Elle a le transporteur d'âme ! Arrêtez-la immédiatement ! »

Les yeux de Carleon se sont fixés sur les miens. J'y ai lu de la surprise, de la déception et de la tristesse. Je savais que je l'avais trompé, j'avais utilisé notre amitié pour gagner sa confiance. J'espérais avoir un jour l'occasion de tout lui expliquer. Peut-être qu'Elysia le lui dirait ?

« Reste où tu es ! », me cria-t-il sévèrement. « Ne rends pas les choses plus difficiles qu'elles ne le sont déjà ».

J'ai murmuré le mot « désolé » avant de sprinter vers la chambre de la reine qui se trouvait devant moi. J'entendais les pas derrière moi qui essayaient de me rattraper. La chambre de la reine avait une grande fenêtre. J'ai attrapé un vase qui se trouvait sur un bureau, en espérant qu'il soit assez lourd, et je l'ai lancé sur la fenêtre. Je fus soulagée lorsque le verre se brisa. Les pas se rapprochaient. Je me suis retournée, voyant le visage de mon ami une dernière fois. Mon cœur s'est emballé et j'ai sauté par la fenêtre brisée sans réfléchir.

La panique m'a envahi lorsque j'ai réalisé que ma chute prenait plus de temps que prévu. Je ne savais pas que ce côté de la colline donnait sur une coupe directe et abrupte. La douleur m'a traversé les pieds et les jambes lorsque j'ai touché le sol. J'ai levé les yeux vers la tête de la reine qui m'observait par la fenêtre. Carleon n'était pas avec elle, et je devinais que lui et l'autre garde étaient en train de descendre les escaliers de l'autre côté pour me poursuivre. Je me suis relevée, mes jambes me faisaient mal, mais j'étais indemne. J'ai commencé à courir en direction du bassin de brume aussi vite que possible.

Chapitre 13 (Serena)

Premier baiser

Nous marchions en silence depuis quelques heures. J'ai entendu un grognement à ma droite. Je n'ai pas eu le temps de vérifier d'où il venait avant que Jasper ne m'attrape et ne me pousse sur le sol. J'ai levé les yeux et j'ai vu Jasper se battre avec un grizzli. Je n'avais aucune idée d'où il venait, mais j'étais reconnaissante que Jasper soit là pour moi. L'ours avait l'air vieux et fort. Il était sur ses pattes arrière, ses pattes avant sur les épaules de Jasper. La bête grognait violemment et essayait de le mordre. Sa mâchoire s'approchait dangereusement du visage de Jasper. Sa force vampirique lui permit de repousser l'ours, mais je ne savais pas pour combien de temps. Même si la bête était dangereuse, je ne voulais pas qu'elle meure. Nous étions probablement sur son territoire, ou peut-être essayait-il seulement de protéger ses bébés.

J'ai crié à Jasper : « Ne le tue pas ! »

Il a tourné la tête vers moi en se battant. « Si je ne le tue pas, il nous tuera tous les deux. »

J'ai crié, « Attends ! »

Je me suis levée et j'ai commencé à chanter un sort : « *Quiesco, remisi, quietus...* »

Un vent chaud soufflait autour de nous. J'ai continué à chanter les mots. L'ours a cessé d'attaquer et est retourné sur ses quatre pattes. L'ours me regardait curieusement. Il a écouté un moment, hypnotisé par mes paroles, puis il s'est retourné et s'est éloigné lentement.

Jasper me regardait en souriant.

« C'était impressionnant ! »

Je rougis à son commentaire. « Merci. »

« Tes pouvoirs sont utiles ! Si tu n'avais pas été là, je n'aurais pas eu d'autre choix que de tuer la bête. »

Puis je me suis souvenue qu'il venait de me sauver la vie.

« Merci de m'avoir sauvé de l'ours. Comment l'as-tu vu ? »

Il sourit. « Je suis un vampire. Je l'ai immédiatement senti. »

Il a dit cela comme si c'était une évidence pour tout le monde.

« C'est vrai, mais tu n'avais pas besoin de me protéger. »

Il a fait un clin d'œil. « J'aurais été un mauvais ami si je l'avais laissé te tuer ».

J'ai gloussé. « On est amis maintenant ? »

Il me regarda avec un sourire en coin. « On ne l'est pas ? »

Son sourire en coin était si beau que je me suis surprise à penser que j'aimerais bien goûter ces lèvres.

Je lui ai souri. « Je suppose que oui ».

Jasper sourit et fit un clin d'œil. « Alors, allons-y, mon amie ».

Nous avons marché et parlé pendant un moment. Je ne sais pas exactement quand j'ai cessé d'avoir peur de Jasper et quand j'ai commencé à désirer ses lèvres. Tout ce que je savais, c'est que plus je le connaissais, plus je l'appréciais. Il était gentil et intelligent. Il était beau, même si je ne le lui dirais jamais. Sa présence me faisait me sentir en sécurité. Mon cœur battait toujours plus vite que d'habitude, mais je savais que ce n'était pas à cause de la peur. La proximité de Jasper avait cet effet sur moi. Cela paraissait bizarre, je venais à peine de le rencontrer. Je me demandais si j'étais saine d'esprit. Se pourrait-il que Jasper soit mon compagnon prédestiné ? Je savais que la déesse de la lune créait un lien indéniable, enflammant votre âme lorsque vous rencontrez votre compagnon, rendant toute résistance impossible. Je n'avais jamais rien vécu de tel. Je me demandais ce qu'il pensait de moi. Existait-il des compagnons pour les vampires ? Pouvait-il sentir l'attraction qui s'exerçait sur nous ? Je n'oserais jamais lui demander.

En peu de temps, le sanctuaire d'Hemera est apparu. Du moins, c'est ce que j'ai supposé. C'était la seule structure que nous avions vue, alors j'ai pensé que ça devait être son sanctuaire. Une grande arche encadrait l'entrée. Quatre statues géantes de Titans protégeaient son sanctuaire. Elles étaient au moins deux fois plus hautes que moi et toujours en bon état. Les murs de son sanctuaire étaient faits de pierres. Devant, il y avait un jardin de coquelicots. Les fleurs étaient fermées parce qu'il faisait nuit, mais on pouvait quand même voir de quelles fleurs il s'agissait. Le rouge des fleurs contrastait avec le gris des rochers dont était fait le sanctuaire.

« Je suppose que c'est ici », commenta Jasper.

J'ai acquiescé et je suis restée près de lui pendant que nous marchions à l'intérieur du sanctuaire. Des morceaux de l'autel traînaient sur le sol. Tout avait été saccagé et détruit. Tous les portraits de la déesse avaient été endommagés. Pas un seul ne montrait encore son visage, mais on pouvait encore voir ses longs cheveux bruns couler sur ses hanches.

La peur m'envahit et mon cœur battait à toute vitesse. Et si le responsable était encore à l'intérieur ? Mes jambes étaient molles. Je voulais m'enfuir.

Jasper m'a serré la main en murmurant : « Ça va aller. Je ne laisserai rien t'arriver. »

Il s'est retourné pour me regarder, tandis que je le fixais avec des yeux écarquillés. Je me suis demandé un instant s'il pouvait lire mes pensées. Les vampires étaient-ils capables de faire une telle chose ?

Juste à temps, il gloussa doucement. « Les vampires sont des prédateurs. Je peux sentir ta peur et le sang qui coule dans tes veines. »

C'était logique, même si cela me mettait mal à l'aise de savoir qu'il pouvait sentir le sang pomper dans mes veines.

Il serra à nouveau ma main et tira doucement dessus. « Viens, nous devons aller plus loin. »

Je l'ai suivi. Nous nous sommes aventurés dans toutes les pièces du sanctuaire, chacune était dans le même état. Nous sommes arrivés dans la pièce la plus éloignée. Un grand trou avait été creusé dans le sol. De la terre et des débris jonchaient le sol. Je pouvais voir dans le trou un grand tunnel qui s'enfonçait dans les ténèbres.

Jasper chuchota : « Allons voir où cela nous mène ».

Il a tiré sur ma main, mais je l'ai retirée et j'ai secoué la tête.

« Non. Je dois faire un rapport à la meute. »

Il se tourna vers moi, ses yeux jaunes m'observant.

« Es-tu sérieuse ? »

J'ai expliqué : « En tant que meute, nous agissons ensemble. Je n'ai été envoyé que pour enquêter sur les causes de l'obscurité. Je ne peux pas y aller seule. »

Jasper s'est rapproché de moi, son corps touchant presque le mien. Je dus lutter contre ma volonté. Tout ce à quoi je pensais, c'était à quel point j'aimerais combler le fossé qui nous séparait.

Il souleva mon menton d'un doigt, m'obligeant à le regarder.

« Tu n'es pas seule. Tu es avec moi. »

J'ai souri. « C'est vrai. Mais quand même… »

Il ne m'a pas laissé terminer.

« De plus, nous savons qu'il y a un trou et que son sanctuaire a été détruit. Cela n'explique pas l'obscurité. »

J'ai réfléchi un instant. Il avait raison. Mais quand même… « Je me sentirais mieux si j'avais toute la meute avec moi. »

« Cela ne prendrait-il pas un jour ou deux ? Et si nous n'étions pas au bon endroit ? Et si ce n'était qu'une distraction et que le vrai problème était ailleurs ? Ne devrions-nous pas d'abord nous assurer que nous avons trouvé la source de cette nuit éternelle ? »

J'ai pincé mes lèvres et j'ai soupiré.

« Comment se fait-il que tu aies toujours raison ? »

Il rit de bon cœur.

« C'est la première fois que quelqu'un me dit cela. Mais je dois dire que je suis d'accord. » Il sourit, se frottant l'arrière de la tête. « Tu ferais mieux de te rappeler que j'ai toujours raison. »

J'ai ri moi aussi. Je n'aurais jamais pu garder mon sérieux.

Il n'attendit pas de réponse et fit un geste. « Viens ».

Il a passé sa main dans mon dos, me poussant doucement vers l'avant. La façon dont il m'a touchée a fait palpiter mon cœur dans ma poitrine. Il y avait un lien entre nous. Un lien plus profond que tout ce que j'avais pu ressentir auparavant. La seule explication plausible était qu'il était mon âme sœur, même s'il était un vampire. Cela allait à l'encontre de tout ce qu'on m'avait dit. Le destin n'était censé être possible qu'entre les loups-garous, les sorcières et les humains. Ou est-ce parce que les loups-garous et les vampires étaient des ennemis ancestraux qu'ils ne s'accouplaient pas ? La déesse de la lune n'a-t-elle jamais dit qu'il n'y aurait pas de compagnons vampires ?

Je suppose que je ne le saurai jamais, mais une question me tourmentait : est-ce qu'il le ressentait aussi ? L'idée que j'étais la seule à ressentir cette connexion s'est insinuée en moi, me rongeant de l'intérieur. Pourtant, je l'ai écartée et j'ai décidé de profiter de l'instant présent. Je me suis rapprochée de lui au fur et à mesure que nous marchions, jusqu'à ce que mon épaule le touche. J'étais heureuse qu'il ne s'éloigne pas de moi, comme si c'était naturel. Ses épaules étaient plus larges que les miennes et sa main se posa sur ma hanche tandis que nous nous aventurions dans le tunnel.

Ensemble, nous nous sommes aventurés dans l'obscurité du trou du sanctuaire d'Hemera. Près de Jasper, je me sentais en sécurité. D'un coup de poignet, j'ai invoqué une flamme dans ma main. Jasper me regarda fixement.

« C'est ce que j'ai vu plus tôt dans les bois. »

Je lui ai expliqué que je ne voyais rien dans le noir.

Il acquiesça. « C'est bon. Il suffit de ne pas trop s'éloigner et de rester à proximité. Nous ne savons pas ce qui se cache plus loin. »

Un frisson m'a parcouru le dos à cette pensée.

Le tunnel dans lequel nous marchions est devenu très étroit. À un moment donné, j'ai dû marcher devant Jasper, car il n'était pas assez large pour nous deux. Heureusement, il s'est rapidement élargi. Je me suis tournée vers Jasper pendant une seconde lorsque des griffes acérées m'ont transpercé le dos. J'ai hurlé de douleur, la flamme dans ma main s'éteignant alors que j'essayais de retirer la créature. Jasper se déplaça si vite que j'eus à peine le temps de le voir. Il tira sur la bête, l'arrachant de mon dos. La douleur se répandit lorsque je sentis ma peau se déchirer. Je tombai au sol, mes mains amortissant ma chute. Je me retournai pour voir Jasper se battre contre une créature ailée. Elle avait des griffes et des dents acérées, des oreilles pointues et des ailes de chauve-souris. Jasper a arraché les ailes de la créature, la faisant hurler de douleur. On aurait dit qu'il était fou de rage. Il n'arrêta pas de frapper jusqu'à ce que la créature tombe au sol et ne bouge plus, le sang s'accumulant sur le sol. Ce n'est qu'à ce moment-là qu'il se calma.

Il s'est approché de moi et m'a demandé doucement : « Tu vas bien ? »

J'ai grimacé sous l'effet de la douleur. Je sentais du sang chaud couler de mon dos.

J'ai sifflé de douleur. « Qu'est-ce que c'était que ça ? »

Jasper me tendit la main. « Un diablotin. Je déteste ces créatures. »

Jasper m'a fait me tourner pour regarder mon dos. Il m'a regardé avec des yeux inquiets, sa voix était pleine d'inquiétude, « C'est profond ».

Je lui ai souri et j'ai commencé à chanter un sort de guérison : « Sano, *curo, medeor* ».

Une énergie chaude m'envahit, engourdissant la douleur et me faisant me sentir mieux. Jasper me regardait quand j'ai arrêté de chanter. Je lui ai souri et lui ai montré mon dos.

« Tu vois ? Tout va bien. »

Il sourit lentement, les yeux brillants. « C'est un soulagement. »

Je souris. « Tu t'es vraiment inquiété pour moi ? »

Il hésita un instant. « Oui ».

Je me suis figée à ces mots. Je ne m'attendais pas à sa réponse. Mon cœur a battu la chamade à l'idée qu'il s'inquiétait pour moi.

Il a ajouté : « J'ai cru que tu allais mourir ».

Il réduisit la distance qui nous séparait, ses mains puissantes caressant doucement mes bras. Je regardai ces bras qui avaient écrasé le diablotin si facilement. Pourtant, ils étaient doux avec moi, et je me sentais en sécurité près d'eux. Je me penchai dans son étreinte, mes lèvres touchant presque les siennes.

J'ai murmuré : « Je ne vais pas mourir de sitôt. »

Ses lèvres ont frôlé les miennes et il murmura : « Je m'en assurerai ».

Dès qu'il a prononcé ces mots, ses lèvres se sont posées sur les miennes, et un gémissement s'est échappé de mes lèvres tandis que nous nous embrassions. Son baiser était possessif, comme s'il s'était retenu pendant si longtemps et qu'il était enfin autorisé à prendre ce qu'il désirait ardemment. Il était ma pluie tant attendue après une longue sécheresse, et j'en buvais chaque goutte. À ce moment-là, j'ai su que c'était fait pour durer, et je n'ai jamais voulu que cela se termine. Des mots non prononcés volaient autour de nous, mes mains parcouraient sa poitrine musclée. Mon cœur battait la chamade dans ma poitrine tandis que Jasper enroulait ses bras autour de mes hanches, m'attirant plus près de lui.

J'étais haletante lorsque nous avons rompu le baiser. Reprenant mon souffle, je l'ai regardé, toujours enveloppé dans ses bras, entouré de son parfum viril. Un silence gênant s'installa entre nous. Cela avait été si soudain. Nos cœurs exprimaient ce que nos esprits n'avaient pas encore compris.

Il a parlé avec hésitation.

« Je… ne sais pas ce qui m'a pris. Je suis désolé. »

Il avait l'air de se sentir mal de m'avoir embrassée, et je ne voulais pas qu'il se sente comme ça. J'en avais tellement envie !

J'ai répondu : « Ne sois pas désolé. C'est ce que je voulais. »

Ses yeux se sont illuminés à ces mots, mais je pouvais encore y voir le doute.

« Es-tu sûre ? Tu sais que je suis un vampire. Tu n'as pas peur de moi ? »

J'ai secoué la tête, laissant mes doigts parcourir sa poitrine distraitement.

« Nous sommes peut-être différents, mais j'apprendrai à te connaître. Et puis… je ne peux pas discuter avec la déesse de la lune. »

Jasper avait un regard curieux.

« La déesse de la lune ? Qu'est-ce que tu veux dire ? »

J'ai expliqué : « Mon peuple parle de compagnons prédestinés. Quelqu'un fait spécialement pour nous, décidé par la déesse de la lune elle-même. »

Jasper m'a caressé la joue avec le dos de sa main en répondant.

« Mon peuple parle aussi d'âmes sœurs. Je pensais que ce n'était qu'une légende. »

Je l'ai regardé dans les yeux et j'ai vu son âme.

Il poursuivit en souriant : « Pourtant, je ressens un lien avec toi. Plus profond que tout ce que j'ai pu ressentir auparavant. Quelque chose que je n'aurais jamais cru possible. Je n'ai jamais eu aussi peur que lorsque j'ai cru que tu allais mourir. Une rage m'a envahi. J'aurais détruit n'importe quoi pour te sauver. »

Je pouvais sentir sa tristesse et sa colère pendant qu'il parlait. J'ai posé ma main sur sa poitrine.

« Mais je vais bien. Je suis ici, grâce à toi. »

Il s'est immédiatement calmé.

Il m'a demandé : « Tu peux le sentir, n'est-ce pas ? »

J'ai acquiescé. « C'est vrai. Et je ressentirai davantage tes émotions au fur et à mesure que notre lien se renforcera. C'est ainsi que fonctionnent les âmes sœurs. On dit même qu'ils peuvent communiquer par la pensée. »

Il a souri, ses mains saisissant fermement mes hanches.

« Je suppose que les compagnons de destin sont vrais, alors ».

Je l'ai embrassé une fois de plus, ma langue dansant avec la sienne. Je ne me lasserai jamais de le goûter. Il posa son front sur le mien, me fixant profondément dans les yeux.

« Tu es la meilleure chose qui me soit arrivée », souffla-t-il.

Mon cœur battait fort à ses mots. Tout ce que je voulais, c'était rester dans ses bras.

« Je veux t'aimer pour le reste de ma vie », ai-je répondu en chuchotant.

Il m'a serré affectueusement, mais le fait d'être dans ce tunnel sombre m'a ramenée à la réalité. « On devrait peut-être y aller ? »

Il rit à ma question. « Je suppose que nous devons encore résoudre ce mystère. »

J'ai acquiescé. Ensemble, les doigts entrelacés, nous avons avancé.

PDV d'Elisen

Mes poumons me faisaient mal, mais j'ai continué à courir. Je n'entendais personne derrière moi, mais je n'osais pas me retourner. Ce qui comptait, c'était que j'atteigne le bassin de brume avant que l'âme de Matthew ne disparaisse. Enfin, la maison des juges fut en vue. Elle se trouvait à côté du bassin des âmes, avec un long balcon et une tourelle. Personne ne savait exactement à quoi servait la tourelle, et personne ne s'y aventurait jamais, mais elle était magnifique et donnait une allure grandiose à la maison. La brume imprégnait l'air et recouvrait le bassin, mais je savais qu'elle était là, à côté du saule.

J'étais maintenant assez proche pour voir les âmes qui erraient dans le bassin de brume, attendant l'arrivée des juges. Il y en avait des dizaines qui marchaient sans but précis. Je n'avais jamais été aussi près du bassin de brume auparavant. En tant que nymphe des âmes, je n'avais jamais eu à juger les âmes. Je devais seulement les guider vers l'au-delà. C'était surréaliste de voir cela.

Au fur et à mesure que je me rapprochais, le lien m'attirait. Il était faible au début, mais il s'est renforcé au fur et à mesure que je continuais à marcher. Les battements de mon cœur se sont accélérés et j'ai eu des papillons dans l'estomac. Cela signifiait que son âme était toujours là. Je devais le retrouver. J'ai cherché parmi les âmes et j'ai murmuré doucement d'une voix tremblante : « Matthew ? ».

Je savais que je ne pouvais pas me permettre de parler trop fort. Je ne voulais pas attirer l'attention des juges ou des nymphes qui travaillaient avec eux. Notre tâche la plus importante était d'assister les juges, je savais donc qu'ils n'étaient pas loin.

Soudain, j'ai entendu un murmure faible et lointain dans mon esprit : « Elisen ».

Mon esprit s'est concentré sur lui, notre lien m'attirant, et je l'ai soudain vu. Il se dirigeait vers la porte de l'au-delà, guidé par l'une d'entre nous. Je ne pouvais pas laisser faire ça. J'étais prête à tout risquer pour lui.

J'ai sprinté vers lui, en criant aussi fort que possible : « Non, Matthew ! Ne pars pas ! »

Plus je m'approchais, plus l'âme de Matthew commençait à briller. Même la nymphe qui l'accompagnait le regardait avec surprise. Quand j'ai fini par l'atteindre, il brillait tellement fort qu'il était difficile de le regarder. Dans mon esprit, je l'ai entendu prononcer deux mots, « âme sœur ». Je pouvais ressentir tout son amour et son bonheur à travers ces seuls mots, comme s'il s'agissait de la chose la plus importante qui soit.

« Qu'est-ce qui se passe ? » demanda la nymphe, stupéfaite.

Je lui ai souri. « C'est mon âme sœur ».

Elle était toujours là, figée par la surprise. J'ai tendu le vaisseau des âmes à Matthew en lui murmurant : « Tu dois entrer là-dedans. Ne t'inquiète pas. Bientôt, nous serons réunis. »

La nymphe a regardé le transport d'âme, stupéfaite : « Vous avez le vaisseau de transport ? »

Je lui ai fait un signe de tête et j'ai désigné l'âme de Matthew. « Oui, je l'emmène avec moi. »

Elle est restée bouche bée, ne sachant que faire. J'ai fait un geste vers Matthew. Il n'a rien répondu, mais a hoché la tête en connaissance de cause. Son âme disparut bientôt dans le vaisseau. J'ai ramené la relique contre ma poitrine. Je tenais la chose la plus importante et la plus chère à mon cœur. J'étais prête à sacrifier tout ce qui se trouvait sur mon chemin. Mais bientôt, je serais réunie avec lui.

Je n'ai pas attendu que la nymphe comprenne ce qui venait de se passer et j'ai commencé à courir vers la limite de notre royaume, vers la meute de Matthew.

Chapitre 14 (Serena)

Lac souterrain

Nous arrivâmes bientôt à une grande grotte. Un trou dans le plafond laissait filtrer la lumière de la lune. Un lac souterrain occupait le centre de la pièce. J'avais mal aux pieds d'avoir marché pendant des heures. Je n'avais aucune idée de l'heure qu'il était. Le fait que le soleil ne se soit pas levé ce matin n'arrangeait rien. Jasper s'est tourné vers moi.

« Tu te sens bien ? »

« Je suis juste fatiguée, je suppose. »

Il acquiesça. « C'est vrai. J'avais oublié que les humains ont besoin de beaucoup plus de sommeil que les vampires. »

Je l'ai regardé, surprise. « Vraiment ? »

Il hocha la tête. « Il me faut à peine quelques heures de sommeil pour me sentir frais et dispos. »

« C'est injuste. J'aimerais pouvoir dormir uniquement quelques heures de sommeil par jour. »

Il s'esclaffa. « C'est normal que tu te sentes fatiguée. Il est déjà tard dans la nuit. »

Je fronçai les sourcils. « Comment peux-tu dire ça ? Le soleil n'a même pas brillé aujourd'hui. »

« Je le sens. »

Il devait être agréable de pouvoir sentir l'heure du jour. Sans la lumière du soleil, j'étais perdue et je n'avais aucune notion du temps.

« Ça me fait regretter de ne pas être un vampire, moi aussi. »

Jasper fronça les sourcils. Ses mots étaient froids : « Être un vampire n'a pas que des avantages. Ne souhaite pas quelque chose quand tu ne sais pas ce que cela implique. »

Je l'ai étudié. Ses yeux avaient l'air blessés et je me demandais ce qui s'était passé dans sa vie pour qu'il se sente ainsi.

« Souhaiterais-tu ne pas être un vampire ? »

Il soupira. « Certains jours, oui… Mais je n'ai pas choisi cela. Je suis né comme ça. Maudit, avec toute la haine et les combats qui en découlent. »

Il s'est retourné vers moi lorsque j'ai posé ma main sur sa poitrine. Sa voix était lourde de la tristesse de ses expériences passées. J'aurais aimé qu'il les partage avec moi pour alléger le poids qu'il portait sur ses épaules.

« Je ne te déteste pas. »

Il a souri en attrapant ma main, frottant son pouce sur le dos de ma main.

« Alors je suis le vampire le plus chanceux de la planète. »

Il embrassa tendrement ma main, ses lèvres fraîches s'attardant un instant sur ma peau, puis ajouta : « Nous allons installer notre campement ici pour la nuit. Je vais aller repérer les environs ».

De multiples tunnels rejoignaient cette pièce. Je regardai Jasper partir en reconnaissance. Il était si fort, et pourtant j'ai vu un cœur brisé, une âme vulnérable, il y a à peine une minute. Quelqu'un qui avait besoin d'apaisement et d'amour. Je ne pouvais même pas imaginer les choses qu'il avait dû endurer dans sa vie. J'espérais tout savoir sur lui, afin de pouvoir soigner son âme blessée.

Je ne sentais pas de danger immédiat dans la grotte. Je me suis approché du lac. Le clair de lune et les étoiles s'y reflétaient, faisant scintiller l'eau. J'ai jeté un coup d'œil à mon reflet. J'avais les cheveux en désordre et du sang séché sur ma peau et mes vêtements.

Voyant que j'étais seule, j'ai enlevé mes vêtements. L'eau du lac était glacée, et j'ai retenu un cri en y plongeant mon pied. Du bout du doigt, j'ai invoqué une flamme et j'ai chauffé l'eau jusqu'à ce qu'elle soit bien chaude. Entrer dans le lac me donnait l'impression d'entrer dans un bain relaxant. Je laissai échapper une bouffée de soulagement, tous mes muscles se détendant au contact de l'eau chaude. J'ai attrapé mes vêtements et les ai rincés dans le lac. Cela n'enlèverait pas toutes les taches, mais c'était le mieux que je pouvais faire pour le moment. Je les mis à sécher sur un rocher, en leur jetant un sort de vent pour qu'ils sèchent plus vite.

Pendant que mes vêtements séchaient, je me suis baignée dans le lac. Je regardais les étoiles, relaxant dans l'eau chaude et nageais doucement. Tous mes soucis avaient disparu.

J'étais perdue dans mes pensées quand j'ai entendu : « Bon, les environs ont l'air sûrs… ».

Je me suis tournée vers Jasper. Il s'est figé en me voyant.

J'aurais dû me sentir timide, mais au lieu de cela, la chaleur m'a envahie. J'ai pris plaisir au regard que Jasper m'a jeté en me voyant, réalisant que j'étais nue dans l'eau. Mes seins étaient encore sous l'eau, mais j'ai souri en voyant le renflement de son pantalon. J'aimais le pouvoir que j'avais sur son corps.

Je lui souris. « Tu profites de la vue ? »

Il ne semblait pas savoir quoi répondre.

« Je suis désolé… Je ne savais pas. Je… »

Je l'ai arrêté. Mon corps réagissait à lui de la même manière que le sien.

« Tu ne le sens pas ? »

Il m'a regardé comme s'il venait tout juste de réaliser. J'étais sûre qu'il pouvait sentir ce que mon corps voulait. Un ronronnement s'échappa de sa poitrine, le son allumant un feu en moi.

Ses yeux étaient lubriques lorsqu'il a demandé : « Puis-je me joindre à toi ? »

Je me mordis la lèvre inférieure en acquiesçant. Je voulais le toucher de Jasper, le goûter ; je voulais tout de lui.

Il s'est déshabillé, me laissant admirer son corps. Je savais qu'il était musclé, mais c'était la première fois que je le voyais. Sa poitrine était large et ferme. Des cicatrices parsemaient son torse, témoignant des différentes batailles qu'il avait menées. Je le trouvais beau, et j'avais envie de faire courir mes doigts le long de ces cicatrices. Je voulais tout savoir sur son corps jusqu'à ce que je connaisse chaque centimètre de sa peau. Il a enlevé son pantalon, révélant son sexe dur. Je l'ai regardé fixement, attendant avec délice que son corps entre dans l'eau. La façon dont il soupira en entrant dans l'eau me donnait encore plus envie de lui.

« Depuis quand les lacs souterrains sont-ils chauds ? »

J'ai souri en nageant vers lui.

« Depuis que je l'ai chauffé ».

J'ai mis mes mains derrière son cou et j'ai enroulé mes jambes autour de sa taille. Il m'a soulevée dans ses bras, en m'attrapant les fesses. Mes seins ont frôlé sa poitrine.

« Magnifique », souffla-t-il.

Je l'ai embrassé avec avidité. Son contact me faisait perdre la tête. Ses mains parcouraient mon corps, faisant apparaître la chair de poule. Je m'enivrais de lui et je ne voulais plus jamais m'arrêter.

Il a murmuré entre deux respirations : « Je n'ai aucun doute sur le fait que tu es mon âme sœur ».

J'ai sursauté lorsqu'il a commencé à mordiller mon mamelon en érection.

J'ai réussi à répondre : « Et tu es le mien ».

Un ronronnement de satisfaction s'échappa de sa poitrine et se répercuta en moi. C'était un son apaisant et affectueux. Je me sentais la femme la plus choyée à ce moment-là.

Il m'a regardé dans les yeux et m'a demandé : « Alors, me permets-tu de te faire mienne ? »

J'embrassai à nouveau ses lèvres, ne voulant pas briser cette chaleur qui circulait entre nous, mon corps désirant toujours le sien alors que son érection se pressait contre moi.

« Comment vas-tu me faire tienne ? »

Ses yeux clignotèrent et ses canines dépassèrent légère-ment de ses lèvres. « J'ai besoin de te mordre et de boire ton sang. »

J'ai tressailli à ses mots. Je n'avais jamais été mordu par un vampire, ce qui semblait effrayant, mais il ajouta rapidement.

« Tu ne sentiras pas la douleur. C'est l'une des connexions les plus profondes et les plus intimes que nous puissions partager. Je te jure que tu vas adorer. »

À ces mots, je me suis détendue dans ses bras. La curiosité m'a envahie. Cette relation intime me paraissait attirante. J'ai poussé mes hanches, le bout de sa bite entrant à peine dans ma chatte dégoulinante, ce qui lui a valu un grognement.

« D'accord. Fais-le ». Mes mots roulèrent contre son cou avant que je ne lèche sa peau délicieuse, mordillant le lobe de son oreille.

Il a pris ma poitrine dans sa main et a laissé une traînée de baisers dans mon cou. J'ai gémi lorsqu'il a commencé à faire des cercles sur mon clito, le plaisir montant en moi. « Dis mon nom, mon amour. Je veux l'entendre sur tes lèvres. »

Je fermai les yeux et me laissai bercer par l'amour et le plaisir d'un délicieux moment d'intimité avec le vampire dont j'étais tombée amoureuse. Je levai la tête vers le ciel, cambrant le dos en criant de plaisir : « Jasper ! ».

Il a grogné ; ses yeux étaient affamés de désir lorsque j'ai joui sur son doigt.

« Bonne fille », a-t-il murmuré sur mes lèvres alors qu'il me dévorait, nos langues dansant l'une contre l'autre. J'ai haleté lorsqu'il est entré en moi, mes parois se resserrant sur sa bite dure. Le plaisir m'envahit tandis qu'il entrait et sortait de moi, porté par les vagues du lac. Ses dents ont effleuré mon cou. J'ai penché la tête, repoussant mes cheveux pour qu'il puisse y accéder facilement.

« Putain, tu me rends folle », ronronna-t-il sur ma peau.

Alors qu'il poussait plus fort, j'ai enfoncé mes ongles dans son dos, un doux cri de plaisir s'échappant de mes lèvres. J'ai poussé sa tête vers mon cou, indiquant clairement que je voulais qu'il le fasse. Une douleur aiguë m'a frappée lorsque ses canines ont percé ma peau, instantanément remplacée par une vague d'extase. Il continua à me pénétrer en buvant mon sang. À cet instant, je pouvais ressentir ses émotions, son plaisir, tout ce qu'il était. C'était une sensation indescriptible ; nos cœurs battaient à l'unisson. Dans ce tourbillon parfait, mon âme s'emmêlait à la sienne pour ne plus jamais se démêler.

Il a poussé fort en moi, me poussant à bout. Mes parois palpitaient autour de lui et je ne pouvais m'empêcher de pousser un cri de plaisir. Je ne sais pas combien il a bu, mais il a retiré ses dents de mon cou à un moment donné, sa langue s'attardant sur l'endroit qu'il avait mordu. Il a continué à pousser, une vague de plaisir après l'autre m'envahissant. Il a grogné fort lorsqu'il s'est finalement laissé aller à jouir, en criant mon nom.

J'ai posé ma tête sur son épaule et je me suis prélassée dans les eaux chaudes du lac, profitant de ce moment parfait. J'ai entendu dans mon esprit *: « Tu n'as pas idée de combien je t'aime. »*

J'ai souri et j'ai répondu à voix haute : « Je t'aime aussi, Jasper ».

Jasper m'a regardé et a souri.

« Donc, tu peux m'entendre. »

Je lui ai répondu par un sourire.

« Il semble que oui ».

« Bien, alors tu ne te sentiras plus jamais seule. »

Je me suis figée en réalisant qu'il avait ressenti mes pensées les plus intimes. Tous ces moments où je m'étais sentie seule, mais dont je n'avais parlé à personne. Il avait vu tous les sentiments que je n'osais pas admettre, même à moi-même. C'est dire la profondeur du lien qui nous unissait. C'était effrayant de voir que je ne pouvais rien lui cacher, mais lui non plus. Et grâce à ce lien, j'ai appris à le connaître mieux que je n'aurais jamais pu le faire.

Son passé était rempli de tant de solitude. J'étais heureuse de l'avoir trouvé.

« Tu avais raison », ai-je murmuré.

« À propos de quoi ? »

« J'ai adoré quand tu as bu mon sang. C'était tellement… »

J'ai cherché un moyen de décrire le bonheur que j'ai ressenti lorsqu'il m'a mordu, mais les mots ne suffisaient.

Il a terminé ma phrase : « C'est parfait, n'est-ce pas ? »

J'ai acquiescé et il a ajouté : « Tu es le doux nectar qui a été fait spécialement pour moi ».

J'ai respiré. « Alors, ne me laisse jamais ».

Il m'a souri.

« Tu es la meilleure chose qui me soit arrivée. Je resterai à tes côtés pour toujours. Je donnerais ma vie pour toi. »

Je pouvais sentir la sincérité dans ses mots alors qu'il m'embrassait. Ses beaux yeux me fixaient. Mon cœur battait la chamade et je me disais que j'avais de la chance de l'avoir rencontré.

« Je le sais depuis le moment où j'ai posé les yeux sur toi », a-t-il chuchoté, avant d'ajouter : « Tu devrais probablement te reposer. Une longue journée nous attend demain ».

Nous sommes sortis du lac et nous nous sommes habillés. J'appréciais le fait que Jasper ait décidé de rester torse nu. Cela me permettait d'admirer ses muscles. J'ai allumé un feu près de nous pour nous réchauffer. Je m'allongeai près du feu, Jasper se couchant à mes côtés et me caressant la joue.

« Je ne m'attendais pas à trouver quelqu'un qui me ferait ressentir cela. »

Ce lien entre nous était puissant. Je n'avais jamais pensé qu'il était possible d'aimer quelqu'un autant, aussi vite. C'était comme si mon âme le connaissait depuis de nombreuses vies. J'avais l'impression de connaître chacun de ses secrets les plus profonds, de le comprendre comme personne d'autre ne pouvait le faire.

Je lui ai chuchoté : « Je ne m'y attendais pas non plus. »

Il s'esclaffa. « Je croyais que les compagnons de destin n'étaient que des légendes ».

Son corps était frais contre le mien. C'était bon et rafraîchissant.

Je lui ai avoué : « Je n'ai jamais pensé qu'un vampire serait mon compagnon ».

Sa voix était inquiète quand il a demandé : « As-tu eu peur de moi ? »

Je lui ai dit la vérité : « Je l'étais. Mais plus maintenant. »

Il m'a pris la main et m'a embrassé les jointures.

« Je ne te ferais jamais de mal. Tu es plus précieuse pour moi que le plus gros des diamants. Tu es plus belle que la plus belle des fleurs. »

Mon cœur battait si fort dans ma poitrine que tout ce que je pouvais murmurer en retour était son nom.

J'ai fait courir mes doigts le long des cicatrices sur sa poitrine.

L'inquiétude emplit sa voix lorsqu'il demanda : « Tu les trouves hideuses n'est-ce pas ? ».

« Comment peux-tu penser une telle chose ? Je veux tout savoir sur toi. Je veux entendre l'histoire derrière chacune de tes cicatrices. »

Un sourire nostalgique se dessina sur son visage.

« Elles ne sont pas aussi héroïques que tu le penses. Mon père était un vampire très strict. Il disait toujours que les gardes royaux devaient être forts. Il avait l'habitude de me frapper et de me fouetter tous les soirs. »

J'ai sursauté à ses mots, l'horreur et la tristesse emplissant mon cœur.

Ma voix tremblait : « Comment a-t-il pu faire ça à son propre fils ? »

Ses yeux se fixèrent profondément dans les miens tandis qu'il frotta amoureusement son pouce sur ma lèvre inférieure.

« Ne sois pas triste, mon amour. Il l'a fait pour que j'apprenne à supporter les difficultés des combats. Il l'a fait jusqu'à ce que je ne pleure plus. Ma peau s'est épaissie, me rendant plus résistant pour la guerre. »

Je ne pouvais même pas comprendre comment un père pouvait être cruel envers son enfant. J'avais une famille si aimante.

Les loups-garous s'occupaient les uns des autres, apprenaient patiemment aux enfants et les faisaient grandir avec amour. Les vampires avaient l'air très différents, et je me demandais s'ils étaient tous comme ça ou si Jasper n'avait pas eu de chance.

J'ai embrassé l'une de ses cicatrices.

« Alors, laisse-moi embrasser chacune de ces cicatrices jusqu'à ce que j'efface les souvenirs de la façon dont elles ont été créées. »

Il a pris mon visage et m'a embrassée avec amour, me serrant fort dans ses bras et me murmurant à l'oreille : « Qu'est-ce que j'ai fait pour avoir une compagne aussi parfaite ? Tu devrais dormir. Même si je n'ai pas besoin de me reposer autant que toi, je te serrerai dans mes bras toute la nuit. »

J'ai fermé les yeux et je me suis endormie, enveloppée dans l'amour de Jasper.

Je me suis réveillée dans les bras de Jasper. Il dormait encore. Je me demandais quelle heure il était puisque la lune était encore dans le ciel. Cette nuit durait depuis plus de vingt-quatre heures maintenant. J'espérais qu'aujourd'hui nous trouverions la cause de tout cela. Jasper s'agita dans son sommeil. Bientôt, ses beaux yeux me fixèrent amoureusement.

Je l'ai taquiné : « Tu as dormi plus longtemps que moi ».

Il sourit. « Je suis resté éveillé à te regarder dormir pendant des heures. »

« Vraiment ? Et qu'as-tu fait pendant que je dormais ? »

« Contempler ta beauté. Me rappelant que ce n'est pas un rêve et réalisant la chance que j'ai d'avoir été destiné à être ton compagnon. Pensant à quel point tu es parfaite ».

J'ai rougi à ses mots et je l'ai embrassé.

« Je ne sais même pas quoi répondre à cela. »

Il s'esclaffa.

« Alors, ne réponds à rien. J'ai senti ton amour hier quand je me suis nourri de toi, et je le sens encore à travers nos âmes liées. »

Il avait raison. Je le sentais aussi. Il n'y avait pas besoin de mots, car je le comprenais à un niveau que je n'aurais jamais cru possible.

Il a demandé : « Quand as-tu mangé pour la dernière fois ? »

J'ai réfléchi une seconde. « Hier matin. »

Il fronça les sourcils. « Alors nous devrions y aller. Je ne veux pas que tu meures de faim. »

J'ai acquiescé. J'avais faim, mais ça allait encore. Mais je ne pouvais pas passer des jours sans manger. Nous devions trouver de la nourriture ou en finir rapidement avec cette nuit éternelle.

J'ai regardé les multiples tunnels qui menaient à cette grotte, me demandant lequel nous devrions emprunter.

Jasper commenta en remettant sa chemise, « Ils sont tous sans issue, sauf celui de gauche. C'est le seul que j'ai surveillé pendant que tu dormais. »

« Nous savons alors quelle direction prendre. »

Il m'a pris la main, entrelaçant ses doigts avec les miens, et nous nous sommes dirigés vers le tunnel qu'il m'avait indiqué.

Chapitre 15 (Matthew)

La chute de la reine

Mes paupières étaient lourdes et j'avais un mal de tête insupportable. Tous les muscles de mon corps me faisaient mal. Mon esprit était embrumé. J'avais un faible souvenir d'Elisen qui m'appelait comme dans un rêve. J'entendais des chuchotements autour de moi et je sentais son délicieux parfum.

« Âme sœur, » a parlé mon loup.

Elle était là. Tout ce que je voulais faire en ce moment, c'était la prendre dans mes bras, mais je ne pouvais pas bouger.

« S'il te plaît, ouvre les yeux », me dit la douce voix d'Elisen. Elle était pleine d'inquiétude et je me demandais ce qui s'était passé. La dernière chose dont je me souvenais, c'était l'embuscade avec les zombies. Nous étions en train de les combattre, encerclés, les tuant les uns après les autres, et puis… plus rien.

J'ai écouté, mais je n'entendais aucun combat. Le vent ne soufflait pas sur ma peau et je pouvais jurer que nous étions de retour à la maison de la meute. Qu'est-ce qui s'était passé ?

J'ai essayé d'ouvrir les yeux, mais mon corps n'obéissait pas. J'ai continué à essayer, et après quelques tentatives, j'ai finalement réussi à les ouvrir. Je fixais le plafond, ma tête était trop lourde pour bouger, mais je sentais que mes forces revenaient. Le sang d'Alpha coulant dans mes veines allait sûrement guérir ce qui m'était arrivé en un rien de temps.

La petite voix de Molly s'exclama joyeusement. « Il a ouvert les yeux ! »

Elle m'a serré très fort dans ses bras, me serrant aussi fort qu'elle le pouvait.

« Attention, » dit Elisen, « ne serre pas trop fort. »

J'ai réussi à retrousser mes lèvres, à passer mon bras autour de ma petite fille et à la serrer dans mes bras.

Molly a chuchoté : « Tu m'as manqué. »

Pendant un instant, je me suis demandé quand je l'avais vue pour la dernière fois.

J'avais la gorge sèche et la voix rauque, mais j'ai réussi à répondre : « Tu m'as manqué aussi, ma chérie. »

Je réussis à tourner la tête pour voir Elisen assise sur une chaise, des larmes de bonheur roulant silencieusement sur ses joues. Derrière elle se trouvaient mon père et Esme, Garry, Odilia, Kelly, Theo et quelques membres de la meute. Pourquoi Elisen pleurait-elle ? Pourquoi tout le monde était-il là ? Je ne comprenais pas.

J'ai chuchoté : « Qu'est-ce qui se passe ? »

Elisen s'est effondrée sur ma poitrine en pleurant. Elle sanglotait : « Tu étais mort ! »

J'ai regardé dans la pièce et j'ai vu mon père acquiescer. À ses mots, mon cœur a bondi. Comment était-ce possible ? Quand je pense à la douleur qu'elle a dû endurer. Cela a dû être insupportable.

J'ai poussé avec mes bras et la douleur a traversé mon corps, mais j'ai réussi à m'asseoir. Je savais que la douleur disparaîtrait bientôt et que je serais bientôt guéri. J'étais reconnaissant des pouvoirs de guérison de mon loup. S'il était vrai que j'étais mort, c'était un miracle que je puisse bouger aussi vite.

J'ai attrapé le bras d'Elisen avec ma main gauche et j'ai tiré sur elle pour qu'elle se rapproche. Je lui ai soulevé le menton pour qu'elle me regarde. Ses yeux verts étaient remplis de tristesse. La voir ainsi me déchirait, et mon loup s'agitait. Tout ce que je voulais, c'était arrêter ce flot de larmes. Je voulais seulement la voir sourire. J'essuyai doucement les larmes sur son visage, en murmurant : « Je suis là maintenant. »

Le contact de ses lèvres lorsque j'ai posé un doux baiser a créé des étincelles en moi, et mon loup a ronronné de satisfaction.

Mon père m'a posé une main ferme sur l'épaule, une larme au coin de l'œil. « Je suis si heureux que tu sois de retour, mon fils. »

Je n'avais jamais vu mon père aussi ému, et un nœud s'est formé dans mon estomac à l'idée que tous ceux que j'aimais avaient été attristés par ma mort.

Une question m'est venue à l'esprit : « Si j'étais mort, comment se fait-il que je sois en vie ? »

Kelly s'est avancée, et Elisen s'est écartée pour que mon amie puisse m'embrasser. Son étreinte était chaude et apaisante.

« Je suis si heureuse que tu sois de retour », murmura-t-elle avant de retourner aux côtés de Théo. Puis elle ajouta : « Quand tu es mort, Théo et moi avons ramené ton corps ici. Elisen a couru jusqu'au royaume de son peuple et a récupéré ton âme. »

Je les ai regardés, abasourdi. Un léger souvenir me revint en mémoire : *Je marchais, perdue, dans une foule d'âmes, de la brume à perte de vue. Et le sentiment soudain que ma compagne m'appelait, si clair et précis, au milieu de tout cela.*

« J'ai volé une relique à mon peuple pour ramener ton âme ici. J'ai utilisé une ancienne chanson interdite pour ramener ton âme dans ton corps. Je serai probablement exilée pour toujours."

Je pouvais entendre la douleur dans sa voix. Elle avait tellement sacrifié pour moi ! Je lui en serai toujours reconnaissant.

Je lui ai chuchoté : « Je te suis redevable, alors. »

Elle secoua la tête. « Comment peux-tu dire cela ? Tu aurais fait la même chose pour moi ! »

J'ai souri. « C'est vrai. Mais merci quand même. »

En ce moment, tout ce que je voulais, c'était être seul avec Elisen. Mais une petite main m'a serré la main. J'ai regardé ma fille.

« Tu as dit que tu ne me laisserais pas seule. J'ai eu peur ! J'ai cru que l'homme dans le mur t'avait eu. Il a dit que son serviteur t'avait eu. »

Je l'ai soulevée dans mes bras sur le lit.

« Il a dit que son serviteur m'a eu ? »

Molly a acquiescé. J'ai embrassé le sommet de sa tête et je l'ai serrée dans mes bras.

« Je suis désolée, ma chérie. Je n'ai pas fait exprès. Mais je jure que je ferai plus attention la prochaine fois. »

L'enfant se blottit dans mes bras.

J'ai regardé mon père avec un visage sérieux. « Alors le nécromancien est le serviteur de cet homme dans le mur. »

Mon père serra les poings. « Il semble que oui ».

J'ai pris une grande inspiration. C'était beaucoup de choses à assimiler d'un coup. J'ai regardé autour de moi et j'ai réalisé qu'il devait faire nuit, car la lune était haute dans le ciel.

« Qu'est-ce que tout le monde fait éveillé à cette heure de la nuit ? Ne me dites pas que vous vous êtes tous inquiétés pour moi et que vous êtes restés éveillés ? »

Mon père secoua la tête. « Je crains qu'il ne se soit passé beaucoup de choses pendant ton absence, mon fils. C'est le jour. »

Je l'ai écouté m'expliquer la nuit éternelle qui s'était abattue sur nous et le fait que Serena s'était absentée pendant un certain temps pour en rechercher la cause.

Mes pensées s'embrouillaient tandis que j'essayais de donner un sens à tout ce qui se passait. C'était grave, et le fait que Serena ne soit pas revenue m'inquiétait. C'était une grande sorcière, mais elle était seule.

« L'homme dans le mur veut que le soleil ne revienne jamais », expliqua Molly.

« Espérons que Serena pourra trouver l'homme dans le mur, alors », dis-je à l'enfant.

Un sentiment de malaise m'envahit. J'ajoutai à Elisen par l'intermédiaire de notre lien *: « Si l'on considère que le nécromancien est fort, je ne peux même pas imaginer à quel point l'homme dans le mur est puissant. Espérons que Serena n'essaiera pas de l'affronter toute seule. »*

Je pouvais sentir son accord à travers notre lien.

« Nous sommes toujours à la recherche de Gregory », a ajouté Kelly.

« Gregory ? » demandai-je.

Kelly acquiesça et Elisen poursuivit : « Je l'ai vu dans la forêt alors que je cherchais ton âme. Je n'ai pas eu le temps d'aller le voir. Il avait l'air désorienté, et j'ai pensé qu'il retournerait à la meute, mais ce n'est pas le cas. »

Je pouvais sentir à quel point elle se sentait coupable à travers notre lien.

« Ne te sens pas coupable, ce n'est pas de ta faute », lui ai-je dit gentiment.

Kelly acquiesça. « C'est vrai. Et tu devais récupérer l'âme de Matthew avant qu'il n'aille dans l'au-delà. »

J'ai gloussé. « C'est assez important. »

Elle se détendit à nos mots et acquiesça. « Merci, tout le monde. Vous avez raison. »

Nous avons discuté pendant un moment, rattrapant le temps perdu, et tout le monde était soulagé que je sois en vie. J'étais simplement heureux de passer du temps avec ceux que j'aimais.

Finalement, mon père a pris la parole d'une voix sérieuse : « De plus en plus de gens disparaissent. Nous avons aussi eu quelques attaques de zombies dans la meute. Il va falloir combattre ce nécromancien, et vite. »

Je serrai la mâchoire en me souvenant de l'embuscade dans laquelle nous étions tombés. Ce nécromancien était une épine dans mon pied. La prochaine fois que nous l'affronterons, je devrai faire attention à ne pas mourir. Je ne pouvais pas attendre d'être complètement guéri pour mettre fin à cette menace.

« Nous avons préparé des sorciers pour vous accompagner », dit Esme.

Mon père allait dire quelque chose quand la fenêtre s'est brisée en morceaux. Instinctivement, j'ai pris Molly et Elisen dans mes bras, les protégeant des éclats. Mon loup grogna violemment, mais mon père était là. Il était l'Alpha, je devais attendre ses ordres.

Deux femmes et un homme firent irruption dans la pièce. Ils avaient la même peau violacée qu'Elisen. À en juger par le choc sur son visage, je dirais qu'elle les connaissait.

Mon père a fait un pas en avant et a grogné : « Qu'est-ce que cela signifie ? Comment osez-vous pénétrer dans ma maison ? »

La plus âgée, aux cheveux blancs, semblait être la responsable. Elle répondit : « Nous sommes venus chercher cette voleuse. »

Mon loup s'est emballé lorsqu'elle a désigné Elisen. Elle rêvait si elle pensait que j'allais l'abandonner. Je donnerais ma vie pour la protéger. Luttant pour maîtriser mon loup, je regardai mon père.

Il serra les dents, son loup grognant violemment dans sa poitrine. « Elisen est la compagne de mon fils. Elle fait partie de notre meute, et nous la protégerons en conséquence. »

Je me suis détendu à ses paroles. Mon père et Garry bloquèrent le chemin des intrus. Je voulais les rejoindre, mais mon père me fit signe de rester là où j'étais, avec Molly et Elisen. Je venais à peine d'être ranimé et je n'étais pas sûr d'être complètement guéri. Mon père et Garry regardèrent avec audace les nymphes qui s'étaient introduites dans la pièce.

« Elisen nous a volé quelque chose de très cher », dit la femme la plus âgée.

Elisen se leva du lit, attrapa une relique à l'aspect étrange sur le bureau et la lui apporta. « Tenez, reine Delijiah. Je n'en ai plus besoin. »

La reine lui a fermement saisi le poignet. J'ai sauté du lit, laissant Molly seule avec Odilia et Esme. J'ai saisi le poignet de la reine et j'ai dit lentement : « Vous feriez mieux de la lâcher. Maintenant. »

Mon père a parlé avec autorité : « Vous avez votre relique. Maintenant, lâchez la fille et partez. »

La reine cracha avec colère : « Je traiterai cette voleuse comme je l'entends ! ».

La femme à la droite de la reine chuchota à Elisen en souriant : « C'est lui. »

Elisen lui répondit : « Oui, Elysia. C'est lui, mon âme sœur. »

L'homme n'a rien dit. Il s'est contenté de me regarder fixement.

La reine s'écria avec colère : « Ça n'a pas de sens ! Les nymphes des âmes ne peuvent pas aimer. »

Elisen lui répondit, furieuse : « Tu mens ! Je l'aime ! »

Mon cœur battit vigoureusement à ces mots. J'arrachai la main de la reine du poignet d'Elisen et la protégeai dans mes bras.

Elisen poursuivit son accusation : « Tu as menti à tout le monde ! À propos de beaucoup de choses ! »

La reine sembla offusquée. « Comment oses-tu ? Les gens croiraient-ils les paroles d'une voleuse corrompue comme toi ? Ou celles de la reine pure qui les a servis pendant des années ? »

Elisen désigna les deux qui accompagnaient la reine, « Ils peuvent voir avec leurs yeux, n'est-ce pas ? ».

Elysia sourit. « Je peux certainement voir à quel point vous vous aimez tous les deux. »

L'homme observa en restant silence.

Elisen reprit la parole : « Elle a menti sur beaucoup de choses. Carleon, savais-tu qu'elle avait une salle pleine de trésors dans son palais ? »

L'homme se tourna pour regarder la reine, puis Elisen. Elle poursuivit : « J'ai vu toutes les reliques et les richesses qu'elle cache lorsque je suis allée chercher le vaisseau de l'âme. »

« Vous avez toujours dit que nous n'avions pas besoin de richesses et que nous étions une race pure. Vous disiez que les biens matériels entravaient l'âme. D'où viennent ces trésors ? » demanda Carelon à la reine.

« Nous devrions les partager avec tout le monde ! Ou les exposer dans un musée ! » s'exclama Elysia.

Delijiah perdait son sang-froid. « Elle invente des choses ! Que des mensonges ! »

Elisen se moqua d'elle. « Des mensonges. Comme quand tu as dit que nous ne pouvions pas nous reproduire ? »

Les yeux de Delijiah s'écarquillèrent. « Vous voyez ? Elle a perdu la tête ! C'est ce qui arrive quand nous perdons la pureté de notre race au profit de bâtards aussi corrompus. »

Elisen demanda : « Si c'est un mensonge, comment pouvez-vous expliquer cette enfant ? »

Elle a montré Molly, qui essayait de se cacher dans les bras d'Odilia. J'ai fait un geste vers elle et je lui ai ouvert les bras. « Viens, ma chérie. Ne t'inquiète pas. Papa te protégera. »

La petite fille a acquiescé et s'est précipitée dans mes bras.

Les yeux d'Elysia s'écarquillèrent et elle demande : « Est-elle… ? ».

Elisen secoue la tête. « C'est notre fille adoptive. Mais sa mère était une nymphe des âmes. »

« Comment peux-tu le savoir ? » hurla la reine. « Elle n'a même pas notre couleur de peau ».

« C'est parce que son père n'était pas une nymphe ! » s'exclama Elisen avant d'ajouter : « Elle connaît nos chants ! Ceux qui guident les âmes vers l'au-delà. Et elle voit le flot des âmes. »

« Mensonges ! » s'exclama la reine.

Carleon fixa intensément Molly, bouche bée. Il s'est agenouillé à la hauteur de l'enfant et a murmuré : « Theresa ».

Molly a serré ma jambe, effrayée, et a répondu : « C'était le nom de ma maman. »

Carelon fixa la jeune fille avec de la tendresse dans les yeux. Il se releva, pointant la reine du doigt. « Vous nous mentez ! »

Il se tourna vers nous et nous expliqua : « Theresa était l'une de mes bonnes amies. Elle a disparu il y a quelques années et je n'ai jamais eu de nouvelles d'elle. Mais je la vois dans cette enfant : ses yeux, son nez et ses lèvres. Il n'y a pas d'erreur possible. »

Elysia parla avec étonnement, « Peut-être que nous pourrions avoir des nymphes mâles à nouveau si nous nous reproduisions ? Ce serait incroyable ! »

Delijiah s'est écriée : « Vous êtes tous en train de devenir fous ? Nous avons presque atteint la perfection ! Une race qui n'a que des femelles, qui ne se reproduit pas et qui ne ressent rien. Nous accomplissons nos tâches avec précision, une race plus pure que toutes les autres. »

Carleon s'exclama : « Vous voulez dire que les hommes sont impurs ? »

La reine se contenta de le regarder avec dédain.

Elisen s'exclama : « Les mâles ne sont pas impurs ! Ils sont aimants et protecteurs. Ils sont merveilleux et nous complètent d'une manière que vous ne pouvez même pas comprendre ! »

La reine a crié : « Assez ! »

« Assez, en effet ! » dit Carleon à la reine d'un ton menaçant.

Elle le regarda avec surprise, puis se tourna vers Elysia, qui pointait également ses armes sur elle.

« Eh bien », ricana Delijiah. « Il semblerait que je doive aussi vous faire disparaître. En commençant par ELLE ! » Elle hurla le dernier mot et s'élança pour attraper Molly.

J'ai protégé l'enfant dans mes bras tandis qu'Elisen criait : « Ne touchez pas à ma fille ! »

Mon père s'est transformé en loup, rejoint par Garry. J'ai renvoyé Molly avec Odilia pendant qu'Esme jetait une bulle protectrice autour d'elles. Elisen, Carleon et Elysia sautèrent sur la reine. Mon père hurla pour que la meute nous rejoigne. Je laissai mon loup prendre le contrôle et je rejoignis le combat, poussé par l'ordre de mon Alpha.

La reine a opposé une plus grande résistance que prévu. D'autres loups de la meute se sont joints à notre combat. Je l'ai tailladée, d'autres l'ont mordue. Nous avons continué à attaquer de tous les côtés. Bientôt, Delijiah fut submergée. L'épée de Carleon donna le coup de grâce. Le corps de la reine tomba sur le sol, le sang s'accumulant autour d'elle.

Un petit cri attira mon attention alors que je savourais l'odeur du sang et de la victoire. C'était Molly. Le combat l'avait effrayée et elle pleurait. Mon instinct paternel a pris le dessus, et je me suis transformé en humain pour la réconforter. Elisen est également venue nous serrer dans ses bras. Entourée de sa famille, Molly s'est calmée.

Elysia fouilla le corps de la reine morte pendant que les gens de ma meute reprenaient leur forme humaine. Elle a rapidement récupéré un bijou incandescent dans sa poitrine.

Elle le tendit à Elisen. « Tiens, c'est à toi. »

Elisen regarda fixement la gemme. « Je… Je ne peux pas accepter ça. »

« Qu'est-ce que c'est ? » demandai-je.

Elysia répondit : « C'est la gemme sacrée de la reine. Celle qui la possède devient la prochaine reine. Lorsque la cérémonie du couronnement est terminée, elle s'incorpore dans le corps de la reine. »

Elisen regarda son amie. « Ma place est ici. Avec Matthew et Molly, et la meute. Tu devrais la prendre. »

« Es-tu sûre ? » demanda Elysia.

Elisen acquiesça. « Tu feras une reine extraordinaire ! »

Carleon mit la main sur son cœur. « Ce sera un honneur de vous servir ! »

Elysia acquiesça. « D'accord, mais promets-moi que tu viendras me voir ».

« Bien sûr ! » s'exclama Elisen. « Je montrerai à Molly le domaine où sa mère est née. »

Elysia et Carleon se sont excusés auprès de l'Alpha pour s'être introduits dans la maison de la meute. Ils sont restés un moment, apprenant à connaître la meute et notre culture. Elisen a parlé à Molly de l'héritage de sa mère, et Carleon était heureux de parler de Theresa à Molly.

C'était réconfortant, et j'étais heureux d'en apprendre plus sur la race de ma compagne. Mais Elysia et Carleon ont promis de venir de temps en temps pour créer le premier traité entre les nymphes des âmes et les loups-garous. J'aimerais bien voir leur royaume.

Finalement, Elysia et Carleon ont fait leurs adieux. Avec la mort de la reine et tout ce qu'elle cachait à leur peuple, beaucoup de travail les attendait dans leur domaine.

Mon père s'exclama : « Prenons le reste de la journée pour réparer les dégâts de la maison et nous reposer. Nous nous occuperons du nécromancien demain. »

Elisen et moi avons passé l'après-midi à jouer dans le jardin avec Molly. Esme avait envoyé quelques fées avec nous, donnant un spectacle de lumière colorée pendant que ma fille courait dans le jardin. Il était difficile de croire qu'il était midi. Grâce à ma vue de lycanthrope, je n'avais aucun problème à voir dans l'obscurité, mais Elisen et Molly avaient besoin de la lumière des fées.

J'étais reconnaissant du sang Alpha qui coulait dans mes veines. Grâce à mes pouvoirs de régénération, je ne ressentais aucune séquelle de la mort. Je regardais avec admiration comment les deux dames de ma vie jouaient ensemble. C'était beau de voir Molly rire de bon cœur quand Elisen la chatouillait. Elle faisait une mère merveilleuse.

Penser que j'étais mort était une pensée troublante. Je ne savais pas ce que j'aurais fait à la place d'Elisen. Le simple fait d'y penser rendait mon loup agité. J'étais perdu, j'essayais de trouver un moyen de les mettre en sécurité. Une chose était sûre : je devais sceller le lien avec Elisen. Je ne voulais plus jamais être séparé de ma compagne ou de ma fille.

Les heures passèrent. Elisen et moi étions assis ensemble dans notre chambre tandis que Molly dormait dans la sienne.

« Nous sommes enfin seuls », ai-je ronronné sur sa peau en embrassant son cou.

Elle soupira de plaisir et se blottit contre moi.

« Tu m'as tellement manqué », a-t-elle avoué. « Je ne peux même pas décrire la tristesse que j'ai ressentie ».

Un élan de désespoir m'a envahi lorsque ses sentiments ont traversé nos liens, me donnant une idée de ce qu'elle avait ressenti. Je baissai le regard et ma poitrine se serra. Je me sentais coupable de la douleur qu'elle avait dû endurer à cause de moi.

« Je suis désolé », ai-je murmuré. « J'aimerais pouvoir changer ce qui s'est passé. »

Elle a posé sa main sur ma poitrine. « Ce n'était pas ta faute. J'ai juste… » Ses yeux verts se sont posés sur les miens, une promesse inexprimée y brillait. « Je ne veux plus jamais être séparée de toi. »

Un grognement de besoin s'échappa de ma poitrine. J'ai attrapé sa main, embrassant doucement ses jointures, mon loup se languissant d'elle.

« Alors, me permets-tu de te marquer ? »

« Me marquer ? »

J'ai acquiescé. « Oui. Sceller notre lien, pour que nos âmes s'entrelacent, pour ne plus jamais être séparées. »

« Cela signifie-t-il que nous passerons l'au-delà ensemble ? Est-ce que c'est possible ? »

La passion m'a envahi et j'ai répondu : « Il n'y a aucun doute dans mon esprit que c'est le cas. »

Et c'était vrai. Je croyais vraiment que la déesse de la lune nous accorderait l'éternité ensemble. Les yeux d'Elisen brillèrent lorsqu'elle répondit : « Alors, faisons-le. Je veux t'aimer pour toujours. »

Alors que mon instinct animal s'emparait de moi, le doux parfum de lilas d'Elisen commença à me rendre fou, me faisant presque perdre l'emprise que j'avais encore sur mon corps. Mon loup n'arrêtait pas de répéter un mot : « À moi ». Il essayait de prendre le contrôle, et je sentais déjà mes sens s'aiguiser.

J'ai embrassé les lèvres pulpeuses d'Elisen tout en expliquant : « Pour sceller notre lien, je dois te marquer. Avec mes dents de loup, je vais te mordre. Cela créera une marque qui indiquera à jamais que tu es à moi. »

Elisen frémit dans mes bras, « Me mordre ? »

J'ai acquiescé. « Je vais m'assurer que ça ne fait pas mal. »

Elle a hoché la tête en me fixant dans les yeux. Je pouvais lire dans son regard une compréhension et une confiance que seuls les amoureux partagent. Elle savait que je ne lui ferais pas de mal et que je tiendrais ma promesse.

Son corps était déjà brûlant de désir lorsque ses mains coquines parcoururent mon corps. Mon loup rongeait son frein pour que je la prenne alors que l'odeur de son excitation devenait plus forte.

J'ai grogné quand elle a attrapé mon érection. Parler devenait plus dur. « Tous les loups sauront que tu es ma compagne… Et… Putain ! » J'ai gémi quand elle m'a caressé plus fort.

Mon loup a finalement pris le contrôle et j'ai dévoré ses lèvres, ma langue dansant avec la sienne. Il me fallut tous mes efforts pour ne pas arracher ses vêtements. Elle était délicieusement séduisante, et je commençais à m'enivrer d'elle. J'ai descendu le long de ses jambes, embrassant l'intérieur de ses cuisses tout en caressant son corps. J'aimais les frissons qui apparaissaient lorsque j'effleurais chaque centimètre de sa peau douce. J'ai léché son jus tandis qu'elle gémissait en récompense. J'ai saisi sa hanche lorsqu'elle a commencé à pousser, la maintenant en place pour que je puisse continuer à la ravir, le son mélodieux de sa voix me donnant encore plus envie de la prendre.

Son clito était gonflé et avait besoin de mon attention. J'ai tourné autour en me laissant guider par ses doux gémissements. J'ai continué à lécher et à tourner autour de son clito jusqu'à ce qu'elle crie enfin en atteignant son point culminant, les jambes tremblantes. Elle s'est agrippée aux draps en se cambrant, la tête penchée vers le haut, aspirant à plus. C'était vraiment le plus beau spectacle que j'aie jamais vu.

Ma bite était dure comme la pierre et j'avais besoin d'elle plus que jamais. Je suis remonté, mordillant doucement ses tétons, ce qui m'a valu quelques gémissements supplémentaires. Le bout de ma bite touchait tout juste son entrée, une douce tentation. À bout de souffle, elle a murmuré entre deux baisers : « Je t'aime tellement, Matthew. »

Mon loup ronronnait d'amour et je lui ai répondu en chuchotant : « Je t'aimerai toujours du fond de mon cœur ».

J'ai poussé un souffle en la pénétrant tandis que ma langue tourbillonnait avec la sienne, ses tétons durs frôlant mon torse tandis qu'elle se cambrait de plaisir, gémissant dans notre baiser. Des vagues de plaisir m'envahirent instantanément. Elle était si parfaite, et mon loup était fier d'être celui qui la faisait se tordre de la sorte. Je m'enfonçai en elle avec force, m'adaptant à ses cris. Noyé dans le plaisir, je perdis bientôt le contrôle de mes instincts. Mes canines sont sorties et mon loup a grogné d'excitation. Je l'ai regardée une fois de plus. Ses yeux lubriques rencontrèrent les miens un instant. Elle a remarqué mes dents et s'est écriée, alors que je m'enfonçais plus profondément en elle : « Oui ! ». C'était à la fois un cri de plaisir et d'acquiescement.

Ses doigts s'enfoncèrent dans mon dos tandis que j'enfonçais mes dents à la jonction du cou et de l'épaule, juste assez profondément pour percer la peau. En un instant, je me suis senti connecté à elle plus que jamais, ressentant son amour, ses pensées et son plaisir de l'intérieur comme de l'extérieur.

Elle a crié : « Oh, putain, c'est bon ! ».

Enveloppé dans ce moment de bonheur, j'ai continué à la pénétrer tandis que nos âmes s'entremêlaient à la perfection. Son orgasme est arrivé en premier, et j'ai presque joui immédiatement en le sentant à travers notre lien avant de sentir ses murs pulser autour de moi. J'ai continué à pousser plus lentement en retirant mes dents de son cou, ma langue s'attardant sur l'endroit où je l'avais mordue pour laisser la blessure se cicatriser.

Ivre de son plaisir et du mien, j'ai continué à pousser, sentant son plaisir augmenter encore. J'ai continué à pousser, dur comme le roc, profond et fort, jusqu'à ce qu'elle atteigne à nouveau l'orgasme. J'ai gémi son nom en jouissant intensément lorsque son deuxième orgasme m'a frappé. J'ai continué à pousser, enveloppé dans son plaisir et le mien, un sentiment de bonheur indescriptible. J'ai finalement ralenti ma poussée, me couchant à côté d'elle tout en la gardant près de moi.

Elisen me regardait de ses yeux émeraude, fixant mon âme. En cet instant, en tenant ma compagne dans mes bras, j'avais tout ce dont je pouvais avoir besoin. Mon souffle était chaud sur son cou quand j'ai murmuré : « Je donnerai ma vie pour te protéger. Je tuerai quiconque te fera du mal. »

Elle secoua la tête, ses doigts se posant sur mon torse tandis que mon loup ronronnait d'amour. « Je ne veux pas que tu meures pour moi, Matt. Je veux que tu sois à mes côtés. »

Elle a effleuré ma poitrine de ses ongles, faisant apparaître la chair de poule sur leur trace. Ses lèvres étaient douces lorsqu'elle m'embrassa, mon cœur battait la chamade tant je l'aimais. J'ai saisi ses hanches et j'ai posé mon front sur le sien. Je lui ai dit : « D'accord. Alors, je te le promets. Je resterai toujours à tes côtés. »

Elle sourit de satisfaction. Je sentis Elisen se détendre en écoutant le ronronnement de mon loup. Je l'ai entendue murmurer dans mon esprit : « En ce moment, c'est le paradis. »

Son sourire s'est élargi lorsque j'ai murmuré à travers notre lien : « Alors, prépare-toi à profiter du paradis tous les jours, mon amour ».

Je l'ai serrée contre moi et nous nous sommes endormis ensemble.

Chapitre 16 (Matthew)

Erebus

De doux baisers chatouillaient mon cou et mon cœur battait fort.

« Hm… Bonjour », ai-je murmuré d'une voix rauque. J'ai ouvert les yeux et j'ai vu ma belle Elisen qui me souriait.

« Désolé de te réveiller », sa voix mélodieuse résonnait jusqu'à mon âme. « Notre fille a frappé à notre porte ».

Alors qu'elle prononçait ces mots, un léger coup a été donné à la porte, et j'ai gloussé. Je devais être épuisé pour ne pas l'avoir entendu plus tôt. Mais grâce à mon sang d'Alpha et à une nuit complète de repos, je me sentais maintenant complètement guéri et prêt à en finir avec le nécromancien.

« Entre, ma chérie », ai-je dit à Molly.

La petite fille a ouvert la porte et s'est précipitée dans notre lit pour nous serrer dans ses bras. J'ai souri à l'idée que mes matins seraient remplis de câlins chaleureux. Si quelqu'un m'avait dit que je serais père à vingt-six ans, je lui aurais répondu qu'il était fou. D'autant plus que j'étais né lors d'une nuit sacrée, destiné à être sacrifié. Ma vie avait considérablement changé en peu de temps, mais je ne pourrais pas être plus heureux.

Mon père parlait avec Esme quand nous sommes descendus. Molly s'est précipitée dans ses bras. Il s'est tourné vers nous. « Ah, vous voilà ! L'équipe est rassemblée et attend dehors. »

Esme ajouta : « Une équipe de lanceurs de sorts attend également ».

Molly fit la moue. « As-tu vraiment besoin d'y aller ? »

Je lui ai caressé la joue. « Oui, nous devons nous occuper des méchants. Mais nous reviendrons, je te le promets. »

La petite fille croisa les bras. « C'est ce que tu as dit la dernière fois ».

J'ai soupiré. Elle avait raison. « Je sais », ai-je murmuré. « Mais cette fois, j'ai toute une équipe qui se bat avec moi. Et je serai plus prudent. »

Molly pinça ses lèvres et me regarda avec ses grands yeux. « Tu me le promets ? »

Je lui ai fait un signe de tête et sa lèvre s'est légèrement retroussée. Elisen ajouta : « Je vais m'occuper de lui. Nous reviendrons tous les deux. »

Molly sourit, montrant ses dents de lait.

Odilia est entrée dans la maison de la meute avec Garry. Elle avait l'air heureuse en lui tenant la main, et j'étais content qu'elle ait trouvé son compagnon, surtout après ce qui lui était arrivé. Mon père s'approcha d'eux.

« Odilia. Merci d'être venue ! »

Elle acquiesça. « Tout le plaisir est pour moi, mon Alpha ».

Mon père a hoché la tête, heureux. Il laissa Molly sur le sol, caressant les cheveux de la jeune fille.

« Je vous laisse Molly pendant que mon fils part au combat. »

« Vraiment ? » demanda la petite fille, l'excitation pétillant dans ses yeux.

« Bien sûr ! » s'exclama Odilia, c'est un plaisir !

Je savais à quel point Molly aimait Odilia et Garry. Elle les appelait même son oncle et sa tante. Je veillerais à ce que notre maison soit proche de la leur une fois que nous aurions déménagé la meute dans un nouvel endroit. Ainsi, Molly pourrait rendre visite à son oncle et à sa tante autant qu'elle le souhaiterait.

J'ai serré ma fille dans mes bras une dernière fois et j'ai quitté la maison le cœur léger, sachant qu'on s'occuperait bien d'elle.

Au moins trente hommes et femmes m'attendaient à l'extérieur. Je pouvais sentir les loups dans au moins deux tiers du groupe. Quant aux autres, ils n'avaient pas de loup, mais des pouvoirs magiques. C'étaient les sorciers. J'étais impressionné et nerveux. C'était la première fois que je dirigeais un groupe aussi important. Quand je pense que mon père devait diriger toute la meute en permanence. Je devrais lui demander conseil avant de prendre la tête de la meute. Heureusement, j'ai encore quelques années pour apprendre.

Elisen m'a pris la main et tout mon stress a disparu. Elle a murmuré à travers notre lien : *« Ne t'inquiète pas. Tu feras un excellent chef. »*

J'ai serré sa main avec amour.

Mes épaules étaient alourdies par le regard de tous ces combattants. Tous les yeux étaient rivés sur moi. Je levai la tête, essayant d'être l'Alpha qu'ils voulaient que je sois. Je pris une profonde inspiration, réfléchissant à quelque chose à leur dire.

J'ai parlé fort tout en marchant lentement : « Mes amis, ce soir, nous nous battons pour tous nos amis et tous ceux que nous aimons. Nous ne craindrons plus de perdre nos familles. Nous tuerons le nécromancien. Ce soir, nous retrouvons notre liberté ! »

Ce n'était pas un grand discours, mais j'ai souri fièrement quand ils ont tous applaudi. Derrière moi, Elisen souriait doucement.

Nous avons commencé à marcher vers les bois. Au moment où nous nous sommes aventurés dans la forêt, nous sommes tombés sur un groupe de cinquante humains et loups-garous d'une autre meute qui chassaient également le nécromancien. En unissant nos forces, nous étions encore plus forts.

Il faisait encore nuit, le soleil ne s'étant pas levé depuis des jours. L'adrénaline coulait dans mes veines pendant que nous marchions. Je devais faire attention à ne pas me faire tuer cette fois-ci. Je devais protéger ma compagne, et nous devions rentrer chez nous pour retrouver notre fille. J'avais hâte d'en avoir fini avec le nécromancien pour pouvoir vivre heureux avec Elisen et Molly.

« Ce sera merveilleux », a dit Elisen dans mon esprit.

PDV de Serena

Nous sommes restés silencieux tandis que des voix résonnaient sur les murs. Il y avait deux voix de femmes et une voix grave d'homme. En nous rapprochant, nous avons commencé à comprendre les mots qu'ils prononçaient.

« Vous ne pouvez pas me garder ici indéfiniment », a crié la première femme.

« Regarde-moi bien ! », grogna le mâle.

« Ce n'est que pour un temps », a ajouté l'autre femme.

« Traîtres ! », cria la première femme.

« Tais-toi, ou je te tue tout de suite ! » aboya le mâle.

Nous sommes bientôt arrivés dans une grande grotte sombre. La seule lumière provenait d'un feu au fond de la pièce. Près de lui, il y avait une grande cage métallique ; à l'intérieur, j'ai vu une femme. Sa longue et élégante robe beige était déchirée et sale. Sa peau était blanche et ses cheveux bruns lui arrivaient aux hanches. Elle portait des bracelets en or. Bien qu'elle soit sale, sa grâce transparaissait. J'ai sursauté en réalisant qu'elle était la femme sur les images détruites du sanctuaire. C'était Hemera, la déesse du jour. Jasper posa sa main sur ma bouche, me rappelant que nous devions rester silencieux.

J'ai entendu dans mon esprit *: « Parle-moi au travers de notre lien comme ça ».*

C'est vrai, je n'y avais pas pensé.

J'ai poussé dans son esprit *: « Voici Hemera ! La déesse du jour. »*

Il a demandé *: « Sais-tu qui ils sont ? ».*

Une femme faisait nerveusement les cent pas au centre de la pièce. Ses cheveux étaient noirs comme la nuit et ses yeux d'un bleu glacial brillaient dans l'obscurité. Elle portait un bustier à lacets révélant sa poitrine généreuse, une jupe noire asymétrique et une paire de bottes en cuir. Une cape scintillante flottait derrière elle lorsqu'elle marchait. À côté du feu se tenait un homme de grande taille qui ne portait qu'un pantalon noir. Son torse était encore plus musclé que celui de Jasper. Il tenait deux longues épées, une dans chaque main. Sa peau était noire comme du charbon. Ses yeux étaient rouges et ses cheveux noirs. Deux ailes de plumes noires sortaient de son dos. Une aura sombre et orageuse semblait le suivre dans ses déplacements. Rien qu'à sa vue, les poils de ma nuque se hérissaient.

Jasper a serré ma main avec amour, me rappelant qu'il me protégerait.

« Ce doit être Erebus, le démon des ténèbres » lui ai-je soufflé avant d'ajouter *: « Et elle doit être Nyx, la déesse de la nuit ».*

Jasper les a étudiés attentivement avant de demander à travers notre lien.

« Que fait une déesse avec un démon ? »

« N'as-tu pas fait tes cours de mythologie ? »

Je pouvais sentir sa honte à travers notre lien lorsqu'il répondit *: « En tant que garde du palais des vampires, j'avais le* *droit de sécher les cours pour m'entraîner. Je n'aimais pas beaucoup l'école. »*

« Ne sois pas gêné. Nyx est la femme d'Erebus. Hemera est leur fille. »

Je pouvais sentir sa surprise à cette déclaration.

« Je suppose qu'il faut libérer Hemera, alors », me dit-il.

Cependant, je pensais toujours que je devais aller alerter le reste de la meute.

Jasper m'a demandé à travers mon esprit, *« C'est important pour toi, n'est-ce pas ? »*

J'ai acquiescé. *« Oui, ma meute est ma famille. Nous agissons toujours ensemble. »*

Il acquiesça. *« D'accord, alors reculons silencieusement et allons les chercher. »*

« Tu viens avec moi ? »

Il sourit. *« Bien sûr ! Je suis ton âme sœur ! Je ne te laisserais jamais partir seule ! »*

J'ai souri et j'ai commencé à faire demi-tour, retournant silencieusement vers le tunnel par lequel nous étions arrivés.

Erebus grogna de rage.

« Comment ose-t-elle emprisonner mon fils Eurynomos ? Cette salope va payer ! »

C'est alors que j'ai compris qu'il parlait de la déesse de la lune.

Les murs tremblèrent sous l'effet de sa colère. Des pierres détachées tombèrent du plafond. J'ai crié quand Jasper m'a poussée juste à temps pour éviter d'être touchée par l'une d'entre elles.

Mon cœur s'est arrêté de battre quand ils se sont tous tournés vers nous. Tant pis pour le silence. Le démon a plissé les yeux et a dit avec haine : « Toi… Tu es l'un des gardiens de la déesse. »

Les yeux de Jasper se sont posés sur moi. « L'es-tu ? »

Le devoir de notre meute était de garder Eurynomos scellé pour la déesse de la lune.

J'ai poussé dans son esprit : *« En quelque sorte… »*

Je n'eus pas le temps d'en dire plus, car le démon me sauta dessus, la poussière et les débris volant sous le souffle de ses ailes. Je fis un geste du poignet, envoyant un éclair dans sa direction, mais il l'évita facilement. Son corps s'écrasa sur le mien, me plaquant au sol. La douleur me transperça le crâne alors que je touchais le sol. Ma vision se brouilla et, pendant un instant, je ne vis qu'un éclair de lumière. Je sentais le poids d'Erebus sur moi, m'étouffant. J'ai retrouvé la vue juste à temps pour voir son poing se diriger droit sur moi. Ainsi coincée, je ne pouvais pas lancer de sort. Le combat rapproché n'était pas mon fort. Heureusement, une main puissante arrêta la main d'Erebus juste devant mon visage. Erebus recula d'un pas, le regardant fixement. Les yeux de Jasper étaient rouges, ses crocs avaient poussé, et ses ongles étaient acérés. Il grogna de colère, le son emplissant la chambre.

Jasper hurla au démon, « Ôte tes sales mains de ma compagne ! », avant de lui sauter dessus.

Ils commencèrent à se battre tous les deux. Une tempête se déchaîna dans la tête de Jasper, sa force égalant désormais celle du démon. Ils tourbillonnaient en se battant dans les airs, leur sang se mélangeant, des plumes noires tombant au sol. Je regardais leur démonstration de force avec admiration quand je réalisai que Nyx se préparait à intervenir.

Je lançai un éclair juste à temps pour dévier le sort qu'elle lançait sur Jasper, le faisant rebondir sur le mur avant qu'il ne se dissipe. La déesse de la nuit siffla de colère.

« Agaçante sorcière ! Ne t'avise pas d'interférer avec nos plans. »

« Et qu'est-ce que vous prévoyez ? »

« La nuit éternelle ».

Je me suis moqué : « Et comment allez-vous faire ? »

La déesse ricana. « Nous tuerons notre fille ».

J'ai crié, surprise : « Quoi ? Tu tuerais ton propre enfant ? Et pour quoi ? »

« Eurynomos est scellé depuis des années. Tout ça à cause de cette salope de déesse de la lune. »

Je roulai des yeux.

« La nuit éternelle ne semble pas être un bon moyen de se venger de la déesse de la lune. »

Elle m'a regardé d'un air narquois.

« Tu ne comprends donc pas ? Nous allons nous venger des gardiens d'Eurynomos : toi et ta vile meute. Vous apprendrez le prix à payer pour avoir accepté de devenir ses gardiens. Nous nous vengerons des vivants. Toutes les choses que la déesse de la lune chérit. Quand tout mourra, elle n'aura d'autre choix que de se montrer. C'est alors que nous frapperons. »

Mes yeux se sont écarquillés lorsque j'ai compris l'ampleur de leur plan : elle avait prévu de tout faire mourir lentement. Les plantes allaient sûrement mourir en premier du manque de lumière. Bientôt, les créatures qui se nourrissent de plantes suivraient, avant que les carnivores ne périssent. Le monde deviendrait une obscurité stérile, vide d'êtres vivants. Un cauchemar éternel rempli de silence. Seuls les dieux et les démons survivraient.

« À quoi te servirait un monde aussi vide ? »

La déesse roula des yeux.

« Quelle fille stupide ! La nuit est mon domaine, et l'obscurité est celui de mon mari. Je ne me soucie pas des êtres vivants. Ils ne sont qu'une gêne dans mon existence. »

Je réalisai maintenant à quel point ces deux-là étaient dangereux. Cela dépassait tout ce que j'avais pu imaginer. Mes mains tremblaient, mais j'ai envoyé une boule de feu sur la déesse. Elle l'a rapidement contrée avec un flux de glace.

Elle m'a crié : « Tu penses pouvoir affronter une déesse ? Quelle imbécile ! »

Elle a lancé une vague de magie vers moi, mais j'ai créé un bouclier devant moi. La magie était mon élément. Je me sentais en confiance. Le bruit du combat entre Jasper et Erebus emplissait la pièce, tandis que de la poussière et des rochers tombaient du plafond. Je lançai des éclairs et des rubans magiques sur Nyx, mais elle continua à les contrer. Elle était rapide. Le doute commença à s'insinuer dans mon esprit. Étais-je assez forte pour combattre une déesse ?

La voix de Jasper a résonné dans mon esprit *: « Je crois en toi, mon amour ».*

Mon cœur s'est emballé à ces mots. J'ai envoyé une série d'éclairs sur la déesse. L'un d'eux lui toucha la joue, laissant une trace de brûlure sur sa joue blanche et parfaite. Nyx hurla de rage et redoubla d'efforts contre moi. Ses attaques devenaient de plus en plus puissantes, me faisant reculer lorsqu'elles me frappaient. Il devenait évident que je ne pouvais pas gagner contre elle.

Je me suis dit que je devais essayer de libérer Hemera. Il serait sûrement utile d'avoir une déesse de notre côté.

J'ai essayé de me diriger vers la cage, mais Nyx ne me laissait pas faire. J'ai envoyé un éclair vers le mur derrière Nyx. L'éclair a rebondi sur le mur et a atterri sur la porte de la cage.

Nyx éclata de rire. « Elle ne peut même pas me viser pour sauver sa vie ! Stupide mortelle. »

C'était précisément ce que j'espérais. Je ne voulais pas qu'elle pense que j'essayais de libérer Hemera. Je voulais qu'elle croie que je la visais toujours.

Hemera m'a jeté un coup d'œil. Elle comprit ce que je faisais et s'éloigna de la porte. Un seul éclair n'était pas suffisant, mais j'espérais que plusieurs feraient l'affaire. Je continuai à lancer ma magie vers Nyx, manquant volontairement ma cible pour qu'elle rebondisse sur la porte de la cage. Nyx était pleine de confiance. Elle pensait sincèrement que je ratais tous mes coups et qu'elle gagnerait facilement ce combat. Elle continuait à m'attaquer, mais j'esquivais ses attaques. Elle était loin de se douter que la porte de la cage était presque brisée. J'ai jeté un coup d'œil à Jasper, qui se battait toujours contre Erebus. Il était blessé, mais il restait fort. Je me sentais heureuse d'avoir un compagnon aussi fort, mais je savais qu'il ne pourrait pas tenir tête à un démon tout seul.

J'ai chuchoté à travers notre lien : *« Tiens bon, mon amour. L'aide arrive. »*

Alors que je ressentais l'incompréhension de Jasper à travers notre lien, la porte de la cage s'est ouverte.

Les yeux de Nyx s'écarquillèrent lorsque Hemera sortit de la cage, et Erebus poussa un juron.

« Il est temps de retourner aux Enfers », déclara sévèrement la déesse du jour à ses parents.

Nyx a crié, « Non ! »

Erebus détourna son attention de Jasper et fit face à Hemera. « Nous sommes si près du but. Il est hors de question de te laisser tout gâcher. Maintenant, c'est à ton tour de mourir, chère *fille*. »

Erebus et Nyx se sont jetés sur Hemera. J'ai créé le bouclier le plus puissant possible devant elle, et Jasper s'est jeté sur Erebus. La magie d'Hemera était aussi puissante que le soleil. Elle éclairait les ténèbres et coupait la magie de Nyx. Erebus essayait de l'atteindre, mais elle le repoussait avec la paume de sa main comme s'il s'agissait d'une simple mouche. Il était clair qu'elle était plus forte que le démon et la déesse maléfique.

J'envoyai une boule de feu vers Nyx, et Jasper tenta d'enfoncer ses crocs dans le cou d'Erebus. Ce combat avait assez duré, il était temps d'en finir. Mais Hemera se tourna vers nous, nous arrêtant, souriante, le visage brillant comme le jour.

« Vous en avez fait plus qu'assez. Je peux m'en occuper à partir d'ici. »

Elle saisit Nyx et Erebus avec un lasso magique, les emprisonnant un contre l'autre.

Nous avons pris du recul et regardé Hemera s'occuper de ses parents. Jasper m'entoura de ses bras, m'enveloppant de son parfum viril que j'aimais tant. Je me suis adossée contre son corps et j'ai regardé avec admiration comment Hemera s'est facilement occupée de la déesse maléfique et du démon.

Elle expliqua : « C'est le lasso magique qui m'a été donné par Zeus. Nyx et Erebus n'ont aucun pouvoir contre lui. C'est grâce à lui que je peux les forcer à retourner dans le monde souterrain, ramenant ainsi le jour. »

J'ai regardé comment Nyx et Erebus se battaient contre le lasso. Ils avaient beau se battre, ils ne parvenaient pas à s'échapper. Plus ils essayaient de se libérer, plus le lasso se resserrait. Nyx a essayé d'envoyer de la magie vers nous, mais Hemera l'a arrêtée facilement.

« Taisez-vous. Vous en avez fait bien assez pour aujourd'hui », chuchota Hemera à ses parents.

Ils se sont tous deux emportés contre elle, lui criant des insultes.

Chapitre 17 (Elisen)

Mauvais présage

Nous ne sommes pas allés très loin. J'entendais déjà les grognements des zombies dans la nuit. Le son n'était pas naturel, et la nature écoutait silencieusement leurs pas. Bientôt, une nuée de morts-vivants apparut. Ils s'étendaient à perte de vue, loin dans les bois, bien au-delà de leur repaire. Que faisaient-ils si loin ? Préparaient-ils une attaque ? Mon cœur se figea : nous ne pouvions pas les laisser atteindre la meute et Molly. Il fallait en finir maintenant !

La plupart des zombies portaient des armures de cuir et brandissaient un épais morceau de métal en guise d'épée, tandis que d'autres avaient un bâton. Certains d'entre eux avaient perdu la peau de leur crâne, les sutures crâniennes leur donnant un aspect rapiécé. D'autres avaient la chair qui se détachait de leur visage. L'odeur de la chair pourrie était fétide et j'ai ravalé la bile qui montant dans ma bouche. C'était un spectacle atroce, vraiment impie, et il était temps d'y mettre fin.

La panique s'est emparée de moi lorsque Matthew m'a fait signe d'avancer.

J'ai crié, « Non ! »

Nos combattants m'ont regardé fixement pendant que j'expliquais : « L'autre jour, Matthew a été tué par un sort puissant. Nous sommes tous en danger ! »

Des murmures s'élevèrent de nos guerriers. Matthew m'entoura de ses bras. « Tu as raison. »

Je fixai ses yeux bleus. « Je ne voudrais pas que tu meures à nouveau. »

Il m'a caressé la joue avec amour en disant : « Je ne voudrais pas qu'il t'arrive quelque chose non plus. »

« Nous pouvons vous aider », a crié une femme à travers nos combattants. Les gens s'écartèrent de leur chemin et le groupe de lanceurs de sorts s'avança.

« Nous pouvons jeter un sort de protection autour de tout le monde. Il atténuera considérablement les effets des sorts ennemis et vous empêchera de mourir d'une source magique. »

Je me suis détendue à ces mots.

J'ai répondu : « Super, c'est exactement ce qu'il nous faut ! ».

La sorcière regarda tout le monde.

« Rassemblez-vous par groupes de dix. Nous allons vous jeter un sort. Mais l'effet ne durera que quinze minutes. »

Un nœud s'est formé dans mon estomac à cette dernière déclaration. Mais la main de Matthew se posa sur mon épaule, me rassurant. Il parla avec force et assurance : « Alors nous les tuerons tous en moins de quinze minutes. »

Les gens hochaient la tête et applaudissaient à ses paroles. J'adorais le fait qu'il soit un bon leader. Les gens étaient heureux de le suivre et lui faisaient confiance.

« Merci, mon amour », répondit une voix vantarde dans ma tête.

J'ai souri à Matthew, je savais que c'était son côté blagueur. Il ne montrait cette facette de sa personnalité qu'à moi, et j'aimais ça. Je le serrai dans mes bras tandis que les lanceurs de sorts nous protégeaient, gardant un œil sur les zombies qui, heureusement, ne nous avaient pas encore vus.

Dès qu'ils ont eu fini de lancer leur sort, nous nous sommes précipités sur les ennemis. Il ne nous restait que quinze minutes avant que le sort ne s'estompe ; nous ne pouvions pas nous permettre de perdre un temps précieux.

Matthew s'est transformé en loup. Il a mordu les zombies pendant que je tranchais les ennemis avec mes épées. Nous sommes restés ensemble pendant que nos combattants continuaient à se battre contre les zombies et à les décapiter. L'objectif de Matthew et moi était le nécromancien. L'adrénaline circulait dans mes veines et mon cœur s'emballait à mesure que nous avancions dans la nuée de zombies. Un sentiment de calme m'envahit tandis que nous décimions l'armée ennemie. Un à un, les corps s'empilaient sur le sol. Avec Matthew à mes côtés, je me sentais invincible.

Lentement, Matthew et moi avancions, plus loin que le groupe. Il semblait que les zombies n'avaient pas de fin. Chaque fois que nous en tuions un, un autre apparaissait.

Soudain, j'ai vu une couronne apparaître au-dessus de la foule. Il était là, un peu plus loin. Je ne le voyais pas encore, mais je savais que c'était le nécromancien. Le loup de Matthew poussa un grognement menaçant.

Alors que nous nous apprêtions à nous rapprocher de lui, trois femmes fantomatiques ont surgi de nulle part. Leurs cheveux flottaient dans l'air comme poussé par un vent invisible. Leurs yeux étaient blancs, sans pupille. Elles portaient toutes de majestueuses robes blanches qui flottaient autour d'elles en volant. Je savais ce qu'elles étaient. Mon sang se glaça. Un mot a résonné dans ma tête tandis que Matthew parlait à travers notre lien : « *Banshees* ».

Leur présence n'était pas de bon augure. J'avais entendu dire que lorsque plusieurs banshees apparaissent en même temps, cela indique la mort de quelqu'un de grand ou de saint. La peur s'est insinuée dans mon esprit et je me suis mise à pleurer, une douleur irradiant ma poitrine. Matthew a repris sa forme humaine et m'a prise dans ses bras tandis que les banshees hurlaient ensemble. C'était un son aigu et assourdissant, et tout le monde s'arrêta un instant, frissonnant d'effroi devant le cri des banshees. Un bruit aigu a envahi mes oreilles pendant une fraction de seconde, même après que les banshees eurent cessé de crier. Je me suis demandé si je n'étais pas devenue sourde, n'entendant que le silence, mais à mon grand soulagement, les sons sont revenus après quelques secondes. Les banshees ont disparu aussi vite qu'elles étaient apparues, nous laissant nous demander à qui appartenait la mort qu'elles annonçaient.

Comme s'il lisait dans mes pensées, Matthew a dit avec assurance : « Je ne vais pas mourir aujourd'hui, et toi non plus. »

Je me suis ressaisie, j'ai pris une grande inspiration et j'ai acquiescé. « D'accord. »

Il a volé un baiser sur mes lèvres, enflammant mon cœur, avant de pousser plus loin.

Au fur et à mesure que nous nous rapprochions du nécromancien, j'ai eu l'étrange impression de l'avoir déjà vu. Je pouvais voir des cheveux brun clair et bouclés sortir de sa couronne. Ses yeux semblaient fixer le vide, mais ils étaient du même bleu que ceux que j'avais vus auparavant. Au moment où j'allais le dire, Matthew s'est écrié avec incrédulité : « Gregory ? ».

Il avait disparu et les gens le cherchaient partout. Le nécromancien nous fixa, froid comme la glace. Ses yeux se sont rétrécis et il a sifflé à voix basse : « Comment se fait-il que tu sois encore en vie ? Je me suis débarrassé de toi. »

Je regardais, déconcerté, Matthew secouer la tête. « De quoi parles-tu, Gregory ? »

Le nécromancien répondit : « Je ne sais pas de qui tu parles. Je m'appelle DeMörder. »

« Arrête tes conneries, Gregory ! » hurla Matthew.

Le nécromancien se prit la tête de douleur dans les mains. Ses yeux s'adoucirent et il parla d'une voix douce et innocente : « Ce n'était pas moi, Matthew. Je te jure que ce n'était pas moi. J'ai juste… »

Sa voix s'assombrit soudain : « Bien sûr, c'était moi ! Je ne serai jamais ce faible imbécile que tu as vu. »

Je regardais tout cela, incapable de dire un mot. Matthew a crié : « Viens, Gregory. J'ai toujours été là pour toi. »

Gregory a rampé jusqu'au sol, en pleurant et en enlevant la couronne. « Tout le monde se moquait de moi. J'étais tellement inutile. Tout ce que je voulais, c'était aider… »

Matthew lui tendit la main. « Viens, Gregory. Retournons ensemble à la meute. Arrête cette folie. »

Gregory s'arrêta aussitôt de parler et se redressa. Son visage était sévère et en colère, ses yeux brillaient d'une lueur sombre. Il s'écria d'une voix grave : « Ça suffit ! C'est terminé. Vous allez maintenant affronter ma colère ! »

Je n'arrivais toujours pas à me faire à l'idée que Gregory et DeMörder étaient la même personne, mais je n'avais pas le temps d'assimiler cette idée. DeMörder se dirigeait vers nous. Il était furieux. Une aura de magie noire l'entourait et j'avais peur. Le loup de Matthew poussa un grognement menaçant tandis que DeMörder s'avançait vers moi. Il m'a protégé avec son corps, mais je ne voulais pas qu'il meure.

Matthew a serré les mots entre ses dents, « Je ne peux pas croire que c'était toi depuis le début. Dire que je te faisais confiance. »

DeMörder fit craquer son cou en souriant méchamment. « Quel imbécile tu as été ! »

Je me suis mis en position de combat, tandis que Matthew et DeMörder se préparaient eux aussi à la bataille.

PDV de Matthew

Autour de nous, nos combattants continuaient à se battre contre les zombies. Le bruit des épées qui s'entrechoquent, le sang qui gicle et les cadavres qui tombent emplissaient la nuit. Rien de tout cela n'avait d'importance pour l'instant, car un silence assourdissant emplissait mes oreilles. J'étais abasourdi. Jamais de ma vie je ne m'étais senti aussi trahi. Je l'avais protégé quand on se moquait de lui. Avais-je raté quelque chose ? Y avait-il un signe que je n'avais pas vu ? Je comprenais maintenant comment il savait où trouver les zombies. Et comment il était là quand nous avons essayé de récupérer la relique. Il était toujours là et avait toujours l'air si innocent.

« Je ne pense pas qu'il ait toute sa tête », murmura Elisen.

J'ai observé comment DeMörder semblait avoir une conversation à lui tout seul, passant de Gregory au sombre nécromancien. C'était comme si deux entités complètement différentes vivaient à l'intérieur de la même personne.

« Il a peut-être un trouble de la personnalité multiple, mais cela n'excuse pas les atrocités qu'il a commises », ai-je répondu, la haine de cet être exécrable transparaissant dans ma voix.

J'avais aidé Gregory tant de fois. Et voilà qu'il usait un pouvoir obscur, tuait des gens et ressuscitait les morts pour se battre contre nous. Je serrai les poings, mes ongles s'enfonçant dans ma peau.

À ce moment-là, un cri retentit dans la nuit.

« Lâchez-moi ! »

Mon cœur s'est figé, car je connaissais cette voix sans même la regarder. Ma peur s'est confirmée lorsque j'ai tourné la tête pour voir Molly se faire traîner par un homme.

DeMörder se tourna vers lui avec un sourire. « Ah, Judah ! Tu arrives juste à temps. »

J'ai crié : « Lâche ma fille ! »

Molly a tourné la tête vers nous. « Maman ! Papa ! À l'aide ! »

Elisen et moi avons fait signe d'aller la chercher, mais DeMörder a secoué la tête méchamment en désignant Judah.

« Je ne ferais pas ça si j'étais vous. »

Nous nous sommes tournés vers Judah, qui tenait un couteau sous le cou de Molly.

DeMörder poursuivit : « Vous bougez, elle meurt ».

J'ai serré les poings. Je voulais absolument sauver ma fille, mais elle serait tuée si je tentais quoi que ce soit. C'était sale. Comment pouvait-il impliquer une enfant dans cette histoire ? Tout ce que je voulais faire en ce moment, c'était déchirer ce bâtard malade.

Je serrai les dents. « Qu'est-ce que tu lui veux ? »

Il se craqua la nuque. « Moi ? Rien. Mais Erebus m'a chargé de la tuer. »

J'ai maudit en entendant le nom du démon.

« Non ! » cria Molly d'une voix aiguë alors qu'elle était entraînée plus près du nécromancien.

Je me suis emporté et j'ai crié, « Pourquoi ? »

DeMörder poursuivit : « Erebus dit qu'elle est spéciale. C'est une âme pure, issue d'une ancienne lignée de personnes sacrées. »

J'ai froncé les sourcils, ma poitrine se serrant. « Tu veux dire les nymphes des âmes ? »

Les yeux du nécromancien s'assombrirent. « Je veux dire que l'un des parents de la fille était un demi-ange. »

Mon cœur s'est emballé quand j'ai appris l'héritage du père de Molly. Je ne savais rien des demi-anges, mais cela ne changeait rien au fait que Molly était ma fille et que je ne la laisserais pas se faire tuer.

Je m'adressai à Elisen à travers notre lien *: « Dès qu'il lâche Molly, ne serait-ce qu'un instant, tu cours la chercher. Je vous protégerai toutes les deux. »*

Elisen voulut protester, mais je ne la laissai pas faire. Mon loup était agité, et bientôt, je ne pourrais plus le retenir. Je lui ai poussé à nouveau : *« Fais ce que je te dis. C'est à moi de te protéger. »*

Avec le sang de l'Alpha qui coulait dans mes veines, mon loup devait prouver qu'il pouvait les protéger. Il devait sauver sa fille. Elisen acquiesça, et je lui fus reconnaissant de ne pas essayer d'argumenter.

À ce stade, Judah était assez proche du nécromancien. Il poussa Molly vers DeMörder pour qu'elle enjambe les deux marches qui la séparaient de lui. Ce faisant, il l'a lâchée, et le couteau n'était plus tenu contre son cou.

J'ai crié : « Maintenant ! »

Elisen a couru et a pris Molly dans ses bras avant que DeMörder ne puisse l'atteindre. Judah était juste un peu trop loin pour l'atteindre.

J'ai sauté sur Judah, le poussant au sol. Son couteau est tombé au sol alors que sa tête a frappé le sol. J'étais à califourchon sur lui, plaquant sa main au sol pour l'empêcher d'attraper son couteau.

À côté de moi, j'entendis Elisen se débattre avec DeMörder.

J'ai traversé son esprit : *« Mets-toi à l'abri avec Molly. Je m'occupe d'eux. »*

Elle répondit *: « Je le ferai, dès que je serai loin de lui. »*

La panique est montée en moi à ces mots. Est-ce qu'elle allait bien ? Avait-elle besoin de mon aide ? Mais je ne pouvais pas m'en préoccuper, car je devais d'abord m'occuper de Judah.

Judah grogna en poussant de toutes ses forces pour se libérer de mon emprise, mais j'étais plus fort que lui. Du sang alpha coulait dans mes veines. Cet homme n'avait aucune chance.

Molly a de nouveau crié de peur, et Elisen a frappé DeMörder. La rage m'envahit. C'était Judah qui avait enlevé ma fille à la meute et l'avait amenée ici. C'était lui qui avait mis sa vie en danger. Cet homme allait payer.

Je l'ai nargué. « Tu m'as pris ma fille. Tu regretteras de m'avoir pris ce qui m'appartient… »

Ses yeux brillaient d'incompréhension. Je l'ai frappé au visage. Il a essayé de riposter, mais j'étais plus rapide et plus fort. J'ai continué à le frapper jusqu'à ce qu'il soit étourdi. J'ai attrapé le couteau tombé par terre et je l'ai planté dans sa poitrine.

« Non ! » hurla DeMörder, lâchant Molly et se précipitant aux côtés de Judah.

Elisen a pris Molly dans ses bras et je les ai rejointes.

« Qu'as-tu fait ? » hurla DeMörder. « Judah ! Reste avec moi, mon fils ! Tu ne peux pas me quitter ! »

L'homme sourit faiblement au nécromancien. Il lui chuchota : « Ce fut… un honneur… de vous servir, maître. »

DeMörder a tenu l'homme dans ses bras pendant qu'il mourait. Lorsque Judah a rendu son dernier souffle, DeMörder s'est tourné vers moi. « Tu l'as tué ! Il était comme un fils pour moi ! »

J'ai grogné : « Tout comme tu avais l'intention de le faire à ma fille ! ».

DeMörder parla avec dédain : « Mais sa vie était importante. La sienne ne vaut rien. »

Un grognement menaçant s'échappa de ma poitrine. Mon loup avait une envie primitive de détruire ce traître. La chaleur se répandit dans mon corps tandis que mon loup s'emparait de mon corps humain. Mes sens s'aiguisèrent, et je sus immédiatement que j'étais en proie à une soif de sang, même si j'étais sous ma forme humaine. Cela ne se terminerait pas avant que l'un d'entre nous ne soit mort.

Les yeux d'Elisen s'écarquillèrent. « Matt, tes yeux brillent d'une lumière dorée ! »

Je l'ai regardée brièvement. « Tu vois les yeux de mon loup ».

Elle a demandé : « Comment est-ce possible ? ».

J'ai répondu : « Prends Molly et mets-toi à bonne distance ».

Je me tournai vers DeMörder. Il était en train de me jeter un sort, essayant probablement de me refaire le coup de l'autre jour. Je le laissai terminer son sort, sachant ce qui allait se passer. Son regard d'incompréhension quand ça ne marcha pas en valait la peine. Ma lèvre s'est retroussée et j'ai ricané. « Tes vieux tours te trompent-ils ? »

Il jaillit de colère, « Quelle sorte de sorcellerie est-ce là ? Je suis plus fort ! J'ai le pouvoir du démon ! Je vais prendre ma revanche ! »

Je me suis moqué de lui. « Regarde les choses en face, sorcier. Tu es aussi inutile que tu l'as toujours été. »

DeMörder grogna en me jetant sort sur sort, chaque fois sans succès. Ses yeux brillèrent de rage lorsqu'il réalisa que la magie ne fonctionnerait pas.

« Matt! » cria Elisen lorsque des zombies lui sautèrent dessus, essayant d'atteindre Molly.

DeMörder souriait méchamment.

J'ai hurlé de rage. « Lâche ! » Il avait ordonné à son armée de détruire Elisen et Molly puisqu'il ne pouvait pas me tuer.

J'ai attrapé une épée au sol, tuant deux zombies qui étaient sur Elisen pendant qu'elle tuait les autres. De nouveau libre, elle a regardé en direction du nécromancien en criant : « Il s'échappe ! ».

Les zombies nous envahissaient toujours, mais nos combattants les repoussaient.

Elisen prit Molly dans ses bras, criant à travers le bruit : « Ça va aller ! Vas-y avant qu'il ne s'échappe ! »

J'ai acquiescé. Je ne laisserais pas ce salaud s'échapper une fois de plus.

« Attention ! » s'écria l'une de nos sorcières. « Vous n'avez pas beaucoup de temps avant que le sort de protection ne se dissipe. »

J'ai ignoré son inquiétude et j'ai couru après DeMörder. Avec mes sens aiguisés, il était facile à suivre. Mon loup rugit d'excitation devant l'odeur de peur qu'il laissait derrière lui.

Je l'ai rattrapé facilement, mon loup me donnant de l'énergie et me faisant courir plus vite que d'habitude. Il était essoufflé, adossé à un arbre, sa peau était pâle quand je l'ai vu.

Il a fait signe de courir à nouveau, mais je l'ai arrêté. « Laisse tomber et bats-toi contre moi, déjà. »

DeMörder luttait pour rester debout. Il a regardé autour de lui et a repéré un cerf à proximité. Je l'ai vu lancer un sort en direction de l'animal. Une seconde plus tard, l'animal était mort et DeMörder avait l'air d'aller mieux.

« Qu'est-ce que tu lui as fait ? » ai-je demandé.

Le sourire du nécromancien était malicieux. « C'est juste un petit truc que je fais pour remplir mon énergie. »

DeMörder m'a chargé avec son bâton, mais j'ai paré son attaque avec mon épée. J'ai été surpris de voir à quel point il était fort. Étant donné que j'étais le prochain Alpha, seul le pouvoir du démon pouvait le rendre aussi fort. Nous avons échangé quelques coups, le bâton du sorcier s'illuminant d'une aura sombre à chaque fois que mon épée le touchait. C'est alors que je me suis rendu compte qu'il l'imprégnait en même temps que nous nous battions. Son mana n'était sûrement pas infini.

Je me suis battu plus fort, poussant avec la force de mon loup, forçant DeMörder à reculer à chaque coup. Il n'y avait que lui et moi, entourés d'arbres en pleine nuit. Mon loup commençait à s'agiter. Il voulait que le sang du nécromancien soit versé, et je rugis de colère en forçant DeMörder à se mettre à terre. Il était agenouillé sur le sol, repoussant à peine son bâton. Des veines noires commençaient à apparaître sur sa peau presque translucide.

« Qu'y a-t-il, sorcier ? » me suis-je moqué. « Qu'est-il arrivé à tes pouvoirs tout-puissants ? »

DeMörder respirait fort, sa voix était à peine audible, « … Besoin… de… me régénérer. »

« Si tôt ? C'est ironique comme le pouvoir des ténèbres te consume, n'est-ce pas ? »

Il a fait un geste vers moi, essayant d'aspirer ma force vitale, mais j'ai enfoncé ma lame dans son cœur et j'ai parlé avec colère : « Non, tu n'auras pas ma force ! »

Ses yeux s'écarquillèrent et sa bouche s'ouvrit, un souffle de surprise s'échappant alors qu'il expirait l'air de ses poumons. Sa main retomba et il murmura doucement : « Tout ce que je voulais… c'était d'être accepté. »

J'ai regardé l'homme malade, le pouvoir obscur ravageant son esprit et son corps. Un mélange de haine et de pitié m'envahit à la vue de cet homme que j'appelais autrefois un ami. Son sang coulait sur le sol, et mon loup se calma lorsqu'il comprit que le combat était terminé.

« Se lier à un démon n'est pas la bonne façon de se faire des amis », répondis-je froidement.

Quelles que soient ses intentions, elles n'excusent en rien ses actions. Il a tué froidement des centaines de personnes, kidnappé ma fille et essayé de nous tuer. Il n'aurait pas hésité à me tuer si la magie du lanceur de sorts s'était dissipée. Je ne me sentais pas coupable d'avoir mis fin à ses souffrances.

J'ai regardé, attendant que la dernière goutte de sang quitte son corps. Lorsque j'ai vu que sa poitrine ne soulevait plus, j'ai su que c'était fini.

Un cri a résonné dans la forêt : « Matthew ! ».

J'ai répondu par un cri. « Elisen ! »

Je me suis retourné pour voir ma douce Elisen courir vers moi, Molly dans ses bras, ainsi que Kelly, Theo et quelques combattants.

« Tu es en sécurité ! »

Elle s'est jetée dans mes bras, les bras de Molly m'ont également enlacé, et je les ai serrées dans mes bras, le cœur battant fort. Des larmes de soulagement coulaient sur leurs joues. Je les ai essuyées. Elisen a posé Molly sur le sol. J'ai pris Elisen dans mes bras et j'ai approché sa bouche de la mienne, l'embrassant doucement.

Kelly sourit. « Nous avons su que c'était fini quand tous les zombies sont tombés sur le sol, se décomposant rapidement. Nous pouvions entendre leurs âmes crier, enfin libérées, et voir un linceul sombre s'échapper des cadavres. »

Elisen poursuivit : « Leurs âmes pourront enfin se rendre dans l'au-delà. Le flux de l'âme sera rétabli et la vie reprendra son cours normal. »

Molly parla doucement : « Nous devons chanter la chanson. »

Elisen approuva. « Tu as raison. Nous devons chanter la chanson pour guider leurs âmes. Mais ne t'inquiète pas, d'autres s'en chargeront. »

La petite fille acquiesça.

J'ai regardé les ténèbres éternelles qui nous entouraient. J'espérais que Serena réussirait et que le soleil se lèverait à nouveau.

« Rentrons à la maison. Nous devons faire un rapport à mon père. »

Elisen hocha la tête. Theo ajouta : « Nous devons aussi décider de ce que nous allons faire des disciples de DeMörder. »

Je fronçai les sourcils. « Je croyais que les zombies étaient morts ? »

Il acquiesça. « Oui, mais il avait aussi des disciples vivants. »

Je me suis demandé pendant un moment, qui, dans son esprit, voudrait s'allier à un nécromancien ?

« Oui, comme celui que j'ai tué, Judah. Tu les as tous attrapés ? »

« Nous pensons que nous les avons tous ».

J'espérais qu'aucun d'entre eux n'ait eu la chance de s'échapper. J'ai acquiescé : « Bon travail. Amenons-les à mon père. En tant qu'Alpha, il décidera de ce qu'il faut en faire. »

Nous avons tous commencé à marcher vers la meute. Nos combattants surveillaient de près les disciples du nécromancien. Un sentiment de paix m'envahit à l'idée que je pourrais enfin passer du temps avec mon âme sœur et ma fille.

Chapitre 18 (Serena)

Tournesol

Hemera a ouvert un portail vers le monde souterrain. Je l'ai observée, bien à l'abri dans les bras de Jasper, tandis qu'elle ramenait Nyx et Erebus là où ils devaient être.

Ce faisant, la lumière s'est frayé un chemin à travers la grotte. Nous sommes retournés dans la grande salle avec le lac souterrain. Au lieu de voir la lune à travers le trou dans le plafond, nous pouvions maintenant voir la lumière du soleil. Le bruit des oiseaux me parvint aux oreilles et je souris, sachant que l'ordre normal des choses avait été rétabli.

Une idée m'a traversé l'esprit et je me suis tournée vers Jasper, paniquée.

« Le soleil s'est levé ! Vas-tu être correct ? »

Il s'esclaffa. « Tu crois vraiment que les vampires meurent au soleil ? »

Je me suis figée à ses mots. « Tu ne meurs pas ? »

Il m'a souri et j'ai réalisé que c'était la première fois que je le voyais à la lumière du jour. Ses yeux étaient d'un brun profond. Sa peau était plus pâle que la mienne, mais elle avait quand même une teinte dorée. Ses cheveux bruns lui arrivaient aux épaules. Il était vraiment beau, et je suis tombée encore plus amoureuse de lui.

« Je ne meurs pas au soleil. Mais j'apprécie que tu te préoccupes de moi. »

Il me sourit, montrant légèrement ses crocs en faisant un clin d'œil. Un sentiment de soulagement m'envahit lorsque je réalisai qu'il ne se transformerait pas en poussière à la lumière du soleil. Il prit mon visage dans sa main, fixa mes yeux, ses lèvres frôlèrent les miennes et il murmura : « Wow, tu es encore plus belle maintenant que le soleil est sorti. »

Il m'a coupé le souffle en scellant ses lèvres sur les miennes, faisant battre mon cœur dans ma poitrine. Il m'a serré contre lui et m'a demandé : « Où irons-nous ensuite ? Nous avons toute l'éternité pour être ensemble. »

Je pouvais voir mon âme se refléter dans ses yeux. Nous étions liés l'un à l'autre. Je savais que je ne pourrais jamais vivre sans lui.

J'ai commencé : « Je dois retourner à ma meute et leur faire mon rapport. »

Il me sourit. « Prenons le chemin le plus rapide. »

Je n'étais pas sûre de ce qu'il voulait dire. Il a souri et m'a prise dans ses bras, me serrant fort. J'ai crié lorsque nos pieds ont quitté le sol. Je me suis agrippée à Jasper, de peur de tomber par terre. Il m'a jeté un regard affectueux.

« Ne t'inquiète pas, mon amour. Je ne te laisserai pas tomber. »

Nous avons survolé la forêt. C'était magnifique de voir la nature se réveiller enfin après des jours d'obscurité. J'ai pointé du doigt le sol lorsque nous sommes passés devant un champ de tournesols.

« Tu aimes ces fleurs ? » demanda Jasper.

« Oui ! » répondis-je, enthousiaste. « Ce sont mes préférés. »

Il sourit. « Je crois que je devrais t'appeler mon petit tournesol, alors. Cela te va bien ».

Je rougis. « Tu es le deuxième à m'appeler comme ça ».

Il s'esclaffa. « La fleur qui suit la lumière du soleil. Une fleur d'adoration, de loyauté, de bonne fortune et de provision. »

J'ai souri à ses paroles. Je n'avais jamais pensé à cela. J'aimais qu'il pense à moi de cette façon.

« Cela signifie-t-il que tu m'adores ? »

Il a souri et a resserré son emprise sur moi, déposant un baiser sur ma tête pendant que nous volions.

« Encore plus que tu ne le penses. »

Ses paroles étaient sincères et je me suis blottie encore plus dans ses bras, entourée de son amour.

Lorsque nous avons atterri sur le territoire de ma meute, Charles et les autres gardes se sont approchés de nous prudemment. Les loups-garous et les vampires ne faisaient pas bon ménage. Le loup de Charles grognait de colère contre Jasper.

« Serena, tu es revenue ! » s'écria Charles.

Il a essayé de m'attraper, mais Jasper m'a gardé dans ses bras pour me protéger. Charles a vu cela comme une offense et a essayé d'attaquer Jasper, mais je l'ai arrêté.

« Charles, arrête. C'est mon âme sœur. »

Sa mâchoire s'est décrochée à ces mots.

« Qu'est-ce que c'est que ce bordel ? Je n'ai jamais entendu parler d'un compagnon vampire. »

J'ai répondu gentiment : « Moi non plus, mais c'est vrai ».

Un grognement s'échappa de la poitrine de Charles.

« On ne peut pas faire confiance aux vampires. »

Jasper m'a entouré d'un bras protecteur à ces mots.

« Je sais qu'on peut faire confiance à Jasper. S'il te plaît, Charles. Nous devons parler à Alpha David. »

Charles me fixa un instant dans les yeux avant de hocher la tête à contrecœur. « Je suppose que cela a quelque chose à voir avec le fait que le soleil est de retour. »

Je lui ai fait un signe de tête.

Il ajouta avec colère en pointant Jasper du doigt.

« Tu aurais dû nous attendre ! Nous sommes une meute ! Je suis sûr que c'est de sa faute ! »

Jasper se crispa aux paroles de Charles. J'ai serré son bras et j'ai parlé au travers de notre lien : *« Laisse-moi m'occuper de lui. »*

J'ai senti le corps de Jasper se détendre à ces mots.

J'ai houspillé à Charles : « Comment oses-tu dire une chose pareille ? Tu n'étais pas là. Tu ne sais pas ce qui s'est passé. Ne juge pas rapidement sur les apparences ou la race. Je n'aurais jamais pensé que tu étais comme ça, Charles. Je pensais que tu étais mon ami. »

La culpabilité se répandit sur le visage de Charles. Avais-je été trop dur ? C'était encore un ami, et je ne voulais pas le blesser, mais j'avais besoin qu'il respecte mon compagnon.

Il a marmonné : « Désolé ».

Il n'a rien dit de plus et nous a laissé aller à l'Alpha.

Esme était avec David quand nous sommes entrés dans la pièce. Ils parlaient avec Matthew, Elisen, Kelly et Theo. Ils se sont tournés vers nous.

« Tu as réussi ! » dit Matthew en souriant.

« Serena! Tu es enfin de retour ! Tu es de retour ! » cria Molly avec joie. La petite fille s'est précipitée dans mes bras et m'a fait un gros câlin. Je l'ai chatouillée et embrassée avant de la laisser retourner vers ses parents.

David souriait et Esme est venue me serrer dans ses bras. David gardait ses distances. Tout le monde regardait Jasper.

« Qui est ton ami ? » demanda David.

Jasper inclina légèrement la tête devant l'Alpha.

« Voici Jasper. C'est mon compagnon. »

Esme a souri à mes paroles. Les yeux de David s'écarquillèrent.

« Je ne savais pas que ça marchait aussi avec les vampires. »

Jasper sourit. « Moi non plus ».

Tout le monde regardait Jasper, l'étudiait. Nous n'avions jamais eu de vampire dans la maison de la meute auparavant. David l'étudia un instant.

« J'aime Serena comme mon propre enfant, Jasper. Si tu es vraiment son compagnon, aime-la de toute ton âme et prends soin d'elle. Alors je croirai que certains vampires peuvent être bons. »

Jasper m'a entouré de ses bras avec amour.

« Je ferai tout ce qu'il faut pour que vous y croyiez, alors ».

David a souri à ces mots et s'est détendu, comme tout le monde dans la pièce. En tant qu'Alpha de ma meute, il était important qu'il approuve mon âme sœur. C'était ancré au cœur de mes croyances puisque j'avais été élevée avec des loups-garous, même si je n'avais pas de loup moi-même.

J'ai raconté à tout le monde tout ce qui s'était passé : comment Hemera avait été retenue prisonnière par Nyx et Erebus, comment nous avions essayé de retourner avertir la meute, mais avions été pris. Nous nous sommes battus ensemble pour libérer la déesse du jour et elle s'est occupée de Nyx et d'Erebus, qu'elle a ramenés au monde souterrain.

« Tu as bien fait, mon enfant, » dit Esme.

Je lui ai souri, puis j'ai écouté l'histoire de Matthew. J'ai été dévastée d'apprendre que Gregory était le nécromancien. Je compris alors comment la relique avait été volée, car il m'avait vu et entendu lorsque je l'avais cachée. Mais tout cela n'avait plus d'importance, car c'était fini.

« Il est presque temps pour notre meute de partir », ajouta David.

Matthew avait l'air plus heureux que jamais. Je les ai tous regardés et j'ai demandé : « Est-ce que Jasper peut venir avec nous ? »

David soupira à ma question et fixa Jasper.

« Je sais qu'il est ton compagnon ». Il se tourna vers Jasper. « Sans vouloir t'offenser, je te remercie pour ce que tu as fait pour libérer la déesse du jour. Mais certains de nos membres ne pourraient pas accepter un vampire dans nos rangs. »

Mon cœur s'est brisé à ses mots. Les larmes ont commencé à couler sur mes joues.

Je l'ai supplié : « S'il te plaît, Alpha. Jasper est mon compagnon prédestiné. Décidé par la déesse de la lune ».

Esme a serré mes mains dans les siennes et a parlé doucement : « Malgré tout, les gens mettent des années à changer d'avis. C'est trop soudain. Et juste au moment où nous nous éloignons. C'est trop pour qu'ils l'acceptent. »

Mes jambes se sont dérobées sous moi et je suis tombée par terre. Après tout ce que nous avions vécu, je ne pouvais pas croire qu'ils me demandaient de quitter Jasper. Nos âmes étaient tissées ensemble. Il était à moi, et j'étais à lui.

Les bras puissants de Jasper m'ont soulevée du sol.

Il a murmuré doucement en essuyant mes larmes : « Hé, mon petit tournesol. Ne pleure pas. Je ne peux pas vivre sans toi. Pourquoi ne viendrais-tu pas avec moi au château des vampires ? »

J'ai levé les yeux vers lui.

« Pensez-vous qu'ils m'accepteront ? »

Il acquiesça. « Je suis un précieux garde du seigneur vampire. Celui qu'il a choisi pour rétablir la lumière du jour quand le soleil ne se levait pas. Il m'accordera cette faveur, j'en suis sûr. Nous ferons en sorte que cela fonctionne. »

David sourit. « Je vois que tu es un homme bon, Jasper. Prends bien soin d'elle. Peut-être qu'un jour, nos peuples se comprendront et pourront vivre ensemble. »

Jasper répondit : « Bien sûr ! Je donnerais ma vie pour elle. »

Esme demanda, l'inquiétude emplissant sa voix, « Es-tu certaine ? Notre meute part bientôt. Tu ne pourras pas revenir si tu changes d'avis. »

J'ai regardé les yeux de Jasper. Ils étaient pleins d'amour et d'espoir. Je pouvais m'y voir et y voir mon avenir. Je savais qu'il serait toujours là pour moi.

« Je le suis ».

J'ai fait mes adieux à tout le monde. Matthew m'a serré dans ses bras et m'a regardé avec fierté : « Je sais que de grandes choses t'attendent, ma chère amie. »

Je l'ai regardé, puis Elisen et Molly. J'étais heureuse que la meute se déplace pour qu'il soit sauvé. Il fera un excellent alpha le moment venu.

« La même chose pour toi, Matthew », ai-je répondu.

Il a souri chaleureusement et m'a serré fermement dans ses bras.

Molly est arrivée en courant. Je l'ai prise dans mes bras et l'ai serrée le plus fort possible. Elle a déposé un baiser humide sur ma joue.

« Tu vas me manquer, Serena. »

Je lui ai caressé les cheveux. « Nous nous reverrons, je le promets. »

J'ai laissé la petite fille rejoindre ses parents et j'ai salué tout le monde. Jasper me souleva du sol, un sourire aux lèvres. Il m'embrassa affectueusement, nos langues dansant ensemble, nos cœurs battant l'un contre l'autre. À travers notre lien, je pouvais sentir à quel point il était heureux que j'aie choisi de partir avec lui. Dans ses bras, je pensais à tout ce qui m'attendait : le temps que nous passerions ensemble, les nuits remplies de plaisir, et peut-être même une famille. J'avais hâte de vivre avec lui pour toujours.

PDV de Matthew

*** Quelques jours plus tard ***

Je n'avais jamais pensé que ce jour viendrait. Notre meute s'éloignait enfin. C'était en train de se produire, et cela ne signifiait qu'une chose pour moi : je n'aurais pas besoin d'être sacrifié, et j'avais une chance de vivre.

J'ai pris ma petite fille dans mes bras et j'ai serré affectueusement la main d'Elisen en commençant à marcher. Derrière moi, je laissais une vie remplie principalement de tristesse et de la peur d'être sacrifié. Nous laissions aussi derrière nous les adeptes de DeMörder, qui avaient le droit de vivre ensemble en paix. J'étais contre, mais mon père était un bon Alpha et il croyait aux secondes chances. Tout cela n'avait plus d'importance.

Devant nous se trouvaient Odilia et Garry. Ils marchaient main dans la main et j'étais heureux de leur amour. Odilia avait traversé tant d'épreuves et ils méritaient tous deux d'être heureux. Molly les aimait comme un oncle et une tante, et je veillerais à ce que nous restions proches.

J'étais impatient de commencer une nouvelle vie avec ma compagne. Nous pourrions même avoir un enfant. Molly resterait toujours ma fille, mais j'aimerais bien voir ce qui se passe quand une nymphe des âmes et un loup-garou ont un bébé ensemble.

« J'ai hâte de le découvrir moi aussi », murmura Elisen avec tendresse.

Kelly marchait avec Theo à mes côtés. Elle a demandé : « De savoir quoi ? »

Je me suis tourné vers elle. « Si je peux ajouter un autre membre à ma famille ».

Kelly s'esclaffa. « Eh bien, tu vas d'abord rencontrer le nôtre ».

Elisen sursauta. « Es-tu enceinte ? »

Elisen a crié quand Kelly a hoché la tête. J'ai tapoté le dos de Théo. « Félicitations », ai-je dit alors que Kelly et Elisen parlaient déjà avec animation.

« Qu'est-ce qui se passe ? » demanda Molly dans mes bras.

Je lui ai souri. « Tu vas avoir une nouvelle petite cousine ».

Un sentiment de paix m'a envahi tandis que nous marchions vers notre nouvel avenir.

Épilogue (Ravynne)

L'attaque

*** Des siècles plus tard, environ trente ans avant les événements de 'Un péché d'amour' ***

Je lançai un autre sort, un éclair de glace transperçant le cœur de l'orc. Le cri de la créature traversa l'air. Je haletai et essuyai la sueur de mon front en le regardant s'effondrer sur le sol. Enfin, le dernier était mort ! Je ne savais pas si j'aurais pu tenir plus longtemps.

Autour de moi, c'était la destruction. Des cadavres partout. Les membres de notre meute étaient mêlés aux orcs. Personne ne savait d'où ils venaient, mais une pensée effrayante s'insinuait dans mon esprit. Le péché commis par notre meute revenait nous hanter. Nous étions les gardiens de la déesse, et même si nous avions fui cette malédiction il y a des siècles, elle nous rattrapait.

J'ai ravalé la bile qui me montait à la bouche. Mon cœur souffrait de la rupture du lien d'âme sœur. Il était mort sur le champ de bataille avec tous les autres. Je remerciai la déesse de ne pas être née avec un loup, car le lien est plus difficile à briser quand l'un des partenaires est un loup. Heureusement, je n'étais qu'une sorcière, mais je n'avais jamais ressenti une telle douleur.

Je suis retourné à la maison de la meute, où se cachaient les enfants et les adolescents.

« Maman ! » a crié ma fille quand je suis entrée.

Ses yeux brun profond me fixaient. En grandissant, elle devenait encore plus belle, ressemblant davantage à son père avec sa peau fauve. Je savais qu'un jour elle trouverait son âme sœur. Ma douce Jasmine, presque adulte maintenant, mon précieux trésor. Je la protégerai contre la malédiction de notre meute. Elle ne succombera pas au cadeau de la déesse.

Elle demanda avec inquiétude : « Où est papa ? »

Un nœud s'est formé dans mon estomac. Comment annoncer cela à ma fille ? Tous les regards se sont tournés vers moi. Ils attendaient tous des nouvelles de leurs parents. Mon cœur se brisa, car je savais que ce que je devais dire briserait leur âme.

« Les orcs sont morts, mais… je suis désolée. Tous les autres ont péri au combat. »

La salle s'est remplie de larmes et de cris. Mais nous étions une meute, une famille. Brisés, ils se sont pris dans les bras, se réconfortant les uns les autres comme une meute se doit de faire.

Ma fille m'a demandé : « Qu'est-ce qu'on va faire ? »

J'ai parlé avec force, en regardant tout le monde.

« Ensemble, nous allons reconstruire, défendre notre position et redevenir une meute. Cela prendra du temps, mais je sais que nous pouvons travailler ensemble. »

Ils m'ont fait un signe de tête, trop brisés pour se réjouir, mais j'ai pu lire une lueur d'espoir dans leurs yeux. Il faudrait des années pour que nos blessures guérissent, et beaucoup de travail nous attendait. Mais je savais que nous pouvions le faire ensemble.

Aujourd'hui, je suis devenu l'Alpha de la meute. Nous construirons une nouvelle meute qui résistera à la malédiction de la déesse. Car je jure qu'il n'y aura jamais d'autre sacrifice.

Un mot de l'auteur

Bonjour,

J'espère vraiment que vous avez apprécié Les gardiens de la déesse. N'oubliez pas de laisser un commentaire sur Amazon et Goodreads. Les commentaires sont le meilleur moyen de soutenir les auteurs.

Un assassin vampire **moralement gris**... mauvais, dans tous les sens du terme. Un roi sexy mi-vampire, mi-loup-garou, des elfes, des dragons, de la magie et de la trahison. Les lecteurs sont **OBSÉDÉS** par Caleb. Préparez-vous à perdre le sommeil dans cette nouvelle romance dark fantasy primée et best-seller.

« Rien ne comptait plus que les battements doux et alléchants du cœur dans la poitrine de cette femme, qui faisaient frémir la bête en moi. »

https://www.amazon.fr/dp/B0CN3NQ8WK

Le premier livre de ma série, *Ennemis ancestraux*, a été scénarisé et présenté aux producteurs. Vous devriez lire la série afin de pouvoir comparer lorsqu'un film est réalisé.

https://www.amazon.fr/dp/B0B1932YKN

Si vous n'avez jamais lu *Un péché d'amour*, vous devriez le lire. C'est le deuxième livre de la série *Âme sœur du désir* (après *Ennemis ancestraux*). Vous verrez ce qui arrive à Ravynne et à la meute de loups-garous-sorciers. Il est disponible en français et en anglais sur Amazon.

https://www.amazon.fr/gp/product/B0B6T3XH8P

Enfin, vous voudrez peut-être découvrir ce qui arrive à Molly, la fille adoptive de Matthew et Elisen, dans une toute nouvelle série intitulée *la fille du demi-ange*. Le livre 1 s'intitulera *Dévoré par les ténèbres* et vous pouvez d'ores et déjà l'ajouter à votre liste de lecture sur Goodreads.

https://www.goodreads.com/book/show/111371393-devoured-by-darkness

N'oubliez pas de vous inscrire à ma liste de diffusion ! Et si vous en avez envie, allez sur mon site web et envoyez-moi un courriel. J'aimerais en savoir plus sur vous ! Qu'est-ce que vous aimez ? Quel est votre trope préféré ? Qu'est-ce que vous détestez ?

Merci pour votre amour et votre soutien,

Danielle Paquette-Harvey

daniellephauthor.com

Remerciements

Je tiens à remercier tous mes merveilleux lecteurs. Une histoire sans lecteurs n'a pas de raison d'être, et donc, je ne pourrais pas le faire sans vous. Cette histoire est née grâce à vous. Vous avez tous tellement aimé *Un péché d'amour* que vous en avez demandé plus. Vous vouliez savoir d'où venait la meute de Leila et ce qui lui était arrivé, et je vous l'ai donné. J'espère sincèrement que vous l'avez aimé. Vos critiques et commentaires sont le feu qui m'allume !

Je tiens à remercier mon mari, Martin, et mes enfants. Encore une fois, merci d'avoir été patients avec moi alors que je passais des heures à écrire et à éditer. Merci d'avoir écouté toutes mes discussions sur les livres et mes idées. Je sais que je parle tout le temps de livres, mais merci de m'avoir écoutée. Je vous aime du fond du cœur !

Mes triplés d'âme. Où serais-je sans vous ? Vous me permettez de traverser mes heures les plus sombres et je me sens seule sans vous. J'ai hâte que nous nous rencontrions tous les trois pour rire, boire et être fous ensemble.

Je tiens également à remercier tous mes amis. C'est grâce à votre amour et à votre affection que je peux continuer à vivre. Que je vous connaisse virtuellement ou en personne, tant de personnes m'écrivent chaque jour, et je ne peux pas toujours répondre à tout le monde correctement, mais sachez que je suis vraiment reconnaissante de votre amitié et de votre soutien.

Je vous aime ! À bientôt.

Danielle

Jetez un coup d'œil au reste de mon travail. Tous mes livres sont disponibles sur Amazon. Certains d'entre eux sont également disponibles dans les magasins Barn & Nobels et dans d'autres librairies à travers le monde.

Autres livres de l'auteur

Tous mes livres sont disponibles sur Amazon.

Préquelle à cette série

- La prophétie (*disponible sur amazon*)
  ISBN 978-1-7775721-9-8

Série Âme sœur du désir

4. Ennemis Ancestraux (*disponible sur amazon*)
   ISBN 978-1-7782178-0-7

5. Un péché d'amour (*disponible sur amazon*)
   ISBN 978-1-7775721-5-0

6. Déchu (*disponible sur amazon*)
   ISBN 978-1-7782178-9-0

Série Sang et baisers

3. Roi maudit — ISBN 978-1-7388313-6-4
4. L'éveil – bientôt disponible

Série La fille du demi-ange

2. Dévorée par les ténèbres — bientôt disponible

www.ingramcontent.com/pod-product-compliance
Lightning Source LLC
Chambersburg PA
CBHW031435200726
48289CB00001BA/285